豔能弄影

沈惠如──著

目次

第一章

緒論

戲曲與電影，一直存在著微妙的關係。電影於1905年傳入中國，當時中國流行的娛樂型態是已有六、七百年歷史的戲曲，雖然那時的電影還是無聲的默片，卻和以音樂唱腔為主要表現手段的戲曲發生了第一類接觸——1905年第一部在北京拍攝的影片，便把譚鑫培的《定軍山》片段搬上了銀幕，只是觀眾看到的只有身段，沒有聲音。25年後，中國電影工作者嘗試把聲音運用到電影中，將劇情片《歌女紅牡丹》裡京劇演員身份的女主角的演唱收錄在蠟盤上，於影片放映時播放出來，電影和戲曲終於正式結合；1948年，著名演員梅蘭芳的京劇《生死恨》被搬上銀幕，中國第一部彩色影片就此出現！可見電影從畫面到聲音到色彩的出現，都與戲曲有關。

　　而台灣，雖然也在1900年日治時期便已開始播放法國盧米埃拍攝的短片，但是真正由台灣人自製台語片的開端，無獨有偶也跟戲曲有關。1955年，廈門都馬班班主葉福盛買了一架攝影機，拍攝了第一部歌仔戲電影《六才子西廂記》，由於缺乏電影專業人才參與，攝影錄音設備亦不理想，以致上映時音像不同步、顏色偏差、畫面模糊，賣座不佳。不過《六才子西廂記》雖然失敗，卻留下了寶貴的經驗和教訓，1956年，拱樂社創建人陳澄三成立「華興電影製片公司」，拍攝《薛平貴與王寶釧》，放映之後造成轟動，從此以後，許多歌仔戲團都競相投入電影歌仔戲的拍攝，之後，劇組、演員及電影公司開始拍攝台語片，終於帶動了台語電影風潮。

　　然而戲曲與電影密切結合後，並沒有更進一步的發展。以台灣為例，從1956年至1982年之間，總共約963部台語片，其中44部是歌仔戲電影，從比例上來看，歌仔戲電影僅佔4%，而且集中在

1964年以前，[1]只不過是造就了一些歌仔戲演員成為電影明星，以及動聽的電影插曲或主題曲回流成為歌仔戲的新調而已[2]。倒是中國在1949年以後，出現了世界上獨一無二的片種——戲曲片，主要是因為戲曲深深植根在中國文化傳統之中，而電影可以使這種藝術形式更為普及，促進不同劇種間的交流，進而推動戲曲藝術的發展。

　　不過至1979年起，中國電影發生了一場論戰，有人提出要「丟掉戲劇的枴杖」、「電影與戲劇離婚」，希望回歸電影的本質，但也有人認為電影應該在保持優良傳統的基礎上創新，不必一刀切斷電影與文學、戲劇的聯繫。之所以會有這樣的討論，就是因為中國電影從誕生起即受到戲曲和文明戲的影響，以至於電影就如同在銀幕上放映的戲劇[3]。然而，戲曲和電影畢竟是兩種不同的美學系統，兩者相遇會產生許多矛盾，如時空表現問題、虛擬程式的問題等[4]，至此戲曲和電影勢必分途：戲曲片仍然存在，但也無法有重大突破；而電影則兀自朝向更專業的方向前進。

---

[1] 參見黃仁〈附錄　台語片片目（1952-82）〉《悲情台語片》（台北：萬象圖書出版，1994年），頁487-529。

[2] 關於歌仔戲電影以及台語電影插曲的創作，可參閱拙作〈論「電影歌仔戲」在歌仔戲發展中的定位〉（德育學報第十四期，1998年11月，頁1-13）、由筆者採訪曾仲影先生並整理之〈台灣歌仔戲新調創作之探討〉（《海峽兩岸歌仔戲創作研討會論文集》，行政院文化建設委員會出版，1997年，頁239），以及施如芳《歌仔戲電影研究》（台北：國立台北藝術大學傳統藝術研究所碩士論文，1997年）。

[3] 參見胡克〈中國大陸社會觀念與電影理論發展〉（引自李天鐸編著《當代華語電影論述》，台北：時報出版社，1996年5月，頁214）。

[4] 關於此議題，可參閱李小蒸〈戲曲與電影，表現與再現——從戲曲電影面臨的困境談起〉一文，出自蒲震元、杜寒風編著之《電影理論——邁向21世紀》（北京：北京廣播學院出版社。2001年7月，頁149-165。）

雖然戲曲與電影終究因不同藝術體系而分道揚鑣，但是戲曲的影響仍是無遠弗屆，不僅是因為兩者同為戲劇類型的藝術，而且戲曲的發展、戲曲的內涵、戲曲工作者的辛酸甘苦等等，都是屬於中國特有的藝術或生活型態，因此，戲曲（包括環繞在戲曲周圍的人事物）作為電影故事的素材，比戲曲本身與電影的融合更有看頭、更具意義。

　　在這樣的因緣際會下，出現了一種與戲曲相關的類型電影，即呈現戲曲表演型態、藝人生活、劇團興衰等內容的電影，如《霸王別姬》、《虎度門》、《新不了情》、《刀馬旦》、《夜奔》、《變臉》等。而在台灣，這種類型電影更不曾缺席，且具有高度的代表性和話題性，例如1992年上演、改編自1990年自立晚報百萬小說獎作品《失聲畫眉》，作者凌煙曾隨明光歌劇團走唱半年，而這段經歷也就成為故事的架構；內中反映戲班女演員的同性戀情受到異性霸權的扭曲，開啟了戲曲演員自身性別認同的另一個話題；1993年由侯孝賢導演的《戲夢人生》，以「亦宛然」布袋戲創辦人李天祿的生平為本，透過半記錄片、半劇情片的呈現手法、疏離的鏡頭、以及不連貫的剪接，造成歷史再現時虛實交錯的曖昧。該片不僅獲得金馬獎最佳錄音、最佳造形設計、最佳攝影等獎項，還獲得坎城影展評審團大獎，揚名國際；而2000年出品的《沙河悲歌》，改編自七等生1976年出版的同名小說，張志勇導演，敘述主角文龍熱愛音樂，可是他不但不被現實環境接受（吹小喇叭對家計沒有助益，被父親打壓），也沒有那樣的本錢（得了肺病，雖有天分卻沒體力），能接受他的只有歌仔戲團。終於在找到自已能認同的藝術價值之後，同時也找到了被認同的情感價值。本片曾獲亞太影展「最佳導演獎」、「最佳音樂獎」等榮譽。2012年的《龍飛鳳

舞》，是台灣首部描述歌仔戲班生活的感人喜劇，也是歌仔戲天王郭春美首登大銀幕的處女作。敘述歌仔戲老團主過世，浪子阿義無法承擔重任，台柱春梅又因車禍腿傷不能登台，屋漏偏逢連夜雨，戲班頓時陷入了困境。春梅的丈夫志宏靈機一動，找來一名與她相貌神似的男子奇米頂替演出，意外竟矇混過關，不但業主支持、觀眾更是人人叫好。倍感失落的春梅為治療腿疾於是出走印度，幸運受到一名智者開示，決定返台重振旗鼓……。阿義也決心痛改前非、傾全力協助妹妹春梅，戲班在眾人團結下果然重振家族聲威；而此時，奇米謎樣的身世也將揭曉……。劇情在歡笑中夾帶了感動，引領觀眾進入歌仔戲殿堂裡古今交錯、男女錯換的趣味時空。上述電影作品雖各有欲探討的主題，但因為以台灣最受歡迎、最具代表性的戲曲——歌仔戲、布袋戲為情節主軸，形成了透視台灣傳統戲曲的媒介，更分別呈現不同的批判性與價值觀。

由是可知，戲曲、電影乃至於常賴以改編的文學，往往有著微妙的連結，且交織出奇異的影像世界。本書選擇了五個角度，分別來審視幾個環節，**第一：「紀實與虛構：台灣傳統戲曲的小說與影像書寫」**，首先從虛構的小說作品《行過洛津》、《戲金戲土》中，看見了以南管、電影發展為背景的台灣早期風華，見證著戲曲、電影在台灣的演變歷程，再由此檢視千禧年以前的《失聲畫眉》、《戲夢人生》與《沙河悲歌》三部以小說（或回憶錄）為底本改編的電影，內中關涉到戲曲演員在時代與命運交互影響下的坎坷人生，藉此觀察戲曲文化在台灣社會存在的意涵，同時凸顯此種類型電影與戲曲的互文性、詮釋性。

從台灣傳統戲曲的影像書寫中，我們發現「性別」與「戲班」這兩個元素是最值得探索的命題，他揭示著戲曲文化面臨社會轉型

的困境與重生，也可提供電影拍攝手法的不同嘗試，因此**第三章：**
「諧擬與反諷：影像敘事中的性別展演與戲班文化」，便擴大檢視
在華語電影中，探討性別展演與戲班文化的精彩作品，第一節「乾
旦坤生的愛與恨」，以備受矚目的華語大片《霸王別姬》與《梅蘭
芳》為析論對象，第二節「鏡像／複象／後設」則從拍攝角度及類
型切入，以拉岡和亞陶的理論分析喜劇片《龍飛鳳舞》與恐怖片
《盂蘭神功》的類型特色與寓意。

　　2017年，世界首部3D全景聲京劇電影《霸王別姬》在紐約克
羅斯比街79號電影院上映。出品方通過全新3D電影、最佳音效技
術與傳統京劇表演藝術的結合，力求給中外觀眾帶來視覺和聽覺
上的新感受和新震撼，為京劇藝術增添新的魅力，最終該片代表中
國首次獲得世界3D電影最高獎——金盧米埃爾獎。2017年9月，第
二屆中加國際電影節上，憑藉3D全景聲京劇電影《蕭何月下追韓
信》，導演滕俊傑榮獲了第二屆中加國際電影節最佳導演獎。2018
年上海國際電影節最令人關注的新亮點，就是三部3D戲曲電影
《曹操與楊修》、《景陽鍾》、《西廂記》參加展映，加上經典越
劇電影《紅樓夢》修復版的放映，戲曲電影多年來第一次以這樣的
強勢方式集體亮相。這些訊息正透露著戲曲電影隨著電影技術的精
進，猶有可為。事實上在戲曲電影發展過程中，有不少作品都標誌
著一種里程碑，似乎提醒著這種電影形式仍有其不可忽視的面向。
因此**第四章「互文與視角：戲曲電影的圖像美學與現實寓意」**，便
選擇兩部戲曲電影來論證，第一部是京劇電影《洛神》，此作不僅
在編演過程中，因著梅蘭芳大師的詮釋而成為文學改編經典之作，
又因海峽兩岸均有拍攝而成就一種「話題」，因此第一節便已多重
視域與文本解讀來探討京劇電影《洛神》。第二部是紹劇電影《孫

悟空三打白骨精》，因著時代與政治因素，造就了這部電影的價值，也連帶讓戲曲舞台上的「猴戲」發光發熱，因此第二節便探究「紹劇電影《孫悟空三打白骨精》在猴戲演變中的意義」。

自2015年5月舉行的68屆坎城影展，侯孝賢以《刺客聶隱娘》獲得最佳導演獎後，唐傳奇〈聶隱娘〉便引發了大眾的關注。明清時期，戲曲常常取材自唐傳奇作品，包括愛情類的〈鶯鶯傳〉、〈李娃傳〉、〈霍小玉傳〉，歷史類的〈長恨歌傳〉，俠義類的〈虯髯客傳〉、〈紅線傳〉、〈紅綃傳〉、〈聶隱娘〉等，其中〈聶隱娘〉曾被明人呂天成改編成《神鏡記》傳奇、被清代尤侗改編成《黑白衛》雜劇，而1925年金仲蓀亦為程硯秋量身打造了京劇《聶隱娘》。這些戲曲，鮮少被單獨討論，多半是在探討唐代俠義傳奇的演變或明清小說戲曲中的女俠題材時被提及，而且內容集中在時代背景與俠義精神的塑造，聶隱娘本身的遭遇經歷、人格發展以及她被賦予刺客身分的意涵，則缺乏深層論述。隨著電影《刺客聶隱娘》的上演，可知她依舊吸引著創作者的目光，運用不同的藝術形式，詮釋得更加鮮活多姿。本論文第五章「**戲魂與魅影：神隱女刺客的登峰造極**」即思從小說、戲曲及電影不同媒介，探討聶隱娘故事的演變，兼及生命情境、文化意涵及媒介載體的不同呈現方式。第一節論述「從傳奇到京劇——戲曲中的聶隱娘」，第二節則討論「電影《刺客聶隱娘》的故事演變與生命情境」，這個包含文學、戲曲、電影都處理過的題材做全面性探討。

侯孝賢是國際知名導演，他已帶領台灣電影走向國際，選擇古典題材也讓傳統東方文化傳揚於世，因此第六章，擬將視野擴大，尋找他國相對應的題材，進行跨文化比對。日本曲學家青木正兒在《元人雜劇概說》評論《趙氏孤兒》時曾簡要提及：「像第三

折程嬰用親生子做替身的那一場，淒惻動人，與日本《菅原傳授手習鑑》兒童私塾之場同趣。」筆者發現，除了這一場外，兩劇在歷史原型的選擇、情節的戲劇化改造、人物角色的設置，以及悲劇美感的呈現都異曲同工。而在梁啟超的《中國之武士道》（1904）與新渡戶稻造的《武士道》（1899）兩部作品中都列舉了程嬰、公孫杵臼和菅原道真的故事。所以第六章「**櫻花與薔薇：差異對比下的跨文化思維**」中，首先於第一節藉由山田洋次導演的電影「武士三部曲」（《黃昏清兵衛》（2002）、《隱劍鬼爪》（2004）與《武士的一分》（2006））討論何謂武士道？以及由日本本土導演和好萊塢所拍的《末代武士》，對於東西文化理解的武士道進行差異比對。第二節便以《菅原傳授手習鑑》與《趙氏孤兒》，進行「獻子成忠」之中日武士道精神比較，從歷史人物、事件的戲劇性轉化入手，探索兩劇的相似性，剖析造成這種現象的原因，並進一步比較兩劇在道德理想與價值取向方面所體現的文化差異。

第二章

紀實與虛構：台灣傳統戲曲的小說與影像書寫

第一節　「戲」說台灣──以小說《行過洛津》、《戲金戲土》為例

　　凡是述說台灣風土人情的文章，多半會引用康熙三十六年（1697）郁永河《裨海紀遊》中的這首〈台海竹枝詞〉：

> 肩披鬖髮耳垂璫，粉面朱唇似女郎；
> 媽祖宮前鑼鼓鬧，侏離唱出下南腔。

這首詩透露出幾點訊息：第一，清代康熙年間，台灣民間廟會演戲已十分熱鬧；第二，此時已有童伶演出的七子班；第三，其演出的劇種是「梨園戲」，演唱的腔調是「下南腔」（福建稱漳州、泉州為下南）。事實上，自從明鄭以來，閩粵的移民大量湧入台灣，自然也將他們的生活、風俗、文化、藝術帶進台灣，所以像逢年過節，或遇神明誕辰時，演戲祈福這個常年流行於福建的風氣也在台灣生了根。[1]台灣民間的演戲風氣有多盛？且看道光六年（1826）周璽《彰化縣志》卷九〈風俗志〉所記載：

> 村莊神廟，或建、或修，好求峻宇雕牆。年節香燈之外，必欲演戲，動費多金。凡神誕喜慶，賽願設醮，演唱累日夜。[2]

---

[1] 詳見曾師永義《戲曲源流新論》第五章〈台閩歌仔戲關係之探討〉（台北：立緒出版社，2000年4月），頁308。

[2] 關於清代台灣戲曲的演出史料，可參看沈冬〈清代台灣戲曲史料發微〉，出自《海峽兩岸梨園戲學術研討會論文集》（國立中正文化中心，1998年4月），頁121-136。

無論是廟宇裝修的慶典、過年過節、神明誕辰、還願祈求平安等，都要演戲，如果依據台灣平均每十天就有一個神明生日的比率來計算，[3]幾乎一年到頭都在演戲。不僅如此，根據清代典籍和寺廟碑文的記載，當時台灣人民有喜慶演劇和罰戲的習俗，前者如康熙五十六年（1717）周鍾瑄《諸羅縣志》卷八〈風俗志〉：

> 家有喜，鄉有期會。有公禁，無不先以戲者。

後者如嘉慶十九年（1814）《台灣南部碑文集成・觀音埤公記》：

> 一、分水立石定汴分寸，派定不易，不得改易。若恃強紛更，截水挖汴，藉稱涉漏，被眾察出，罰戲一檯，仍將水分充公。

> 一、閘口不得擅安捕魚之具，致害埤閘；有在埤內築岸捕取魚蝦，被眾捉獲者，罰戲一檯。

《台灣南部碑文集成・新興街福德祠重修碑記》：

> 一、禁：廟埕及兩道巷路，雖是公所，不許堆積污穢；如有

---

3 參見李豐楙〈由常入非常：中國節日慶典中的狂文化〉（《中外文學》第22卷第3期，1993年，頁116-150）；另外林鶴宜《台灣戲劇史》亦有台灣重要神明誕辰表（增修版，台北：台大出版中心，2015年2月，頁20）。

不遵規約，罰戲一檯。[4]

　　由此可知重大鄉里集會要演戲，亂丟垃圾、亂搶水源、破壞環境等要罰戲，幾乎已到了無時不演戲、無事不演戲的地步。戲曲與台灣的常民生活可謂緊密的結合在一起。

　　到了日治時代，這種情形並未改變，[5]甚至還發展出了商業性質的演出。日治初期，尚未普遍興建搬演台灣戲曲的劇場，台灣人邀請大陸劇團來演出，多半是在日人經營的戲院，若是場租太貴，則租借大寺廟的戲台演出。1907年左右，開始興建演出台灣戲曲的劇場，如台北有大稻埕的「淡水戲館」（1909年興建，1915年改為「新舞台」）、「艋舺戲園」（1919）、「永樂座」（1924）、「第一劇場」（1935）；台南有「南座」（1907前）、「大舞台」（1911前）；台中則有「高砂演藝所」（1911）等，[6]1920年以後，大戲院即遍佈全台。

　　時至今日，雖然都市西化，從事工商業的人口增加，但過去根基於農業社會所規劃出來的寺廟宗教活動仍然存在，儘管因私人因素請戲的習俗已逐漸消失，但商業演出、節令、神佛聖誕、廟宇慶典、作醮、謝平安、請願還願等的戲曲演出還是民間的重要活動。

---

4 以上台灣方志和地方史料，參見中央研究院漢籍電子文獻典瀚全文檢索系統
　2.0版「台灣文獻、台灣方志」，（中研院台史所史籍自動化室，2000年）
5 如邱坤良在《日治時期台灣戲劇之研究》（台北：自立晚報社，1992年，
　頁44）中歸納當時民間演戲的場合有節令、神佛聖誕、廟宇慶典作醮、謝
　平安、民間社團祭祀、家族婚喪喜慶、民眾許願還願、民間社團及私人的
　罰戲演出等等，不出清代的範圍。
6 參見呂訴上《台灣電影戲劇史》（台北：銀華出版社，1991年再版），頁
　195-222；邱坤良《日治時期台灣戲劇之研究》（台北：自立晚報社，1992
　年），頁69-79。

正因為戲曲與台灣常民生活的關係如此密切，70年代開始寫實主義的鄉土小說便常以戲班伶人的生活遭遇作為台灣社會的縮影，例如七等生的《沙河悲歌》（1976）、洪醒夫的〈散戲〉（1978）以及凌煙的《失聲畫眉》（1990）等。其中《失聲畫眉》是自立報系百萬小說獎得主，雖然出現較晚，但卻是「傳統寫實主義小說」（評審葉石濤語[7]），這些小說各有各的訴求，無論是反映早期台灣的農村生活、社會變遷中小人物的無力感，或是戲曲演員的同性情慾，均體現了「人生如戲、戲如人生」的離奇境遇。然而80年代開始，台灣在文化和政治上產生了動盪，舊有的威權體制漸趨瓦解，以往「寫實」至上的創作版圖也產生了位移，小說作家們努力於歷史性、性別化以及現代風格的呈現，[8]致使以戲班演員的遭遇反映人生的題材逐漸減少，只有在電影中仍繼續存在，如《霸王別姬》、《夜奔》等（《沙河悲歌》亦被改編成電影）。然而，這並不意味著此類題材已被忽略，相反的在新世紀2003年12月，文壇不約而同出現了兩本以某時期、某區域台灣戲曲發展為背景的小說，即施叔青的《行過洛津》（台北：時報出版社）和楊麗玲的《戲金戲土》（台北：二魚文化），[9]前者描寫清代嘉慶年間的鹿港，以梨園戲作貫串；後者描寫民國四、五十年代的羅東，以歌仔戲、台語電影的發展為主軸，雖然兩者的選材方向相同，但表現手法、主題等則大相逕庭。林秀玲在九歌《九十二年小說選》中說這兩部是「2003年年底出現的台灣史想像論述中兩本重要的小說」，相對於

7　參見凌煙《失聲畫眉》附錄（台北：自立報系，1990年12月），頁263。

8　參見王德威〈1980年代初期的台灣小說〉一文，出自《如何現代，怎樣文學》（台北：麥田出版社，1998年10月1日），頁404-415。

9　以下關於此兩部小說的引文均以這兩個版本為主，除於引文後註明頁數之外，不再另加註解。

兩位男性作家張大春的《聆聽父親》和駱以軍的《遠方》，都是處理「遷徙」（migration）與家族史，但這兩位女作家的野心更大，是藉由某一個劇種來台或在台的戲劇發展史來寫台灣的移民史。[10] 由於本土意識日漸升高，是否意味著挖掘早期常民文化生活的題材又有復興的趨勢，亟待觀察。

從多元化的層面來看，任何一部作品，都可以從不同的視角加以詮釋、剖析，上述兩本小說，原就可以從書寫／閱讀兩個角度尋求對話空間，然而若是從反映台灣早期生活的作用來看，竟也可以開發出歷史的角度，也就是從小說寫實的面向搖身一變，成為台灣戲曲發展史的補充教材。時至今日，小說早已不是純粹抒發情感、陳述故事而已，單是作者的書寫意圖，便可以有「文學史意圖」（書寫者向文學歷史交代的野心和自我期許）、「社會學意圖」（文化霸權的反抗或爭奪）、「商業性意圖」（帶有市場策略性的書寫）等三種，[11]再加上多視角的批評鑑賞，則針對一部小說的研究，亦可呈現類似俄國文學理論家巴赫汀（Mikhail M.Bakhtin, 1895-1975）所說的「眾聲喧嘩」的局面。[12]

本節將以《行過洛津》、《戲金戲土》二小說為例，試圖從書寫／閱讀兩方面探討其多元策略的運用，發掘作者的寫作意圖，引領讀者閱讀、思考。

---

[10] 參見林秀玲〈斷代橫剖繁花目眩的2003年小說〉，引自《九十二年小說選》（台北：九歌出版社，2004年3月），頁13。

[11] 參見向陽〈書寫行為的再思考〉，出自第四屆青年文學會議「文學：科技、圖書與消費、閱讀的再思考」引言。

[12] 「眾聲喧嘩」是巴赫汀針對十九世紀俄國作家杜斯妥也夫斯基小說所建立的理論，如今已被學界廣泛引申、運用。

一、「戲」說台灣的書寫策略

（一）自發性與旁觀性的書寫動機

以戲劇見證台灣不同時期的社會風貌，應是《行過洛津》和《戲金戲土》這兩本小說的敘寫表象，而在「說戲」之中，實則隱含了「戲說」鄉土、「戲說」人生的深層動機。

施叔青曾經寫過「香港三部曲」，即《她名叫蝴蝶》（1993）、《遍山洋紫荊》（1995）、《寂寞雲園》（1999），作為她旅居香港十七年的觀察報告。她認為書寫「香港三部曲」時，是把香港視為異鄉，保有著嶄新的、外來的眼光，但是書寫「台灣三部曲」時，便因情感距離過於靠近，材料取捨顯得格外困難。[13]她在2001年出版的《兩個芙烈達‧卡蘿》一書中提出一個「回力標理論」（澳洲土人打獵時的獵器Boomerang，是一種彎曲的堅木，丟擲出去仍能返回原處，擲得越遠，回來得越快），亦即若想讓心靈真正的回歸本土，找回原鄉，必須將自己放逐到最偏遠的角落去流浪、去飄移，[14]因此「台灣三部曲」（《行過洛津》為首部曲）的書寫，可以說是施叔青為了自己長年漂流在外的失根靈魂「招魂」。在《行過洛津》中，有一段是這樣描述著：

　　「……到如今，霜葉兩鬢垂……君你設使亡他鄉，亦當在夢

---

[13] 參見張同修採訪的〈施叔青——我的鄉愁我的歌〉一文，出自《誠品好讀》第四十期，2004年1、2月合刊。

[14] 參見施叔青《兩個芙烈達‧卡蘿》（台北：時報出版社，2001年7月30日），頁16。

裡來……」蒼老嘶啞的聲音從金門館兩扇斑駁的門神後傳出來，配著嗚咽的弦聲，飽經滄桑的蔡尋又在歌嘆人生，呼喚死去的情人。門廊下，有個離鄉背井的浪人，暫時借住破敗失修的金門館，停下流浪的腳步，他雙手抱著頭，似乎把歌曲聽入心坎裡。（頁348）

離鄉背井的浪人，藉由家鄉的歌聲撫慰心靈，而施叔青也正像是唱出滄桑歌聲的老人，用當時流行的梨園戲，召喚飄離鹿港家鄉的遊子。

《戲金戲土》的作者楊麗玲，則是藉由敘述在羅東經營戲院、人稱「戲神」的尤豐喜一生的興衰成敗，來呈現台灣戲曲的盛衰起伏。相較於施叔青尋找原鄉的「自發性動機」（intrinsic motivation），[15]楊麗玲則顯得較為冷靜。在小說的前半部，是尤豐喜與小老婆郭月鳳所經營的戲院撐起台灣四、五十年代戲曲電影事業的一片天，而從第六章開始，轉由人稱「細漢阿部拉」的阿山接手，「大漢阿部拉」尤豐喜則化為靈魂繼續凝視著台灣戲曲、電影的發展。試看第六章的敘述：

宛如一粒掉落在歷史門檻之外的灰塵，大漢阿部拉尤豐喜很快就在時間的洪流裡淹沒，但是他的靈魂卻從未離去……他漂浮於喪失時間感與空間感的虛緲中，駭然凝視，發現自己身上竟破著一個又一個大窟窿。……不知昏瞶多久之後，他努力從虛緲中爬出來，拖著破了一個又一個大窟窿的靈魂，

---

[15] 參見郭有遹《文藝創造心理學》（台南：復文興業公司，2001年2月），頁103。

四處尋找失去的記憶。（頁135）

尤豐喜靈魂所要尋找的記憶，就是那個年代台灣人民的共同記憶，作者便藉由這個靈魂，帶我們尋找失去的記憶。

在小說中，戲神田都元帥、西秦王爺的靈魂不時出現，而被尊稱為「戲神」的尤豐喜的魂魄也穿梭其中，有趣的是，這些靈魂只有父不詳的阿山及其母親阿鳥能看得到，或許正如小說中所影射：阿山是「未出世就給戲神做禊子」（頁187），隱然有著維護戲曲接續存亡的任務。作者冷眼旁觀的看待一切，將台灣戲曲、電影的興衰訴諸天命的企圖是十分明顯的。

（二）今昔對比與虛實對比的書寫策略

《行過洛津》和《戲金戲土》均使用了對比式的書寫策略，不同的是：《行過洛津》是洛津今昔滄桑與許情內心轉變的對照，《戲金戲土》則是虛幻的靈魂與真實的人生相對話。

《行過洛津》全書採倒敘筆法，故事開始於大清咸豐初年，許情橫渡海峽，從泉州來至洛津，應當地戲班之邀，教唱表演《荔鏡記》——陳三五娘悲歡離合的故事，這是他第三度前來此處。

許情第三次來洛津時，舉目所見，滄海桑田，早已不復當年面貌，除了客觀的全知敘述：「嘉慶中葉許情第一次來時，洛津港口帆檣雲集，海面風帆爭飛，萬幅在目，接天無際盛況，已經一去不復返了。」（頁7）之外，更透過許情的眼睛，在舢板上望向洛津城：

從南邊往北邊看，洛津溪整條河港的形狀景觀，似乎與他先

前兩次來時改變了許多，本來彎彎的，半月形狀的海岸線，彷彿不再那麼曲折有致了。（頁8）

然而當地景象與許情第一次抵達洛津所見，實有天壤之別：

許情回憶第一次抵達洛津，所搭乘的戎克船直接停泊在東北角溪口入海的石家碼頭，港口桅檣及風帆片片，岸上苦力裝卸貨物往來如梭，海水一直流到石家五落大厝的繁榮景象，如夢一樣，已然無痕無蹤了。（頁15）

洛津由盛而衰的關鍵，當地人相信和五福街的天公爐神秘失蹤有關，這樣的說法除了顯示當時的宗教民俗信仰之外，也蒙上了一層神秘的色彩；不過緊接著而來的兩次大地震所造成的災難，才真正把洛津摧毀殆盡：

第一次地震發生於道光二十五年正月，震垮了四千多戶的民房，近四百名男女當場被壓在瓦礫堆中斃命。

第二次是道光二十八年十月初八清晨，彰化、嘉義遭到遠較三年前嚴重的震災，洛津死傷無從計數。（頁17）

以致地震後的洛津街頭流傳一句〈竹枝詞〉：「轉眼繁華等水泡，大街今日勘騎馬」（頁19）。

內憂之外還有外患，鴉片戰爭後，清廷被迫五口通商，台灣外銷稻米的市場被剝奪，致使田地荒蕪。洛津曾以輸出稻米著稱於

中國大陸，不過相隔二十幾年，許情看到的洛津居民卻是以蕃薯充飢。鴉片戰爭後，洛津同知曹士桂東來就任，作〈道上行〉七言絕句四首，形容沿途所見：

> 竹籬茅舍結村居，半飽薯芋半飽魚
> 漫向台陽誇富庶，蕭條滿眼欲唏噓
> 漠漠平原十里沙，一望枯草伴蘆芽
> 只緣水潦成沮洳，不藝禾苗不藝麻（頁21）

　　許情一路走來，眼見洛津衰敗景象，內心自然是無限唏噓；而遙想過去，回溯時光，從第一次以藝名月小桂的童伶身分來台，假男為女，得到郊商掌櫃烏秋的青睞，隨後屈意迎合石家三公子的種種奇癖，最後甚至還要俯身遷就同知朱仕光的為所欲為，苦趣不堪重記憶，這一趟記憶之旅，和他一路走來所見的衰敗景象重疊映襯，不論是歷史的演進，地理景觀的改變，內心的回溯，記憶的再現，男女角色的扮演，今昔身分的互換，以及縱貫期間千絲萬縷的情感糾葛，形成交錯重疊的對位思考，在這種持續不斷的變化當中，充滿了動能、抉擇與爭奪，這是一場永無休止的遷徙，不僅僅是外在環境與歷史的遷徙，更是自我內在靈魂的遷徙。

　　《戲金戲土》則是以虛實對比的書寫為主，虛是指虛幻的神仙世界，在小說中，三不五時就會出現「戲神」，虛幻的戲神是指傳說中的田都元帥或西秦王爺，而真實的戲神則是尤豐喜的封號，阿山是尤豐喜的傳人，卻也是算命先生口中戲神的禊子，於是，透過阿山與真實的戲神及虛幻的戲神互動，創造了台灣的電影、戲曲王國。

故事一開始，戲神就出現了，在第一部台語電影《薛平貴與王寶釧》於羅東上演前夕，戲院的員工特別為電影宣傳組成遊行隊伍，阿山看到花車頂上的異象：

> 造型奇詭，色彩斑斕，呈半透明狀，上半身裝扮仿似歌仔戲
> 中的武帥，卻戴著王爺的頭冠，綴珠飾玉，冠帶飄冉，偏
> 偏下半身卻穿著類如小丑的寬大燈籠褲，足不著地，雙掌各
> 持一個鐃鈸，不停地忽上忽下翻拋，發出輕脆嘹亮的音聲。
> （頁14）

這個戲神竟然只有阿山看得到，當阿山朝著天空一指，且被同伴嘲笑時，這個異象「忽而回過頭來，朝阿山咧嘴一笑」，對照到日後阿山成就的電影事業，也就隱含某種寓意。其實在這件事之前，戲神就曾出現，在即將發生火災的洛東戲院倉庫，把阿山推落窗台，不但救了阿山一命，也使得觀眾轉移陣地，間接讓尤家的戲院坐收漁利。

戲神還曾化身為老乞丐，陪同阿山假扮的小乞丐一同被警察抓起來，更在後來另一次片場火災中讓阿山救了尤豐喜的命，成就了他「細漢阿部拉」的威名。

虛幻的靈界其實也有著人性化的一面，學術界對於戲神是田都元帥還是西秦王爺，一直爭論不休，而這個話題被作者巧妙地書寫於冥界片段，例如阿山的母親阿鳥就常看到仙拼仙的場面：

> 娃娃臉的田都元帥，和俊朗英挺的西秦王爺，仍是一見面就
> 鬥法，刀光劍影，滿屋亂飛；「哇──哈哈哈！管你是西

皮還是福祿，說是戲金，不的確是戲土？子丑寅卯，目虱家蚤……」。（頁215）

作者楊麗玲在處理真實、虛幻世界時，用的是類似「魔幻寫實」（magic realism）的筆法，亦即從神話、傳奇或是魔幻的傳統中，找尋文學書寫的意象與再現方式；利用神祕虛構的魔幻世界，可以質疑理性世界的線性邏輯，以及以因果累積作為思考線索的敘事體，甚至利用這種口耳相傳的文化傳統（如神話、傳奇等）對壓迫者做出嚴厲的批判。有一段敘述細漢阿部拉望見靈魂來來去去的景象：

> 在虛象的映現中，吵吵嚷嚷，時而互相穿透、疊映，像是無數無數的影像，同時投映在一處，映演的卻是各自的戲碼，而戲中的影像，卻不察自己原來只是光的投射。（頁217）

沒有重量的靈魂以為自己有重量，在吵吵鬧鬧中卻自己演著自己的故事，毫無交集，當放映的機器一關，所有的影像頓時消失，所有世間的執著、爭論不都顯得荒謬而可笑？

尤豐喜過世之後，小說中的虛幻世界更熱鬧了，因為他化身為鬼魂，漂浮於喪失時間感與空間感的虛渺中，頗類似張大春小說《將軍碑》中的那位將軍，游移在現實、過去、未來之中，看到了自己的經歷、觀念、掙扎以及「記憶扭曲」的面向。尤豐喜的鬼魂常跑回電影拍攝現場，指點工作人員該如何改進，但人們卻無視於他的存在；他想聯合其他被遺忘在歷史之外的電影人靈魂，卻發現自己輕盈如風，連一捲膠片都舉不起來。他掙脫了軀殼，在自己的

喪禮上飄飄盪盪，終於發現阿鳥能看見他，卻隨即看見自己破著一個又一個大窟窿，於是「他懊喪了許久，在錯亂的時空中穿梭，時而進出過去與未來，探查屬於他的每一個現在。」他非常遺憾，因為「搞了大半輩子電影給別人看，於今卻只能看電影般地，旁觀著人間世界的演出。」

虛幻與真實的對比書寫，有著既輕盈又沉重的表白。

（三）以小搏大的史觀與賭命格局

《行過洛津》和《戲金戲土》兩部小說的共同特色，是無意替台灣建構歷史，卻無形之中戲說了一段精采的台灣庶民生活史。這種以小搏大的書寫策略，是施叔青擅長的筆法，試圖在最細微之處窺見史家所未見的生命力，進而跳脫官方的、男性的、以英雄人物為主的史觀，翻轉台灣社會的歷史形象[16]。

嚴格說來，這是一場賭局，但以施叔青長年積累的小說技藝書寫的結果，無疑是一場勝局。誠如她自己所說，當她埋沒在一堆史料中不知如何下筆時，猛然有一個聲音告訴她，就以《陳三五娘》這齣戲以及七子戲班的小旦許情為主軸，終於串起散落滿地的珍珠[17]，於是社會的繁華、遷移的滄桑，就在許情身邊的一干小人物如優伶玉芙蓉、珍珠點、妙音阿娟、絃師蔡尋等身上呈現出來。

這一場賭局的勝出，所倚仗的是施叔青多年的書寫經驗與功力這項「賭技」，事實上，在她的「香港三部曲」之三《寂寞雲園》中便一反大歷史的窠臼，不注重政治、經濟，打破華洋對立

---

[16] 參見陳芳明〈情慾優伶與歷史幽靈——寫在施叔青《行過洛津》書前〉，出自施叔青《行過洛津》（台北：時報出版社，2003年12月），頁11。

[17] 參見施叔青《行過洛津》後記（台北：時報出版社，2003年12月），頁352。

的極限，一方面可視為後現代，另一方面亦可看作是顛覆男性敘述的女性書寫策略，即注重婦女及少數族群的「他者」（other & otherness）。施叔青早年即善於以瘋狂、詭異的寫作風格來顛覆男性敘述，即使是後來漸趨和緩，仍無法避免類似的技巧。

施叔青在《寂寞雲園》的序中表示：寫作三部曲的目的之一在於「審視殖民者的諸般心態」，揭露殖民者的統治是怎樣依據種族、文化、性別、宗教歧視的意識型態去想像他們自己和建構「他者」，試圖以女性的小歷史（妓女黃得雲的故事）顛覆男性的大歷史，[18]此即以小搏大的書寫策略。

在許多文本技巧上，《行過洛津》與「香港三部曲」頗為神似，特別是透過邊緣人物去凸顯殖民（或移民）社會的權力戲劇、人事變化，同時也像她的另一部小說《微醺彩妝》一樣，精於社會病態（如變童癖）的鋪寫，在奢豪中刻意凸顯其淒涼、物化景觀。[19]

《戲金戲土》則是在內容上呈現「戲如賭局」這樣的論點，所謂「戲金戲土」，就是說「戲有時貴如金，有時賤如土」，因為觀眾口味變化莫測，時代潮流也不易掌握。小說中敘述台語片幾度大起大落時說了這樣一段話：

> 人生如戲，戲如賭局，一翻兩瞪眼，輸贏之間，靠的是賭技，以及不可或缺的運氣。而氣數生滅，玄之又玄，得以被紀錄、歸納、探討的，往往是支離破碎的後見之明。

---

[18] 論者如張小虹、施叔、汪正翔等對《寂寞雲園》亦曾提出該小說陷入大歷史與小歷史的矛盾，因其不屬於本文討論範圍，故略而不談。
[19] 參見廖炳惠〈紀實與懷舊之間〉（聯合報讀書人版，2004年2月22日）。

（頁149）

命運有時真的諱莫如深，哪齣戲紅了？哪齣戲垮了？很難說出個憑準。當年才十一、二歲的阿山，因為一場意外結識了「大漢阿部拉」尤豐喜和郭月鳳夫婦，阿山的外婆在戲院工作，阿山也跟著打雜，他生性本就好賭，沒想到在承繼尤豐喜的電影事業後，竟一賭翻身，在他最落魄的時候，找了同在片廠打工的幾個美國青年，以一萬美金的低廉價格買進了一部叫《？？也瘋狂》的片子，沒想到上映後締造驚人票房。小說裡是這樣描寫的：

> 簡直比賭博還要更像賭博，一夕之間，曾經流落於紐約街頭，在風雪中三餐不濟、後來又流落到加州，勉強非法打工度日的細漢阿布拉，突然又成了傳奇人物，那部電影究竟賺多少鈔票，他數也數不清。

> 有錢了，回到台灣，他的日子除了賭博，仍然只有電影。
> （頁230）

一切如此荒謬，卻又如此真實，面對無法掌握的變數，也許盡人事就是最好的方法吧！小說中的人物，各有各的遭遇和苦衷，就像尤豐喜的小老婆郭月鳳，在丈夫臨死前的感受：

> 藍天。白雲。獵獵的風。操縱著線的手，必須體會風速與風向，線不能拉得太緊，也不能放得太鬆，才能將急切想飛的風箏，成功放上天空，讓它快樂飛翔，而一切仍舊扣在自己

的掌握中。……

然而，即使被長長的線拘在空中，時刻到了，線，終究還是
要斷，風箏遠颺而去，再也不會回頭。（頁200）

當線的另一端空盪盪的跌落在地，或許才終於是真正放下的時候。

二、「戲」說台灣的閱讀策略

（一）過客身分與角色認同的隱喻

身分（identity），在當代文化論述中是一個備受矚目與討論
的議題，薩伊德（Edward W.Said）在《東方主義》一書的後記中
指出：

> （認同的建構）總會牽涉到對立物和「他者」的建構，而其
> 真實性有總是受制於「我們」對他們的差異性的詮釋與再詮
> 釋。每一個年代、每一個社會，其「他者」總被一再地創造
> 出來。而這種自我或「他者」認同是一個歷史、社會、知識
> 和政治過程所產生的東西，它絕不是靜態的，反而比較像是
> 一種競賽，一種發生在所有的社會之中，並且將個人與體制
> 都牽連在內的競賽。[20]

人類身分的認同不僅不是自然且穩定的，而且是被建構出來

---

[20] 參見愛德華・薩伊德（Edward W.Said）著、王志弘等譯《東方主義》（台
北：立緒出版社，2003年10月二版八刷），頁497。

的，甚至是徹底（由無至有）被發明出來；而身分認同的建構，除了關聯種族、性別、膚色等屬性以外，更是與自己在社會中所處的權力位置有緊密的關連。

《行過洛津》的許情是如何認定他自己的身分呢？他認為自己是什麼？他怎樣看待與界定自己？他與什麼認同？他是以誰的方式去認同「我們」？他怎樣看待自己與「他者」的關係？誰形塑了他呢？

許情從小家貧，七歲被母親賣入泉香七子戲班學戲，先唱小生，後改學小旦，十六歲變聲，高音唱不上去，被班主驅逐離開戲班，從此輾轉於泉州幾個七仔戲班，從管理戲籠後台的雜役做起，後拜梨園界著名的鼓師魚鰍先為師，成為泉州錦上珠七仔戲班的鼓師。

第一次以藝名月小桂的童伶身分來台，假男為女，許情這種在性別上的流動搖擺、對自我身分的偽裝以及後來的轉變，如果重疊置放在他「過客」的身分上來觀察，那麼游離於中國／台灣，擺盪於男性／女性二元對立的越界行為，不僅可表明「過客」對自我身分認同的尷尬猶疑，同時更突顯了階級與慾望、中心與邊緣的權力配置關係。

相對於許情的「過客」身分，烏秋則是站在支配者的位置，這正是黑格爾所謂的主人／奴隸的關係，在這層關係中，奴隸成為依附性的「東西」，其存在是由得勝的他者（也就是主人）形塑的，如同沙特（J.P.Sartre）所說的：

> 我被他者所擁有，他者的眼光赤裸裸的形構我的軀體，把它如此這般地生產出來，用與我永遠不用的方式看它，他者擁

有我是什麼的秘密。[21]

　　這種主人／奴隸的關係等同於後殖民理論中殖民者與被殖民者的關係，兩者之中存在一種矛盾、共生的關係，透過權力的運作，被殖民者在形塑的過程，往往會經過一系列迷人的包裝。

　　社會及經濟地位的差異，原本就屬於被殖民者的許情更被陰性化，進而陷入了雙重殖民化的悲慘境遇。首先我們看到烏秋以「南郊益順興掌櫃」的社會地位輕易地在地位低下的戲子間做出了選擇——放棄了原本看上的飾演黃五娘的大旦玉芙蓉，選擇了演婢女益春的許情。

　　戲台上假男為女的許情，在現實情境中依舊被烏秋以陰性化的身分所擁有，透過食指與嘴唇極具象徵性的播弄挑逗，自然流洩出一幅活色生香的情慾纏綿場景。

> （烏秋）讚賞許情這一張嘴，兩片經常潮濕、因年輕而殷紅的薄唇，烏秋形容許情的脣形線條像是睡著了的山巒，溫柔地起伏，笑起來小嘴一抿，頰邊的酒窩，迷死他。
>
> 說著，烏秋伸出食指掰開許情因受到讚賞有點害羞，緊抿的嘴唇。烏秋的食指強行進入他的嘴裡，慢慢的攪動，眼睛露出看玉芙蓉時那種不懷好意的笑容。（頁32）

　　烏秋不時以「贈與」的經濟手段宰制許情，更利用贈與物的特

21　參見陶東風《後殖民主義》（台北：揚智文化公司，2000年2月），頁18。

殊性質，強化許情在現實情境中陰性化身分的認同。例如贈送給許情的定情物是一只蓮花形狀的鉛製粉盒，給他扮戲化妝用；許情得到之後如獲至寶，小心翼翼地捧在手中，始終捨不得用它。

小梨園七子戲的師傅教童伶演戲，行話叫「雕」，所謂「教戲有如雕佛像」；烏秋對許情的形塑靈感得自於懸崖式山毛欅盆栽，植物可以隨著想望雕塑造型，人也一樣可以，烏秋想把喉音未改的許情，按照自己的審美要求，雕成一個比女人還要女人，一個他心目中理想的女性型態，供他玩賞。

不僅在戲裡扮演女人，在現實生活中，烏秋也要把許情變成女人，不是要穿戲服的月小桂從戲棚走下來，他要許情穿女服，扮成真正的女人。

理想女性美的條件之一，是足下一雙三寸金蓮，纏足的行為展現的是父權社會下，以刺激陽具亢奮的情慾想像，並完全以陽性凝視為唯一基準的審美觀點下產生的一種慘無人道的陰性化過程；與此有異曲同工的則是男性的去勢過程。纏足與去勢，這兩項陰性化的過程許情都經歷過，但對他而言，在性別的認同上卻具有不同的意義。

烏秋要許情穿女服，扮成真正的女人那一晚，許情作了一個夢，在夢中他雙手護住自己的胯間，保護自己，害怕被閹割，害怕被開坊師傅像閹公雞一樣把他給閹了；同時在夢中，許情低頭一看，竟然露出一雙纖纖金蓮小腳。

夢中潛意識顯現的是許情的去勢恐懼，在性別兩極中決定性的一刻，他開始正視自己的性別認同，其中關鍵性的人物是阿娟。

烏秋帶許情來到如意居，因纏足躺在床上攤手攤腳的阿娟，像具沒有生命的傀儡，和他從前一樣。綁蹻和裹腳是一樣的，都是殘

忍的女性化儀式，許情看著阿婠，他同時看到了自己。

　　尤其當他初次看到阿婠兩粒殷紅欲滴的乳頭，除了貪婪渴切的眼光外，還包含著納悶不解。他面對的是一個真的女的，舉手投足每一個動作都流露出自然的美姿，一種有節奏的韻律感。許情跟著師傅所學的，與阿婠的動作對比之下，無一處不是在提醒他的偽裝裝扮。

　　透過阿婠的真實的女性形象，以及鏡中阿婠和自己的顯影，許情總算看清了自己陰性化的身分：

> （許情）他和阿婠肩並肩站在菱花鏡前，鏡子裡的那個顯
> 影──他的影像，看起來古怪而陌生，這個人會是我嗎？許
> 情不自禁地自問。他撫摸著圓圓的肩膀，扁平的胸脯，感覺
> 到鏡子裡的那個人與他毫不相干，與鏡中人凝視的瞬間，他
> 與「她」分離了，他的心和他的身體分隔開來，一分為二。
> 心裡的那個他，清清楚楚地知道他和阿婠不是同類，是不一
> 樣的。（頁212）

　　如果性別可以越界流動，是男是女可以任意取捨，就像演戲穿戲服一樣，上場下場，穿穿脫脫，一切都是表演，可以隨意把玩，許情在性別的認同上會選擇哪邊呢？

　　當烏秋雕塑他時，在無形的權力宰制下，許情是自願成為陰性身分的；然而當他透過鏡像發現他與她不同時，他內想望的又是什麼呢？

　　此刻他希望打散盤在頭頂的髮髻，摘下瑯璫的耳墜，拭去一

脸的白粉胭脂，褪下這一身青紫提花大襟女襖，大紅如意的
緄邊的大襠褲子，讓自己回到本來的面目。（頁212）

　　袪除一切的裝扮，他想回到自己的原始面貌，拋棄所有外在
環境加諸在他身上的權力運作，他看到了真實的自己。「阿婠」可
說是許情改變身分認同的源頭，他和阿婠一像，都是沒有生命的傀
儡，綁蹺和裹腳具有同樣的儀式意義，許情看著阿婠，他同時看
到了自己，阿婠是許情自我的投射。然而當他看到阿婠的女體及儀
態，透過鏡像的折射，他又發現了他和她的不同，於是他發現了真
實的自己。
　　一種慾望自他內心深處緩緩昇起，對她的慾望，純粹是男性
對女性的慾望，卻無法以真實的身分表明，依然要靠著變裝偷渡
自己的感情。最具象徵意義的自然是許情和阿婠扮演〈益春留
傘〉，穿著女裝的許情扮演男裝的陳三，與阿婠扮演的益春演對
手戲：

　　　陳三的眼睛與益春的眼睛對看，許情的眼睛與阿婠的眼睛對
　　　看。在這一刻，許情就是陳三，陳三就是他自己，他把戲台
　　　上那個裝模作樣的月小桂置身度外，與他毫不相干，許情從
　　　戲裡走出戲外，走出他的角色，走出他一身的裝扮，回到他
　　　真正的自己，找回那個隱藏在女服下面，與浮現在上面的正
　　　好相反的性別。（頁219）

　　如果阿婠的身分是台灣本土的隱喻，許情對阿婠潛藏的慾望，
以及他自我身分認同的焦慮、定位與轉化過程，不也正是所有遷移

過客所必然會遭逢的心路歷程嗎？

　　從後殖民的理論來看，許情的舊地重遊，可說是重新喚起歷史記憶，透過自由聯想，把片段的細節與過去的情景結合，藉以戡定當下的問題，從生活與行為中發現隱蔽的意義，哪怕這段歷史記憶充滿了裂痕與縐褶，也正因為這些被肢解的過去是痛苦的組合，對於創傷也就有了更加清晰的認識，就像全書結尾時，許情內心依舊存在著無時無刻的懸念。

　　至於《戲金戲土》這部小說，由於跨越日治時代及光復以後，正是從殖民時期走向後殖民時期，因此對於「身分」的問題較偏向族群融合與文化認同。關於日治時代，書中提到尤豐喜十七歲時，日本政府已經禁止地方戲公開上演，民眾很難在廟會中欣賞到野台戲的演出，但是福佬村裡喜歡地方戲的人，便會私下聚在劉蚶家門前的曬穀場「滾歌仔」。這種知法犯法的演出，書中描述如下：

> 為免太過招搖，曬穀場上沒有戲棚，只堆了個寬闊的土埕，有時候熬炭頭作照明，有時候則是利用當時鷹仔牌煉乳的空鐵罐裝上番仔油當燃料，點亮兩端托子上的燈芯，微弱的火苗在夜風中抖動著，即使視線昏暗，熱愛歌仔戲的鄉人還是遠近而來，將曬穀場擠得滿滿的。（頁103）

看似苦中作樂的情景，其實是「笑中帶淚」，也是對殖民勢力做軟性的控訴與批判。光復後，這種情況不再出現，代之而起的是急於向「祖國」輸誠，尋求情感認同，然而在尋求認同的過程中，卻發現因箇中差異而造成的扦格不入，以致出現一些荒謬的場景。例

如當日本投降之後，大家興起了學唱國歌的風潮，但是因為「國語」太難，所以就由一位精通漢文的辯士用「話虎瀾」的方式教唱，唱成了「灑麵——注意——，烏湯——餿粽，魚煎——麵疙，魚煎——大啊豆……」，雖然荒腔走板，但許多人還是唱得熱淚盈眶。

不過，隨著前來台灣徵收的國民政府部隊在各港口上岸以後，由於那些外省兵腳穿草鞋、肩扛棉被、手拎破傘、胸前鍋鼎叮噹晃，十分狼狽，甚至還有人沒看過自來水，逕自買水龍頭回家安裝，卻因不見水流出來而大鬧水電行，於是在台灣人心目中烙下了失望的集體印象：

> 舊的恐懼與怨恨，隨著異族政府的離去而漸行漸遠……而祖國送來一批又一批語言相異的同胞，卻是你看我，我瞧你，在許多人眼中，彼此仍是非我族類。舊秩序壞毀了，新秩序卻暫時建立不起來，唯有新的恐懼與不安在悄悄滋長……
> （頁113）

而這也開啟了針對支配性新、舊殖民勢力及其符碼的批判立場，極力尋求本土位置的後殖民論述。

國民政府接收台灣以後，由於語言、風俗習慣的不同，往往因一個小誤會而幾乎釀成衝突，尤其二二八以後更是風聲鶴唳。作者楊麗玲常利用書中兩位重要女性郭月鳳、阿蘭傳達族群認同的訊息，例如尤豐喜的戲院雇用了一個會講國語的孫漢超把關，防止別人看霸王戲，有一次孫漢超私下架設電網，差點兒鬧出人命，鄉民們夾棍帶棒的包圍戲院「叫姓孫的外省豬出來」，尤豐喜雖

不是外省人，也被子弟兵蔡猴接往隱密處避風頭，因為世居該地的蔡猴「深悉宜蘭人超強的地域性格」，而尤豐喜又是「外地來的，萬一亂起來，不好收拾」。老闆娘郭月鳳基於公平與和諧，沒有交出孫漢超，說是等警方處理，蔡猴怪她「挺外省豬」，郭月鳳則說：「不要再分什麼本省外省，咱是做生意，凡事守本分就好。」（頁46）後來，在拆遷孔廟建戲院的抗議事件中，阿蘭也說：「什麼叫在地人？外地人？在這裡生活，住了十幾二十年還不叫在地人嗎？真是太奇怪了，我阿公以前也是從屏東搬來的啊！（頁166）。」

族群溝通、認同、融合的觀點，在《戲金戲土》中常常出現，但是作者從不刻意凸顯族群的差異或衝突，反而以一種愉悅的、新奇的筆觸，看待因這個現象所導致的文化上多元化發展。例如台語片全盛時期，聲勢銳不可擋，民間呼朋引伴看電影，並開心的說：「真讚咧，原來皇帝也會說台語喔！」台語電影成了台灣人自我認同的投射。這種現象驚動了最高當局，於是馬上發揮大中原情操，緊急下令國營片廠耗費鉅資拍攝一部以台灣人來自唐山為主題的電影《黃帝子孫》，期望「喚醒民智」。

台語片與國語片的競相拍攝，是一種多元文化並陳的現象，尤其政府投入國語片的拍攝，不僅造就許多電影人才，也產生日後電影工業的蓬勃發展。誠如學者邱貴芬所言：

> 如果台灣的歷史是一部被殖民史，則台灣文化一向是文化雜燴，「跨文化」是台灣的特性，「跨語言」是台灣語言的特質。因此，建設和穩定後殖民世界的基礎在於「跨文化性」。台灣從殖民進入後殖民時代，必須達成「台灣文化即

是跨文化」的共識，藉以超越殖民／被殖民的惡質政治思考模式。兼容並蓄才能真正讓我們擺脫被殖的夢魘。[22]

（二）《陳三五娘》劇本編修的政治影射

《行過洛津》中，許情三次來台，撫今追昔，對自我身分認同的搖擺遊移，並對隱喻台灣本土身分的阿婠充滿了慾望，然而身為宜春七子戲班的副鼓師，他始終沒有勇氣用他的鼓槌去敲如意居的門。

縱然如此，許情仍將他的深情投射到洛津這塊繁華已逝的土地上，想從此落地生根，留在這裡。相對於此，同知朱仕光有如一對照組，雖然同樣是「過客」，但官派的身分，使他永遠站在主流論述的權力位置，透過他與許情的比較，以及他與這塊土地的對應關係，我們不僅可以深刻地體認到中心／邊緣的歷史處境，更值得反思的是：台灣歷史在主流論述下，如何被收編、建構的過程。以下分別從衣服裝扮與身分性別的權力宰制、揚州山水與洛津淤積的對位思索、《陳三五娘》劇本編修的政治影射三項分別論述。

1、衣服裝扮與身分性別的權力宰制

衣服與裝扮可以形塑性別，許情平日在戲台上，身著女性戲服，以小旦的角色呈現，下了戲台之後，仍然被烏秋以陰性的身分宰制，烏秋要許情脫下女性的戲服，換上真正的女裝，期望把他打造成為真正心目中理想的女性，於是帶他去量身製作：

---

[22] 參見邱貴芬〈發現台灣：建構台灣後殖民論述〉（《中外文學》第21卷第2期，1992年），頁151-167。

貓婆按照他的身材比例縫出來的女服，穿起來很是合身，好
像是他身體的一部分似的，絳紅浮暗花的女襖，下身一條水
藍色牙子飾邊的大襠褲。（頁78）

穿著真正的女性服飾，許情覺得是衣服在穿他，而不是他在穿
衣服，衣服與裝扮把他形塑成了一個陰性。

第二次到洛津來，許情已經脫下了清紫女服，回到本來的面
目，成為泉州宜春七子戲班的副鼓師，雖然他沒有真正地被烏秋閹
割，然而就心理層面而言，他早已淪為去勢的男人：

他身上這件寶藍素色麻布對襟男衫，也穿有幾年了，仍然感
到不合身，好像跟別人借來暫時穿上的，漿水洗過的領子硬
梆梆的，許情扭了一下脖頸，腰身也不由自主地跟著扭動，
七子戲班小旦扭腰擺臀故作姿態的習性還是沒改過來。（頁
344）

在權力的操控下，許情被陰性化的歷程恐怕終其一生都會成為
他的創傷；相對於此，同知朱仕光在服飾裝扮上，除了展現父權符
號與權力宰制之外，更為後續情節中內在／外在、道德／情欲的對
立上預留了伏筆。

同知朱仕光往泉州街去赴萬合行老闆石煙城的午宴，當時石煙
城的穿著是：

他頭戴瓜皮帽，身穿簇新的淺灰對襟馬褂，浮著泥金團花，
長度只到肚臍，是嘉慶一朝新近流行的長度，馬褂的衣料是

> 錦緞中最名貴的，金陵織造的雲錦，萬合行船頭行的糖船運
> 載蔗糖到寧波上海，打通關係托人特地高價捎回的，淺灰與
> 泥金也正是目下京官時興的顏色。（頁60）

　　所謂「輸人不輸陣」，光是從這衣服裝扮的氣勢上，石煙城已奪人先聲，相形之下，同知朱仕光身上穿的是深絳色的「福色」團花馬褂，比起郊商石煙城的雲錦，不論是顏色或是款式，都顯得發烏過時，氣勢頓時矮了一節。

　　石煙城雖是靠赴買賣致富的海商，在地方卻扮演舉足輕重的角色，勢力及影響力竟然凌駕官府之上，雖然他貌似恭謹，然而從穿著行頭上來看，顯然特意與前來做客的地方官暗中較勁。同知朱仕光看在眼裡，內心直後悔沒穿戴他五品補子白鷳官服在這郊商面前擺擺官威。

　　官服代表一種權力的符號，穿著裝扮的選擇，不僅僅是自己身分的表達，更是與對方權力拉扯角力的場域，洛津地區官員與郊商的權力角逐，穿著裝扮可謂處處玄機。

　　官服所代表的權利符號，對一般小老百姓而言，實在遙不可及，反倒是戲台上的帝王將相平易近人些。因此，把戲場當作官場，戲服當作官服的鬧劇也不乏其例。當時淡水分府，為了迎接新上任的總兵，臨時來不及縫製具威儀的服飾，班役火速向戲班借長秀雉尾、額眉、紅綠衣帽給歡迎隊伍穿戴。

　　康熙末年，朱一貴揭竿造反，佔領台灣，國號大明，人稱鴨母王，他大封的國師、太師、公侯將軍、尚書總兵以千計，卻對朝廷官場的體統制度一無所知，真的以為就是戲棚上帝王將相的裝扮。於是他們到戲班強行索取蟒服行頭，搜括殆盡，由於官員太多，戲

衣冠帽不足，便將戲棚上的道具，桌圍椅帔等，只要有顏色的，都可披掛上陣，當時流行一首挖苦的歌謠：

> 頭戴明朝帽，身穿清朝衣，五月稱永和，六月還康熙。（頁117）

衣服裝扮不僅是權力的符號、身分的表徵，透過季節冷熱的強烈變化，選擇自身體溫適應的衣物，外在環境與內在感受交互牽制下，一種大陸／島嶼、主流／邊緣的論述隱約浮現。

> 同知朱仕光感嘆這種天氣對他這來自四季分明的大陸客，簡直不知如何穿衣，整個亂了套。（頁56）

不知如何穿衣，亂了套的同知朱仕光把他後來發生的罪過都歸咎於「洛津的天氣水土」（頁309）；而「炎炎夏日竟然披上羊裘」（頁56）一語，也一直要到同知朱仕光罵許情天生骨頭賤，命令他把身子放鬆，讓他「俯身遷就」（頁298），參照前後文，我們才恍然大悟，這不正是金聖嘆、張竹坡等人常用的「草蛇灰線法」、「千里伏脈法」，也就是所謂的「伏筆」。[23] 在這樣的前後映帶下，平日衣冠楚楚的同知朱仕光在中心／邊緣、道德／情欲的歷史論述中，暴露了書寫者表裡不一的荒謬干涉。

---

23 參見謝昕、羊列容、周啟志《中國通俗小說理論綱要》（台北：文津出版社，1992年3月），頁101。

2、揚州山水與洛津淤積的對位思索

洛津所代表的島嶼文化，與揚州所代表的大陸文化，在同知朱仕光的凝視下，依賴一種地理優越性（positional superiority）的策略，使揚州所代表的一切都處在一個高高在上的位置，這種將一種文化形式優於他種文化形式並得到認可的狀態，正是葛蘭西（Antonio Gramsci）所謂的「霸權」（hegemony）。薩依德引用了這個概念，說明「東方主義」就是歐洲人一種「關於東方」的文化霸權，一種建構為「主體／客體」、「歐洲優越性／東方落後性」的思維模式和文體。[24]這種思維模式和文體，通過僵化的二元表述系統（a dichotomizing system of representation），先對東方與西方各自的特性加以區別，然後再讓這種區別固定化，於是東方被特徵化地標定為：無聲、感官化、陰弱、專制、非理性、落後，而西方卻是：陽剛、民主、理性、道德、積極和進步。[25]

借用東方主義的理論，運用地理優越性的策略，《行過洛津》也可看到同樣的霸權論述。首先看看描述台灣季候的修辭：「風土惡劣」、「酷熱難當」、「暑熱所苦」、「狂風大作」、「一雨成秋」、「孤懸海外」、「瘴癘蠻雨」、「毒蛇密佈」、「窮山惡水」、「海角餘地」……真是不一而足，有詩人形容此地：

> 驚聞海東水土惡，征人疾疫十而九。（頁56）

---

[24] 參見宋國誠《後殖民論述──從法農到薩伊德》（台北：擎松出版公司，2003年11月），頁313。
[25] 同上。

如此惡劣的海島，難怪同知朱仕光和所有派駐台灣的官員一樣，隻身上任，不願攜家帶眷，反正在台地做官，三年官兩年滿，任期未了，即可打道渡海回家，這已是不成文的規定。被拋棄在窮山惡水的海角餘地，同知朱仕光自然是感到孤單無依了。

接下來，同知朱仕光不時會把自己的思緒拉回到人文薈萃的揚州，兩相比較，「優越／落後」的敘述模式，隨處可見。

當他坐在萬合行寬敞氣派的正廳，只覺得一屋子的桌案椅几，不是鏤雕漆紅描金，就是嵌鑲珠螺片，這暴發俗麗的廳堂，與揚州的庭園山水，在品味格局上真是天差地遠；郊商石煙城珍藏的頂級鐵觀音，泡出來的茶鹹味蓋過茶香，當然這也會勾起他的記憶，他多麼渴望喝上一杯用揚州大明寺泉水泡的好茶。

如同普魯斯特的小瑪德萊娜蛋糕，飲食與氣味總是最容易牽動記憶的媒介，同知朱仕光對於食物的好惡，依然無法跳脫「優越／落後」的思維框架，因此，他對於洛津人嗜食如命的烏魚沒有好感，就連洛津諺語「要吃烏魚不穿褲」，聽在他的耳中，也覺得粗俗不堪。

吃烏魚頭煮湯的時候，同知朱仕光想到的是魚片細嫩、魚腸綿軟的揚州黑魚湯；喝到台灣的竹筍湯，苦得無法下嚥，又不好意思在宴席上吐出，只好在寄回揚州的家書上寫道：「可惜竹筍都苦不可食。」

面對那碗切仔米粉，他放下筷子嘆口氣，他想喝一口九絲湯，揚州自家的廚子佐以清蒸鰣魚，那簡直是人間美味。在這「鳥不生蛋的濱海絕地」，他多麼渴望吃一碗豐腴的家鄉菜，食物（豬頭）與家鄉（揚州）的連結，透過〈望江南〉這闋詞，文字語言中隱伏了霸權文化的思維：

揚州好，法海寺閒游，湖上虛堂開對岸，水邊團塔映中流，留客爛豬頭。（頁176）

3、《陳三五娘》劇本編修的政治影射

　　根據傅柯（Michel Foucault）的權力論述，「權力」藉由嚴密的凝視與監控機制，使人在「權力」的制範中被規訓為馴服的心智和身體；「女性主義」學者哈樂薇（Donna Haraway）更提出「設身處地的知識」，主張將「知識」這個對象物描寫成為一個行動者和「動作媒」，必須批判藏身於「知識」體系建構背後的支配權力關係，只有在這樣的意義下，才得以將種族、父權和意識形態的傳統加以重新組構和運作，並從中形成新的概念和想像。[26]這也就是斯圖亞特・霍爾（Stuart Hall）所說的：

> 文化研究開始它的工作的時候，它的任務是撕開人文主義傳統中那些被認為是未言明的前提，必須闡明支撐實踐的意識形態假定，對於人文科學與藝術把自己打扮為中立的知識方式實施意識形態的批判。[27]

　　知識從來不是中立的，它背後往往隱藏了某種意識形態，在傳達過程中已然建構了權力支配的關係。

　　洛津第二十任同知盧鴻曾寫過《洛津隨筆》，藉以表達自己的

---

[26] 參見廖炳惠編著之《關鍵詞200》「知識權力」條（台北：麥田出版社，2003年9月23日），頁148。

[27] 參見陶東風《後殖民主義》（台北：揚智文化公司，2000年2月），頁61。

看法，「書寫」正是一種知識的傳達與權力的建構；同知朱仕光有意寫一部方誌，以補盧鴻隨筆之不足，他書寫的理由有兩點：

> 成書之後，當可具經世教化之功能，大清王朝至康熙以降，已充分認識到方誌是輔治之書，大事提倡纂修，撰寫方誌也可明哲保身，乾隆一朝的幾大文字獄，至今仍餘波未了。
> （頁68）

這一段敘述充滿了微妙的政治意涵，「文字獄」本身即是透過權力的展現，強行壓抑知識的嚴酷手段，如果這是異族統治的高壓政策，漢人官吏在逃避這種權力支配的過程，弔詭的卻想用「撰寫方誌」這樣的兩面手法，對宗主國清朝既無殺傷力，對殖民地台灣卻具有權力書寫的操控意味。

同知朱仕光沒有撰寫方誌，他選擇了一個更具影響力的權力書寫策略——劇本編修。泉香七子戲班在天后宮演《荔鏡記》，戲棚上的戲唱到高潮，戲棚下的觀眾也情不自禁，模仿戲中人。陳三、五娘敢於衝破禮教的藩籬，連夜私奔，當時戲迷當中，真的有一對男女假戲真做，把戲劇情節化為了實際行動。

同知朱仕光向來以德化洛津風俗為己任，他想效法他的本家，宋代理學家朱熹，這位大儒，一到閩南上任，立即禁止演戲劣風，並且曾經出令限定女子出門必須以花巾兜面，這種遮面巾，當地人稱之為「朱公兜」。

「朱公兜」是個象徵：透過禮教的花巾，遮住真實面目的政治干預道具。同知朱仕光的內心也潛存著無數個「朱公兜」：

早知應該追隨廈門、澎湖兩地官員，以《荔鏡記》陳三五娘
這齣七子戲，太過淫辭醜態傷風敗俗而下令禁演，他尤其佩
服這兩地官員的勇氣，對富家大族爭相蓄養戲子的醜態也敢
於不畏權勢，明令禁止。（頁119）

　　心思細密的同知朱仕光沒有不畏權勢的勇氣，他精於算計，不
敢輕舉妄動，對禁止演戲一事決定從長計議。

　　同知朱仕光沒有禁止演戲，非但如此，泉香七子戲班反倒進駐
了他粟倉同知署廳衙第二進的庭院，陳三五娘悲歡離合的故事佔據
了他的腦海，假男為女的優伶極盡聲色之美的表演，更令他達到了
忘我之境。

　　這「忘我」之境，實際上才是「真我」的流露，純粹真實的
情感讓同知朱仕光暫時拋棄了自己心靈的「朱公兜」，於是天人
交戰，真實的情感與道德禮教在他內心拉扯，經過了三天的目眩神
迷，他總算清醒了過來，拒絕繼續頹廢墮落。要端正視聽，就先從
修改劇本下手。學者宋國誠認為：

文化往往被視為一種「反祖求榮」式的回歸方案，這種以知
性為典範、以道德為訓戒的方案，不容許任何多元的、混雜
的自由思想的存在。這兩種「聖魔二分法」的文化演譯，其
結果必然是一個效忠自己文化的民族和另一個文化被鄙視的
民族之間難以罷休的戰鬥。[28]

---

[28] 參見參見宋國誠《後殖民論述──從法農到薩伊德》（台北：擎松出版公
　　司，2003年11月），頁534。

同知朱仕光的修改劇本，無疑正是一種「反祖求榮」式的回歸方案，這段「編修／回歸」的過程，「優越／落後」的霸權敘述俯拾皆是。從一開頭他就對梨園戲的稱謂有意見：

> 「梨園」一詞來自唐明皇坐部伎子弟三百人教於梨園，稱皇帝梨園弟子，本是古代帝王培養藝人的場所，而這名不見經傳的閩南地方戲劇，卻膽敢以梨園為名，同知朱仕光難以苟同。（頁133）

就連翻閱劇本的姿勢，都充斥著文化鄙視的符碼：

> 手拿一把竹尺，挑翻桌上的戲簿，不肯用手指去翻看，那草紙一樣粗糙的黃色紙張，黑筆字體拙劣幼稚，旁邊附著蚯蚓一樣的工尺譜，看起來慘不忍睹，虐待同知朱仕光的眼睛。（頁130）

對於詞不達意的戲文內容，他連看都懶得看了。

> 喚來廳府中的書吏，囑咐他把戲本重新抄寫一遍，還特別叮嚀不必照原文重抄，而是把其中的泉州閩南土語一律翻譯成官話，授意書吏對戲文中的口語對白只需取其大意，不必忠實原著。閩南這種俚俗的方言一向不被士大夫看中，口白用詞本來就沒有獨立的文字，聽起來更是詰屈聱牙，全然不可解。（頁130）

書吏是位紹興師爺，對泉州土語一竅不通，只好又找了個流落洛津的泉州文士，進行口述翻譯。從閱讀態度、修辭策略、重新抄寫、省略原文、取其大意、二手翻譯，這段編修過程背後的意識形態，恰是一個「簡化－劣等」的不平等權力運作。

書吏與文士的拉扯過程，可說是「中心／邊陲」、「大陸／島嶼」權力角逐的縮影，泉州文士本身即處在一個「弔詭認同」（paradox of identity）的狀態中，遊移在「定居與流放」、「精英與世俗」、「正統與民間」雙重區塊中。

> （泉州文士）體悟到中國一部二十四史，無非是帝王將相的家譜，從此棄筆不寫儒家正統思想的八股論文，把興趣轉向民間俗文學，開始關切庶民生活。（頁131）

文士處心積慮保存庶民生動的口語，書吏卻認為這些不過是鄙俗的糟粕，看不慣劇中男女主角「品行低劣，語言粗野，面目可憎，難登大雅之堂」，於是大刀闊斧刪除俚俗的口白，堆砌一些毫無意義的華麗詞藻。

這些經過大事「改良」過的本子稱為「潔本」，「改良」本身是意識形態支配下的權力運作，可說是隱性的「文字獄」；「潔本」則是臣服於道德框架下的產物。同知朱仕光將「潔本」重新改寫編制，以符合教化的道德戲曲，在雙重道德框架下的劇本，成了失去生命活力的行屍走肉。

從「改良」至成為「潔本」的歷程，可說是文化在面對「差異性遭遇」時所發揮的功能，這種功能會將異文化「安置」在本文化的「價值框架」裡，使得異文化必須在本文化下被定義、被理解。

批閱戲文，同知朱仕光首先無法接受陳三打破黃家寶鏡，賣身為奴的情節。「賣身為奴」意味著價值認同與身分改變，傳統價值制約下的同知朱仕光自然是無法跳脫「主人／奴隸」的主流論述，對照比較許情與蔡尋的際遇，他們一定能夠體會，甚至羨慕陳三賣身為奴的境遇吧。

　　至於賣身後的陳三，不時受到五娘的屈辱，這極具戲劇效果的情節，同知朱仕光卻認為是低俗的庶民趣味，畢竟在父權意識操控下的主流論述，男尊女卑天經地義。陰陽顛倒，反向操作的戲劇發展，在同知朱仕光的眼中，會造成社會脫序的嚴重後果。

　　位居權力核心的同知朱仕光，偶爾也會有虛懸擺蕩，身處邊緣的感覺。身處邊緣固然會有無邊寂寞湧上心頭，但同時也可體會到一種無拘無束的自由，這時內在最真實的情欲開始和外在的道德禮教展開對抗。

　　在這種「道德／情欲」的論述下，連外在景觀都會產生不同的想像，道德意識高漲時，同知朱仕光腦海中浮現的是冰清玉潔的瓊花；原始情欲在體內竄流時，眼中所見盡是俗艷亂顫的紅彤一片：

> 除了沒有家眷約束，他隔著海峽，身在化外，天高皇帝遠，
> 無形之中，中原儒家的禮制規範逐漸鬆動了，好些在大陸內
> 地不敢想像、不可能發生的情事，在這孤懸的海島，他可以
> 為所欲為擅自作主，結果都變得可能。（頁205）

就這樣，「道德／情欲」的論述，與「中心／邊緣」、「大陸／島嶼」的論述形成有機的連結，在這編織緊密的天羅地網中，透視同知朱仕光的兩項行為——《荔鏡記》劇本的編修以及和許情求歡的

過程，呈現出怎樣的意義呢？

　　修編劇本自然是主流論述對邊緣文化的收編及干預，想要對
《荔鏡記》劇本道德整飭的同知朱仕光，卻對扮演劇中角色的演員
恣意求歡，在道德禮教的外衣下，潛伏著原始情慾的奔放流動，把
這種表裡不一的現象，放在歷史書寫的脈絡中，我們可以清楚的看
到台灣歷史在過去的大陸論述中，被收編扭曲的情況，這種陰性化
的過程以及受外在勢力操控，難以發聲的位置，在小說中有一段反
覆呈現、極為傳神的意象：

　　　　那的喚做甚傀儡，墨墨線兒捏著紅兒粧著人樣東西。（頁
　　　　298）

同知朱仕光編修的劇本完成了，對於離經叛道、移居外地的男女，
他決定給予「敘別發配」的懲罰，以不團圓的悲劇，寫下了「劇
終」。

　　官方的劇本結束了，但台灣的劇本沒完，而且才開始，在沒有
外在力量的干涉下，不同版本的劇本正在迸發。

第二節　性別、家國的重層觀照——電影《失聲畫眉》、《戲夢人生》與《沙河悲歌》

一、戲曲文化的多重再現

　　八〇年代起是「台灣新電影」的時代，一改七〇年代的社會
寫實片、反共政策片，而是延續六〇年代的健康寫實片，轉而更注

重反省生活，更重要的，便是大量改編文學作品，如《兒子的大玩偶》、《玉卿嫂》、《油麻菜籽》等等，這股改編文學作品的風潮，搭配到鄉土寫實小說中反映戲班伶人生活的篇章，便造就了台灣傳統戲曲的影像書寫。

以緒論所述的前三部電影的原著小說為例，《失聲畫眉》為作者將親身經歷改寫成小說，類似田野調查報告；而《戲夢人生》則是李天祿的回憶錄，嚴格說來雖不是小說，但畢竟也不是史料，反而有著像小說一樣編織、重組以及部分虛構的現象，因此，這三個文本為內中所描述內容的第一重再現。小說改編成電影時，亦須經過導演、編劇對主題內容的確認和提煉，這是第二重再現。經過雙重再現，作為被描述主體的台灣傳統戲曲，其在影片中所佔的位置就更明顯，更有明確的內涵表述。

《失聲畫眉》是1990年自立報系百萬小說獎首獎，作者凌煙，本名莊淑貞，台灣台南人。這本小說是該文學獎舉辦四屆以來首部獲獎的作品，故事描述慕雲從小就愛上臺灣本土藝術歌仔戲，這份情懷在她高中畢業後變成積極的行動，毅然加入歌仔戲團學戲、參加演出。由於時代演變，民風不同於以往，電子媒體的娛樂取代傳統娛樂，原本純樸民風的農村百姓，胃口轉變成喜歡衣服穿少一點、露多一點的脫衣舞或穿幫秀表演。堅持傳統藝術的歌仔戲遂失去原有的觀眾，每回演出台下只有小貓兩三隻，又以老人為多，淒涼冷落的場面和無情的時代巨輪，給慕雲很大的衝擊。加上眼見有一些女團員在生活壓力下，兼做應召女或為喪家唱牽亡魂，使慕雲的想法起了很大的改變，更懷疑自己投入這個夕陽藝術活動究竟有什麼意義？

《失聲畫眉》寫「歌仔戲班特殊的營生形式，還有女性演員的

同性戀恩怨，原是極討好的題材。可惜作者心有旁鶩，在哀嘆原鄉不再、清音難尋的前提下，未能做更細膩的處理」。[29]邱貴芬則是在鄉土之上加入女性議題，她在〈女性的「鄉土想像」：台灣當代女性小說初探〉一文中勾勒出女性的鄉土想像，相對於男性作家寄情懷舊或批判工商剝削，女性作家則更關切自身的性別處境與生活慾望。[30]洪凌、曾秀萍等是從「同志文學」角度切入，洪凌認為這是一部「以歌仔戲文化生態的殊異性為主線，將作者自身認為『悲苦的女同性戀』插入敘事框架」[31]的小說；曾秀萍則將之放入「女同志小說」[32]的書寫脈絡。[33]到了2005年，年輕一代的學者鄧雅丹便在「鄉土」和「同志」兩個概念上，融合成「鄉下酷兒」的說法對《失聲畫眉》進行討論。[34]

　　從學者們前仆後繼的提出不同的閱讀策略，可以看出《失聲畫眉》是九○年代台灣文學史的重要里程碑。

　　林文淇在〈戲、歷史、人生：《霸王別姬》與《戲夢人生》

---

[29] 參見王德威〈一鳴不驚人：評凌煙的《失聲畫眉》〉（引自《閱讀當代小說》，台北：遠流出版社，1991年。頁118-119）。

[30] 參見梅家玲編《性別論述與台灣小說》（台北：麥田出版社，2000年10月），頁20。

[31] 參見洪凌〈蕾絲與鞭子的交歡——從當代台灣小說註釋女同性戀的慾望流動〉（引自《當代台灣情色文學論——蕾絲與鞭子的交歡》，台北：時報文化，1997年3月。頁96）。

[32] 曾秀萍於文章中對「女同志小說」的界定為「描寫女性間戀情（情慾）的小說」。

[33] 參見曾秀萍〈九0年代台灣「女同志小說」書寫的顛覆性及其矛盾〉（《水筆仔》第七期，1999年4月。頁10-32）。

[34] 參見鄧雅丹《《失聲畫眉》研究：鄉下酷兒的再現與閱讀政治》（國立清華大學碩士論文，2005年7月）。

中的國族認同〉[35]提及：整部《戲夢人生》便是用後設的形式凸顯歷史、人生如戲般虛構的本質，片中的「歷史」半由李天祿本人口述，半由林強等人虛擬演出，也就是陳述手法與再現手法的交互出現，而且李天祿本人現身說法時，總出現在劇情片的拍攝場景內，指出劇情片的虛構性。即使是李天祿自己敘述的經歷，例如他與情人艷紅的交往，也在他自己第二次的複述中有所不同，讓觀眾了解所謂記錄片的主觀成分。這些後設的呈現手法，加上片首介紹的布袋戲開演前必有的扮仙戲，影片不斷地暗示、明示影片本身不過是搬演歷史的另一齣戲。

綜觀李天祿的一生，幾乎等於一部台灣布袋戲史，而侯孝賢的《戲夢人生》雖看似替李天祿作傳，但因只演到台灣光復，所以應是藉由李天祿的故事探掘台灣的過去，描述日治時期五十年生活的情況，且是藉由操偶師傅、歌仔戲演員、走唱賣藝人這個活在社會邊緣的人物，找尋藏匿於歷史的表象之下、超出意識形態之外的台灣文化元素。

然而《戲夢人生》的後設手法，產生了影片的多重觀點，而布袋戲更隱喻了歷史、認同、真相的再現問題。

再以《沙河悲歌》為例，七等生筆下的人物，十分符合現代主義所關注的對象：

> 現代主義新的關注對象是所選擇的現象的特殊性，個性的獨特本質，以及個性和整體之間不斷變化的關係。那些流浪者、孤獨者、流亡者、焦慮不安者，不定居者和無家可歸

---

[35] 出自《中外文學》第23卷第1期，1994年6月，頁139-156。

者，不再是被自信的社會所遺棄的人，他們由於置身社會之外，而成為這個時代佔有獨特地位的人。[36]

張雅惠《存在與欲望——七等生小說主題研究》（國立政治大學碩士論文，2003年7月，頁129）中說七等生透過超越世俗的自我肯定，描述一些看似墮落卻保有純真靈魂的流浪者、逃亡者……他們分別在生活、藝術、寫作中實踐個人的哲學理念，肯定自我的存在價值。

　　但筆者以改編後的電影來看，如果說一位懷著小喇叭夢的青年不能被培植成一流音樂家是一種「淪落」，那麼，歌仔戲飽受電影取代的壓力以及小鄉鎮黑社會的榨取，又何嘗不是被逼到窮途末路呢？藝術殿堂容不得貧窮男孩的音樂夢，反倒是歷盡滄桑的歌仔戲與女團主更能包容、更能憐惜、更能呵護這樣的青春年少。故鄉與家人的記憶連續帶給文龍幻滅痛苦，但卻能撫慰他的心靈，給他勇氣和力量。正如同他所說的：「在追求藝術的過程中，我了解自己」。片中用現實歌仔戲班底演出，提供了厚實可信的基礎，不論是戲中戲，還是下戲教戲，都甚具神采，甚至有搶戲之嫌。

　　《沙河悲歌》雖然不是一部以音樂、歌仔戲為主的電影，但是期間所探索、暗示的歌仔戲相關課題仍引起廣大迴響，至於「悲歌」二字，更有著殉道（藝術）的執著。

　　台灣電影反映鄉土議題的情況，一直是延伸到「後——新電影」時期。2009年10月中央研究院中國文哲研究所所舉辦的「美

---

[36] 參見馬・布雷德伯里、詹・麥克法蘭，胡佳巒譯《現代主義》（上海：上海外語教育出版社，1992年6月），頁63。

學與庶民：2008台灣「後──新電影」（Post Taiwan New Cinema）現象研討會」，正式將「後──新電影」納入電影學術議題的討論。台灣電影的發展過程，長久以來主要是靠著政府提供的輔導金支持，為了獲取資金來源，劇本內容不免貼近文化政策方向。台灣文創產業不外乎強調「地方」、「傳統文化」，因此「後──新電影」產生了很多帶有民俗文化與地方特質的作品，例如《流浪神狗人》（2008）、《父後七日》（2010）、《電哪吒》（2011）、《龍飛鳳舞》（2012）、《陣頭》（2012）等，其中《父後七日》與《龍飛鳳舞》是同一位導演王育麟的作品。王育麟在談及創作源起時，提及拍《父後七日》的時候，內容有道士拿著小火把繞來繞去，執行招亡魂的儀式，旁邊有電子琴，還有敲鑼打鼓的人，感覺跟歌仔戲很相似，他並對劇中道士講的一段話印象深刻：「今嘛你的身軀攏總好了，無傷無痕，無病無煞，親像少年時欲去打拚。」我想在台語的領域裡，再找到像這麼美的東西。

後來他發現，葬儀與戲曲之間有相同的脈絡，都是一種儀式、都在說一件事情，前者要把亡魂帶回家，後者述說更大的教忠教孝。所以他希望選擇這個較困難、不一樣的題材，一改過去對歌仔戲哭得死去活來的印象，傳達其服飾的美、妝扮的美、語言的美，以及生猛有活力的面向，試圖傳達民間堅韌的生命力。

以上這些作品，建構了以戲曲為觀察方向的庶民文化面貌，從小說到電影，更是具體而微，以下我們提煉出性別、家國兩個議題，分析上述與台灣戲曲相關電影所凸顯的兩個面向，俾見影像詮釋的內涵。

二、性別展演的突破與跨越

　　角色扮演是戲劇的主要成分，這種扮演指對人物的舉動作出模仿，至少要達到「形似」的要求，然而角色扮演的最高層次是「神似」。因此傳統戲曲的行當表演，往往跨越演員性別的侷限，然而在精進表演藝術的過程中，戲裡性別延伸至戲外的現象，是電影喜愛呈現的話題。

　　乾旦與坤生在唱唸做打方面，均需花費加倍的揣摩功夫，我們從歷來的文獻資料可以看到他們如何精進自己的唱作造詣，以突破重色不重藝的觀感。《宣南雜俎》〈試喉〉有說：

> 曉雞未唱發清謳，面壁聲聲試玉喉。一曲漫誇兒技熟，耐寒憐煞五更頭。[37]

此言乾旦在唱功方面所付出的努力。蜀西樵也《燕臺花事錄》、苕溪藝蘭生《側帽餘譚》等，均對乾旦唱功作出批評：

> 姚主人寶香，字妙珊，京師人，年十九。出瑞春，結束登場，儼然莊婦而歌喉清婉，尤有繞梁韻。其得名在癸酉前，見人殊落落近則，閱歷世故。與談輒如聽柘枝兒，聲聲入心坎中。[38]

---

[37] 參見藝蘭生著《宣南雜俎》，收錄於張次溪編《清代燕都梨園史料》第二冊，台北：台灣學生書局，1965年，頁988。

[38] 參見蜀西樵也《燕臺花事錄》，收錄於周駿富《清代傳記叢刊》藝林類43，台北：明文書局，1985年，頁209。

陳嘯雲，字琴芬，京師人，年十五。景蘇弟子，音清越以長。對面樓頭，人聲騰沸中能聞其語。[39]

可知乾旦們對自己的技藝有很高的審美要求。

男演員扮演女性角色時，對舞蹈和科範亦相當講究。藝蘭生《評花新譜》、蜀西樵也《燕臺花事錄》等，均對當時乾旦的表演模式作出評論：

近信，孟金喜，字如秋，年十三，隸春台部。風流蘊藉，宜喜宜嗔。登場以濃豔勝，演蕩婦尤神肖。眄睞生姿，足令觀者心醉。[40]

馬鳳，字棲碧。現在大順寧部。英姿峭骨不事描眉畫目，而風致自佳。於踏蹺後，愈見趫捷。乃旦色中，別樹一幟。[41]

除了乾旦之外，坤生對自身藝事的精進亦不遑多讓。一代坤生孟小冬，最為人所津津樂道的就是用氣和「字頭、字腹、字尾」切音，咬字極為細緻講究，從容沈穩，毫無雌音。嗓音渾厚，偶而還能出現幾絲瘖啞，更覺蒼勁，呈現出醇厚清雅氣韻。如果我們比對孟小冬少女時期的唱片，便可發現少女時期她嗓音既高且衝，痛快淋

---

39 參見藝蘭生《側帽餘譚》，收錄於張次溪《清代燕都梨園史料》第二冊，台北：台灣學生書局，1965年，頁1137。
40 參見藝蘭生《評花新譜》，收錄於周駿富《清代傳記叢刊》藝林類39，台北：明文書局，1985年，頁88。
41 同註38，頁210。

漓，一氣呵成，但顯然並不講究字音，且有些尖銳、迫促，和後來的渾厚從容完全不同。[42]可見除了有「祖師爺賞飯吃」的天份外，她揣摩其師余叔岩的唱腔所做的努力得到了極度肯定。

乾旦與坤生的表演藝術，乃擷取真實生活的原型，提煉神韻加工之後，「乾旦」往往「比女人還要女人」，「坤生」更常較真實男子具俊雅魅力！無論是「乾旦」亦或「坤生」，都在戲曲「寫意」與「唯美」的美學條件下，得以成立。戲曲的超寫實，使演員得以濃彩的裝扮，嚴謹的訓練，過渡到劇中人物。戲曲表演的「顛倒乾坤」，憑藉的當是表演的程式體系與演員的天資稟賦，所以演員的天然性別，實非最重要的標準與條件。[43]然而正因為如此，傳統戲曲的觀劇趣味及劇藝呈現也就更加豐富多姿。

在前述乾旦坤生的發展歷程中，戲曲演員始終擺盪在表演的真實與人生的現實之間，他們為了提升表演層次，極力模仿女性的身段神情，因此在真實人生當中也往往被當作女性看待。以清朝乾嘉時期造成花雅之爭的秦腔乾旦魏長生為例，魏長生曾三度進京獻藝，據吳太初《燕蘭小譜》記載：「一時歌樓觀者如堵，而六大班幾無人過問，或至散去。」當時薈萃於北京的秦、楚、滇、黔、晉、粵、燕、趙各地演員，紛紛向魏和他的學生陳銀官（渼碧）觀摩學習。一時以魏長生為代表的蜀伶所演的秦腔，風靡京華。魏長生為了成功呈現女態，還發明了蹺功，模擬女子纏足走路的婀娜多

---

42 參見王安祈〈京劇流派：生命風格的體現——以余叔岩、孟小冬、李少春師徒關係為討論核心〉，發表於台灣大學戲劇系「探索新景觀：2008劇場藝術學術研討會」，2008年10月31日至11月2日。後收錄於《性別、政治與京劇表演文化》（台北：國立台灣大學出版中心），2020年。

43 參見劉慧芬〈戲場乾坤變：談跨越性別的角色扮演〉，引自台大婦女研究室《婦研縱橫》第72期，2004年10月。

姿，這就是戲曲旦角踩蹺的由來。但因他所演的一些女性角色有大膽勇敢追尋真愛的行為，使得當時保守派人士不滿，1785年，清政府以正風俗、禁誨淫之戲為名，明令禁止秦腔戲班在京城演唱，魏一度被迫入崑弋班演出，後離京到揚州賣藝，加入江鶴亭掌管的春台班。由於他演戲不專用舊本，別開生面，在揚州又紅極一時，當地花部和崑班演員群起仿效。1801年重返北京，神韻雖稍減當年，但聲容如舊，風韻猶佳。可惜翌年夏天，演畢《背娃入府》後即氣絕於後臺。魏長生在北京演出遼邦公主時，有一次乾隆皇帝與一名愛妃喬裝出宮看戲，皇妃被魏長生的扮相所迷，且因與早逝的公主和碩格格模樣相似，不禁潸然淚下，乾隆怕皇妃傷心，建議皇妃收魏長生作乾女兒，於是第二天，魏長生仍穿著遼邦公主的裝束進宮謝恩，由於這次奇遇，民間都稱他「魏皇姑」，他死後埋在家鄉的墳地也被稱做「皇姑墳」。戲裡人生竟掩蓋了他真實的男兒身份，這正是乾旦或坤生難解的宿命。[44]

　　電影《失聲畫眉》的一開場，透過小女孩躲在後台的一雙眼睛，看著一位女性演員點燃一支菸，當鑼鼓聲起，把菸一扔，走到前台便成為英氣逼人的小生，甚至跟扮演小旦的演員纏纏綿綿，如此雌雄難分、虛實莫辨，揭示了影片的主軸。隨著第一幕的簾幕蓋下，跳接到高職畢業後的小女孩，毅然投入戲班，親身捲入了同性情感世界的風波，可謂見證亦旁觀了整個歌仔戲劇團的興衰。

　　歌仔戲小生多半由女性扮演，使得歌仔戲舞台成為一個性別扮演空間。誠如上述自古以來乾旦坤生的劇藝揣摩，女性扮演男性，在擬真的過程中有時會發展出對另一性別的認同，歌仔戲名演員孫

----

[44] 關於乾旦坤生的發展歷程，詳見第三章第一節。

翠鳳曾表示，她在扮演男性角色時，其實是在實踐一種性別置換之想像：

> 當我上台演男人以後，我覺得老天爺對我蠻公平的，我在現實生活沒有辦法找到和彌補的那分遺憾，我可以在舞台上演男人演得很過癮，因為我在真實生活中得不到這種感覺。尤其是演那種不可一世的男人，像霸王、皇帝，這種大大男人，哇！演起來更過癮，我想我這輩子都不可能有這樣的心情，可是在舞台上我可以找到另外的一片天，這就是我演男人樂此不疲的原因。[45]

在舞台上反串時，性別角色的摹擬乃至認同，不僅是透過戲劇擬真表演的訓練，也會經由性別反思與想像而來。她的表演，其實除了是在演出劇中男性角色之外，同時也是在展演自己身為女人而被壓抑的某些面向。舞台上的性別反串，包括外在舉手投足的形象摹擬，以及心理的情感摹擬，自然容易讓演員與角色產生混淆。

《失聲畫眉》中愛卿與家鳳的性別角色關係便是如此。舞台上，家鳳是坤生，而愛卿是戲旦；舞台下，兩家人也以同樣的關係扮男作女：家鳳和愛卿是一對同性戀人，戲團上下無人不知，然而當慕雲加入戲班之後，家鳳移情別戀，對慕雲展開攻勢，慕雲適值情緒低落，矛盾痛苦之下勉強接受了家鳳的感情，結果引起軒然大波，愛卿更因此而自殺，送醫之後挽回一條命。心情沮喪的慕雲徘徊市場，看到鳥園中關在籠子裏的畫眉鳥居然不會啼叫，慕雲好生

---

45 孫翠鳳於2000年3月16日於宜蘭接受吳孟芳訪問時所談。見吳孟芳，《台灣歌仔戲坤生文化之研究》，國立台灣大學戲劇所碩士論文，2000年。

吃驚，也省悟到自己的歌仔戲夢不過是一場虛幻，恰如失去天空的畫眉鳥；於是慕雲決定離開戲班，重回她原來所屬於的世界。

小說在敘述慕雲個人心路歷程的同時，亦引介了戲班內部的生活內容以及種種性別關係。因此當年獲獎時有評審將之定調為成長小說、社會譴責小說，認為其傳達了卑微的戲班小人物世界、點出了傳統藝術面臨滅絕的危機。這部小說的書寫動機十分單純，[46]其對本土藝術文化的關懷也引起了很大的迴響。在這樣的理念下，吸引了很多關懷文化、熱心鄉土的人關注這本小說，再加上內容的聳動（歌仔戲的俗化、女同性戀情節），果然很快便被拍成電影，然而原本以關心鄉土為出發點的改編，卻因影片內容過於凸顯傳統歌仔戲班內部的問題而顯得異常尷尬。

不容否認的是：性別議題在這部小說改編的電影中佔了極重的分量，紀大偉在博客來閱讀生活誌「台灣同志文學簡史」專欄中談及〈《失聲畫眉》的情境式多元情慾〉，引用了中研院副研究員司黛蕊（Teri Silvio）在〈Lesbianism and Taiwanese Localism in The Silent Thrush〉（〈《失聲畫眉》中的女同性戀立場與台灣本土立場〉，收錄在《AsiapacifiQUEER》、亞太酷兒，馬嘉蘭等人編，伊利諾大學出版社，2008）的論述，針對《失聲畫眉》的電影版，指出「歌仔戲班導致情境式女同性戀」的說法，不但在一方面意味本土傳統的歌仔戲讓女人變成同性戀，在另一方面也暗示同性戀女子造就了歌仔戲，也因而進而造就了福佬文化——說得白話一點，女同性戀

---

[46] 這部小說1990年於自立晚報文化出版部出版，1991年再版。凌煙在再版序中說：「我寫《失聲畫眉》是本著一股衝動，因為看到和我一樣深愛歌仔戲的李莉小姐投書連環泡的節目，呼籲有關單位重視歌仔戲的宣傳問題，才激起我寫《失聲畫眉》這部小說，我只想引起社會大眾對它的注意和關懷，有關懷才有鼓勵……」。

證明了歌仔戲的力量，而歌仔戲向來被認為可以代表福佬文化的力量，所以女同志也是台灣本土文化中不可忽視的要素。[47]紀大偉更進一步的闡釋：

> 情境並非只會造就單一的情慾；就算是同一個情境，也會造就出多元的情慾。回歸《失聲畫眉》的小說，不但女同性戀可以說是情境的造物（而女同性戀的存在證明了情境造就情慾的能力），多種異性戀關係也是情境的造物。

　　電影文本將小說內部原本複雜的人物刻畫轉化為刻版的人物印象，例如讓金蓮抱怨在家開檳榔店遭鄰居指點、皮鞋店老闆轉換為七十歲老翁、鳳凰在應召時被發現是虎女而被戲班人訕笑、班主添福三次暴力毆打小老婆、阿玲跳脫衣舞遭阿龍禁制只得妥協等等，這些增添或改編均將電影落入了道德教訓的範疇。其次，小說中的女性有各種不同的性／別身分的描寫，到了電影訴諸視覺化圖像時，則以濫交、出浴、色情鏡頭如實展現，而電影的宣傳亦不斷強化女女戀或豔星身材等話題，例如「失聲畫眉定裝，陸一嬋、張盈真演一對同性戀人」（中國時報1991年7月7日）、「張盈真、陸一嬋：同性戀不好玩」（聯合報1991年7月28日）、「反正美艷搞不出什麼名堂，袁嘉佩自願扮豆油哥」（中國時報1991年6月18日）等。凡此種種，均轉移了小說原旨及電影再現者的初衷。

　　這部片在2012年（下片20年之後）重登新聞版面。原因是LS TIME電影台在2012年2月25日播出電影《失聲畫眉》，片中出

---

[47] 紀大偉〈台灣同志文學簡史〉專欄，http://okapi.books.com.tw/article/1649。

現女子間親吻舌吻特寫、同性戀暗示，被NCC（國家通訊傳播委員會）認定違反「節目分級辦法」。同志社團的嚴正抗議，認為NCC歧視同志；NCC回覆，表示並無歧視同志之意，純是因為電視台違反節目分級的標準而開罰。官方依法行事，民間因為疏忽法規而吃虧。

　　如果撇開劇團與民眾的觀感，純就歌仔戲藝術的轉折演變來看，《失聲畫眉》所描述的狀況確實存在，也確實是歌仔戲發展歷程中的一種現象。誠如當年自立晚報小說獎評審施淑所說：「這作品有其可貴處，如季季所提的歌仔戲團中的同性戀問題，那種由於演戲而產生的假鳳虛鸞的情境，歌仔戲團被摒除於台灣正統文化之外，使她們在情感生活上不得不走上那種道路……」李喬說，「前面提到的（其他評審先前提到的）女同性戀的層面，非常自然……這篇同性戀並非源於遺傳因素，也不失源於成長史的性倒錯，而是扭曲畸型的大環境所塑造出來的。」兩位評審認為歌仔戲團在台灣被邊緣化是因，假鳳虛鸞是果，如果歌仔戲團沒有這麼破落，就不致於孳生女同性戀。這種說法頗有爭議，但是這種因果關係的說法卻剛好把歌仔戲團和女同性戀捆綁為「命運共同體」，形同聲明女同性戀是台灣本土文化的一部分，是不容忽視的。

三、以戲曲造夢的國族寓言

　　侯孝賢導演於1993年拍攝的《戲夢人生》影片，以布袋戲大師李天祿的口述回憶自傳[48]為題材，時間從其出生（1910年）到日本戰敗，貫穿整個日治時代，內容從兒童記往、遊山歲月、家庭風

---

[48] 《戲夢人生：李天祿回憶錄》，由侯孝賢策劃，李天祿口述，曾郁雯撰錄，台北：遠流出版社，1991年9月。

波、入贅師府、成立「亦宛然」、婚外情、皇民化運動至日本戰敗等事件組合，並以自信、風趣又自侃的台語，表達中下階層在日據時代的莫可奈何經驗，成為此一殖民時期的另類見證。[49]

1910年出生於臺北，父親為「華陽台」布袋戲劇團團長。因此，李天祿8歲即學習該項才藝。1930年入贅陳家，1932年以22歲歲數自立「亦宛然」劇團。由於其唱工、口白與佈景極為新穎，在新團成立不到三年的時間，就與老布袋戲劇團「宛若真」、「小西園」相抗衡。1937年中日戰爭爆發，日治時期台灣總督府下令所有中國傳統戲曲禁演，其中包含布袋戲。囿於現實環境，李天祿不得不暫時封箱從事其他行業。1941年，布袋戲開禁，卻多有限制。李天祿為生計，不得不演出穿現代服裝的「時代布袋戲」。

1945年台灣日治時期結束。國民政府初期對布袋戲並沒有任何限制，加上戰爭過後的恢復經濟，李天祿與其他知名布袋戲劇團相同，成為台灣最主要娛樂。而此時，李天祿以京戲為底本，再參考漳州楊勝布袋戲京劇唱腔與身段，創造出「外江戲」。而因該戲碼有著新鮮的京戲鑼鼓，很受當時民眾歡迎。這階段實為李天祿的事業高峰。

1962年當時台灣唯一的無線電視台——台灣電視公司播出李天祿「亦宛然掌中劇團」《三國志》影片，這是布袋戲首度登上小螢幕。因傳統布袋戲不適合無線電視，於是並沒有造成預期轟動。1970年3月12日，黃俊雄率領的「真五洲劇團」將本來於戲院上映的內台戲「雲州大儒俠」首度於台灣的無線電視台演出。因音樂新穎，口白典雅，加上劇情緊湊與聲光效果驚人，在爾後四年連演

---

[49] 參見齊隆壬〈台灣電影的日本殖民記憶〉（出自李天鐸編著《當代華語電影論述》，1996年5月，頁124）。

583集中，曾締造97%的超高收視率。[50]面對此變化，李天祿雖表示贊同，但因理念等因素並沒有跟進。加上臺灣政府以禁用方言等理由刻意打壓，除了電視布袋戲獨樹一格外，傳統布袋戲於1970年代迅速沒落。

1980年代，法國籍學生班任旅專程來台與李天祿學習布袋戲，時間長達五年。學成後，班任旅將其所學傳至法國並成立「小宛然」劇團，李天祿也因此受邀於法國偶戲界多次於巴黎市政廳開設大師班，並獲得法國最高獎章「騎士榮譽勳章」。約在同時，台灣開始重新重視布袋戲，不過因為外來娛樂過多，並沒有多少助益。1990年代，李天祿獲得「民族藝術薪傳獎」等獎項，並以耆老之齡參與《悲情城市》、《戲夢人生》、《戀戀風塵》等電影演出。1996年，位於三芝的李天祿布袋戲文物館開館，實現李天祿的願望。不過就在該館開館後兩年的1998年，李天祿則因心臟病去世，享年88歲。

綜觀李天祿的一生，幾乎等於一部台灣布袋戲史，而侯孝賢的《戲夢人生》雖看似替李天祿作傳，但因只演到台灣光復，所以應是藉由李天祿的故事探討台灣的過去，描述日治時期五十年生活的情況，且是藉由操偶師傅、歌仔戲演員、走唱賣藝人這個活在社會邊緣的人物，找尋藏匿於歷史的表象之下、超出意識形態之外的台灣文化元素。[51]

本片一開頭便以插卡指出特定的歷史脈絡：

---

[50] 參見文建會《音樂與表演藝術產業》，2004年。

[51] 參見June Yip著，蘇培凱、王念英、馬文漪、李靜雯合譯〈一個國家的建構——台灣歷史與侯孝賢的「台灣三部曲」〉（出自《戲戀人生——侯孝賢電影研究》，林文淇、沈曉茵、李振亞合編，台北：麥田出版社，2005年7月。頁280）。

一八九五年中日甲午戰爭，

中國戰敗，簽訂馬關條約，

割讓台灣、澎湖給日本。

自此日本統治台灣五十年，

至第二次世界大戰結束。[52]

接下來的一幕是一個私人的家庭聚會：畫面上出現一家人圍坐的景象，父親和祖父正得意的舉杯慶祝兒子阿祿的誕生，在這歡慶的一刻，一位老者的旁白同時浮現，即是李天祿親自講述這一幕背後的故事。李甫一出生，一位算命師便說他註定有個辛苦的一生，接著磨難即開始，他的父親和祖父爭吵著孩子應該冠誰的姓，他的父親認為理所當然應該跟著他姓許，但迷信的祖父堅持要阿祿稱其父母為叔叔嬸嬸，跟他姓李，李便說道：「於是，我就這樣出生了。」接下來，鏡頭帶到一個已搭好的布袋戲戲棚，下一幕便是布袋戲表演，沒有對話和旁白，只有歌曲和音樂，當全劇落幕，布偶們退至幕後，銀幕漸黑，出現幾個斗大鮮紅的字：「戲、夢、人生」。

　　整部《戲夢人生》便是用後設的形式凸顯歷史、人生如戲般虛構的本質，片中的「歷史」半由李天祿本人口述，半由林強等人虛擬演出，也就是陳述手法與再現手法的交互出現，而且李天祿本人現身說法時，總出現在劇情片的拍攝場景內，指出劇情片的虛構性。即使是李天祿自己敘述的經歷，例如他與情人艷紅的交往，也在他自己第二次的複述中有所不同，讓觀眾了解所謂記錄片的主

---

[52]　侯孝賢《戲夢人生》（台北：年代國際股份有限公司），1993年發行。

觀成分。這些後設的呈現手法，加上片首介紹的布袋戲開演前必有的扮仙戲，影片不斷地暗示、明示影片本身不過是搬演歷史的另一齣戲。[53]

布袋戲或歌仔戲在整部電影中，有著探索那個時代文化意義的作用。當這兩種戲曲進行轉換和重組時，便反映出政治環境的變化。例如一開始，日本殖民政府能夠容忍京劇、歌仔戲、北管等等，但是中日戰爭開始後，歌仔戲和所有外台戲的演出都一律禁止，李天祿只好到台中負責歌仔戲的節目編排工作。後來加入一個親日的「新國風」劇團，專門演出一些反美帝的宣傳劇，因此得以有個棲身之所。日本軍撤退後，李天祿回到台北，才受邀回到以前的劇團搭台演出。

片中有一段日本警察發京劇《三岔口》的戲票給台灣人民到廟裡看戲，並剪去他們象徵中國文化臍帶的辮子的戲，鏡頭後景的舞台，兩位武生演著《三岔口》，中景是坐在板凳上一排排留著辮子的台灣人，近景則是理髮師和監督剪辮子的日本警察，這裡雖然暗示了日本在台灣的政治與文化暴力，但卻也透露出另一個訊息，即「只要有戲看，剪辮子又何妨？」又片中李天祿並不忌諱參與日本「米英擊滅隊」為日軍宣傳，只要這份工作給付相當的酬勞，供他養家。台灣光復，他亦與大家歡欣地演戲慶祝。在李天祿的身上，觀眾看到的是完全以日常生活為重心的普通百姓。

同樣的狀況出現在影片最後，日本戰敗後，李天祿在台北濱江街搭台演出布袋戲，看見百姓在敲打廢棄的日本飛機機體變賣。他問他們為什麼要敲飛機。「他們說，不然你演戲的錢從哪裡來？」

---

53 參見林文淇〈戲、歷史、人生：《霸王別姬》與《戲夢人生》中的國族認同〉（出自《中外文學》第23卷第1期，1994年6月，頁139-156。）

對於小市民而言，看戲還是最重要的啊！

《戲夢人生》的後設手法，產生了影片的多重觀點，而布袋戲更隱喻了歷史、認同、真相的再現問題。布袋戲木偶本身沒有生命，它必須仰賴人們操控，讓它開口說話。在此部電影中，那些將李天祿生平以戲劇方式演出的演員們可以很明顯地被視為「木偶」，而操偶師傅就是李天祿，因為演出的是他的回憶。然而那些戲劇性的刻畫和李天祿口述回憶之間的矛盾提醒了我們：演員說出的台詞不見得是李天祿的回憶，而是編劇的想像；李天祿更無法完全掌控自己的回憶，因為他的獨白受限於侯孝賢及剪接者的念頭……最後，誰是負責創造台灣歷史舞台的布袋戲師傅呢？由此可知歷史真相的透明是不可能的，對過去的認知永遠是主觀而片段的，是由處在當下的個人依自身需求及關照所形塑的。[54]

《沙河悲歌》是2000年由張志勇導演根據七等生1976年的同名小說改編，由蔡振南、柯一正、蕭淑慎、趙美齡等人演出。故事敘述戰後的台灣百業蕭條，家境貧困的文龍，一心追求小喇叭的吹奏技藝，離鄉背井隨著歌仔戲劇團在各地演出。女班主碧霞對他頗有好感，十分器重。文龍閒暇時在茶室邂逅了彩雲，短短數日的相處，對彼此留下了良好印象。後來，他發現身患肺病，只好返鄉休養。當文龍身體好轉時，改吹薩克斯風並重回碧霞的劇團，為她做事的玉秀長得娉婷玉立，兩人相處，日久生情，結為夫妻。婚後，文龍宿疾復發，無法工作，只能離開日趨沒落的歌仔戲劇團，重回

---

54 參見June Yip著，蘇培凱、王念英、馬文漪、李靜雯合譯〈一個國家的建構──台灣歷史與侯孝賢的「台灣三部曲」〉（出自《戲戀人生──侯孝賢電影研究》，林文淇、沈曉茵、李振亞合編，台北：麥田出版社，2005年7月。頁287-288）。

沙河鎮。他到酒家走唱時重遇彩雲，兩人情投意合，進而同居。一日，妻子玉秀來電，文龍前往都市的醫院探視，她表示病癒後將回沙河鎮。彩雲知悉此事後，即離開沙河鎮不知去向；文龍肺病轉劇，抱憾離開人間。

《沙河悲歌》中的李文龍為了實踐音樂上的理想，決意加入葉德星歌劇團當一名職業的樂師，但是李文龍的父母不了解什麼叫藝術，不明白藝人為何也可出人頭地？更視樂師為可恥的行業。但是李文龍非常堅持走自己想走的路，他隨著樂團到外面的世界吸收經驗，學習外國曲調，練習吹奏技藝；當他罹患肺病，開使用生命全心吹奏樂器時，真正體悟到了藝術的真諦——追求藝術，其時也是尋回自我。

李文龍樂於與觀眾作情感交流，也對自己的藝術表現感到自豪，小說中，他渴望這個社會有一天能夠扭轉觀念，不再輕視酒女、演員、樂師，那時大家可以在自己的家鄉有所發揮，不必像個逃犯一樣，避得越遠越好，而是因為擁有特殊的天賦才能，受人景仰。這個故事，頗似宋代南戲《宦門子弟錯立身》的現代版，該劇講述的是河南同知完顏永康之子完顏壽馬因沉迷戲劇藝術，與山東東平府散樂年輕女演員王金榜發生的一段刻骨銘心的戀愛故事。他不顧雙方家族門第的巨大反差，衝破了父親的阻撓，一路艱辛，跋山涉水，隻身追尋王金榜的家庭戲班，從河南一直趕到山東。當他以叫化子的形象與王金榜再度相遇後，他以立異標新的藝術思想和超乎尋常的藝術造詣，經過王金榜父親的嚴格考試和艱苦卓絕的實習過程，終於由一個宦門之後蛻變為出色的表演藝術家。思念兒子的完顏永康在廉政訪察的路上與兒子兒媳不期而遇，在觀看他們的表演時，被二人出色的藝術創造所打動，最終接納了眼前的事實，

闔家團圓。

　　才情過人的完顏壽馬，在和王金榜的相戀中，擺脫了人生迷惘，借助戲劇尋找到了生命的價值。李文龍不也正是如此？電影《沙河悲歌》不同的是，李文龍並非擁有顯赫家世的宦門子弟，只是同樣有著追求藝術之心，此外，李的感情生活更加豐富，周旋在真愛彩雲、女班主碧霞和妻子玉秀之間，所面臨的人生抉擇益形複雜。

　　戲曲與電影結合的意義，是在電影藝術中，將戲劇或傳統藝術重新包裝，以告別傳統戲迷、聽眾的方式來重新創造（invent）、吸引新的國內以及國際的觀眾（spectators）。將過去的傳統戲迷逐漸消失的現象轉化為創造國際對於傳統與民族文化藝術注目的一個新機會。[55]就這一點而言，曾獲得國際獎項的《戲夢人生》、《沙河悲歌》正是實踐了這個意義，也建構了屬於台灣的國族寓言。

第三節　小結

　　布袋戲或歌仔戲，是台灣流傳最廣、最深入人心的戲曲劇種，亦是台灣重要的文化表徵，而史書或是戲曲、小說，或電影，原本就是國族認同，甚至國族主義的最佳的催化與強化劑。因此，上述四部電影所呈現的台灣傳統戲曲現象，正是台灣無可避免的國族存在模式。

　　以《失聲畫眉》所描述的現象為例：歌仔戲是一個極具包容力與生命力的劇種，戰後初期，台灣的大眾表演藝術恢復了戰前的

---

[55]　參見廖炳惠〈《霸王別姬》——戲劇與電影藝術的結合〉（引自鄭樹森編《文化批評與華語電影》，1998年4月，頁140。）

盛況，除了傳統戲曲演出之外，新劇、特技、歌舞的表演都十分頻繁，人口較多的城市有設備較佳的戲院專門播放電影，一般城鎮的戲院則是戲曲、歌舞、電影綜合上演，1960年代以後，電子媒體的進入促使歌仔戲團退出內台，回復到鄉鎮廟埕的外台演出，但是之前的表演體系已經融入其表演體系之中。1960年代的歌舞團並不時興「脫衣舞」這個項目，基本上仿效日本歌舞團表演形式，是純歌、舞、劇或特技的表演，例如著名歌謠作家楊三郎創辦的「黑貓歌劇團」（1952~1975），即走大型歌舞劇路線，華麗的佈景、道具、服裝，結合少女歌舞、爵士舞蹈等，演出歌舞、笑劇或新劇。但是1960年代以後，外國影片與大眾媒介開了另一扇窗口，讓觀眾在模模糊糊中見識到性與裸露。[56]

脫衣舞源自「松柏歌舞團」的林老闆，他受到電影「隨片登台」的啟示，當有台語新片要上映時，便邀集其主角與一些作風大膽的歌舞女郎登台作秀，其他的歌舞團紛紛跟進，不但影響傳統歌舞團的生態，也影響了歌仔戲和新劇的民間競爭力，一些劇團不得已也適時加演脫衣舞。1960、70年代是情色歌舞團最流行的年代，大小鎮的戲院都有它的足跡，1964年，台灣各地的歌舞團增加到九十多團，表演場所也從戲院、歌廳、夜總會、牛肉場到電子琴花車等。《失聲畫眉》所描述的戲班，即屬於混雜式的表演，綜合了戲曲、新劇、歌舞等所有表演形式，也滿足了所有觀眾的需求。

而《戲夢人生》對台灣戲曲史的一大貢獻，則是忠實呈現了皇民化布袋戲的情景。日治時期皇民化運動執行以來，台灣傳統戲曲如歌仔戲、布袋戲等全遭禁演，1942年皇民奉公會成立「台灣演劇

---

[56] 參見邱坤良《南方澳大戲院興亡史》（台北：新新聞文化出版社，1999年1月），頁122。

協會」，指導、管制新劇、布袋戲、歌仔戲、皮影劇等，又因偏遠地區要求，乃依日本「移動演劇聯盟」方式，成立演劇挺身隊，宣揚日本軍國主義。[57]《戲夢人生》裡所描述的皇民化演出即與此相關。李天祿應文山郡役所警察課課長之邀，參加「台北州文山郡米英擊滅推進隊」，搬演改良木偶皇民劇。據李天祿自傳回憶，此劇原名《南洋戰爭》，是警察課川上課長根據真人真事編寫而成，敘述大日本帝國陸軍通訊員台灣原住民島崎，徵調參加太平洋戰爭，有次任務奉命切斷新幾內亞山頂美軍通訊線路，而被犧牲的故事。《戲夢人生》以紀實風格並運用長拍鏡頭，拍攝這齣為紀念英勇戰死的陸軍台灣原住民島崎而編寫的布袋戲，這也是台灣有史以來第一次運用影像如此完整的把皇民化布袋戲整場拍攝下來。

　　動態影像有模擬現實世界的特性，人們也可以用自己對周遭環境的認知經驗加以對應，電影雖然藉由技巧試圖表現一個連續時空的假象，但觀眾總能將電影中零散斷裂的時空彌補整合，建構一個由因果關係串聯事件的完整故事。[58]然而正因為如此，在灌輸「台灣傳統戲曲」的認知上，便有了許多詮釋空間；當台灣戲劇史料和動態影像發生多重向度的混合與碰撞，自然會產生互文作用，進而交織成多元的文化觀。

---

[57] 參見呂訴上《台灣電影戲劇史》（台北：銀華出版社，1961年），頁331。
[58] 參見廖金鳳《消逝的影像——台語片的電影再現與文化認同》（台北：遠流出版社，2001年），頁52-53。

第三章

諧擬與反諷：影像敘事中的性別展演與戲班文化

第一節 乾旦坤生的愛與恨──電影《霸王別姬》 與《梅蘭芳》

在電影《梅蘭芳》中，梅蘭芳與孟小冬初次見面，被週遭的人拱上台清唱《遊龍戲鳳》，當梅蘭芳正要開口時，突然不自在的笑著對孟小冬說：「你不扮上，我怎麼看你都是個女的。」孟小冬也回說：「你不扮上，我怎麼看你都是個男的。」這段對話，點出了傳統戲曲性別反串[1]表演型態的特色與趣味。在中國傳統戲曲的表演程式中，腳色不是以「性別」為分類的依據，而是以「行當」來劃分，也就是說，女性可以演「生」、「淨」，男性也可以演「旦」。

戲曲中的性別反串現象絕不是偶然發生的，而是有其歷史發展的淵源，以及戲曲獨特的審美需求，當然，演出年代的物質條件和社會意識形態的規範也都是造成這種現象的原因。[2]演變至今，這種性別反串的演出模式有了「乾旦」（或稱男旦）和「坤生」這樣的名號，在戲曲表演史上也不時造就輝煌的藝術，成為鮮明的戲曲文化特徵，這其中的趣味點與困難度，給予其他類型的藝術如小說和電影等許多想像的空間，因此，本文便以乾旦、坤生的演進歷程為論述基準，輔以由小說改編的文學電影《霸王別姬》及刻畫四大

---

[1] 「反串」這個術語的原意是只演出與自己本工行當不同的腳色，與性別無關，但卻常被人誤以為男扮女、女扮男就叫反串。本文為了行文方便，仍會運用反串一詞，但若提到男扮女、女扮男的現象時，則用「性別反串」，以示與反串原意區隔。

[2] 參見陳志勇〈論宋元戲劇的腳色反串〉，湖北大學學報（哲學社會科學版）第32卷第3期，2005年5月，頁334-337。

名旦之首的傳記電影《梅蘭芳》的分析，衍生出演員因本身及行當的性別投射、進而呈現不同人生樣貌的曲折心路。

一、乾旦坤生的歷史演進

（一）乾旦與坤生與時並進

乾旦與坤生，在戲曲發展史上是同時並存、與時並進的。

根據學者曾永義先生的推論，認為乾旦的起源可追溯至先秦時代的「優侏儒」。[3]清・王國維《宋元戲曲考》：「巫以女為之，而優以男為之。」又於附考說：「古之優人，其始皆以侏儒為之，《樂記》稱優侏儒。」不過，若論較明確的男扮女裝表演敘述，當屬魏晉時期有關「遼東妖婦」的記載。《魏書・齊王芳紀》裴注引司馬師〈廢帝奏〉：

> （帝）日延小優郭懷、袁信等，於建始芙蓉殿前裸袒遊戲，使與保林女尚等為亂，親將後宮瞻觀。又於廣望觀上，使懷、信等於觀下作《遼東妖婦》，嬉褻過度，道路行人掩目，帝於觀上以為讌笑。

唐代崔令欽《教坊記》則記錄了六朝時期的歌舞戲《踏謠娘》：

> 北齊有人，姓蘇，䶄鼻。實不仕，而自號為「郎中」。嗜飲，酗酒；每醉，輒毆其妻。妻銜怨，訴於鄰里。時人弄

---

3 參見曾永義《說戲曲》，台北：聯經出版公司，1976年，頁33。

之；丈夫著婦人衣，徐步入場行歌。每一疊，旁人齊聲和
之，云：「踏謠，和來！踏謠娘苦！和來！」以其且步且
歌，故謂之「踏謠」；以其稱寃，故言「苦」。及其夫至，
則作毆鬥之狀，以為笑樂。今則婦人為之，遂不呼「郎
中」，但云「阿叔子」；調弄又加，典庫全失舊旨。或呼為
談容娘，又非。[4]

《踏謠娘》是個北齊時酒鬼醉毆妻子的故事，「時人弄之」就是人
們把這個故事表演出來調笑一番，「丈夫著婦人衣，徐步入場行
歌」，可知既有表演、又有觀眾，而且是由男演員扮演妻子。接下
來還說「今則婦人為之……調弄又加典庫，全失舊旨。」可見女優
也同時存在。這種記載還說明了一個現象，就是戲劇在最早期的形
態中，即產生了異性扮裝的表演方式，而且還被視為一種常態。

到了唐代，不僅乾旦繼續存在，女優也很盛行，甚至還出現了
坤生。段安節於《樂府雜錄・俳優》記載：

武宗朝，有曹叔度、劉泉水，醶淡最妙；咸通以來，即有范
傳康、上官唐卿、呂敬遷等三人弄假婦人；大中以來，有孫
乾、劉璃缾。近有郭外春、孫有熊。[5]

可見武宗、咸通以及大中等朝已有不少朝官，以婦人服表演，故稱
「弄假婦人」。至於女優，武則天朝曾頒詔：「請禁天下婦人為俳
優之戲。」這就證明當時女優很盛。晚唐詩人薛能曾做〈吳姬〉十

4　參見唐・崔令欽《教坊記》，瀋陽：遼寧教育出版社，1988年，頁6。
5　參見唐・段安節《樂府雜錄》，上海：商務印書館，1936年，頁20-21。

首，其中第八首云：

> 樓台重疊滿天雲，般般鳴鼉世上聞，此日楊花初似雪，女兒
> 絃管弄參軍。

這是女優搬演參軍戲。而坤生的記載，見唐人范攄《雲溪友議》：

> 安人元相國（按：即元稹）……廉問浙東……乃有俳優周季
> 南、季崇及妻劉采春，自淮甸而來，善弄「陸參軍」，歌聲
> 徹雲，……元公……贈采春詩曰：「新妝巧樣畫雙蛾，慢裹
> 恆州透額羅。正面偷轉光滑笏，緩行輕踏皺文鞋。言詞雅措
> 風流足，舉止低迴秀媚多。更有惱人腸斷處，選詞能唱望夫
> 歌。」[6]

「正面偷轉光滑笏，緩行輕踏皺文鞋。」是官員的裝扮，劉采春是
女優，這正是坤生的例證。「陸參軍」是參軍戲中一種後期發展，
參鶻問答而外，並有旦色歌舞，其始皆在宮庭，後乃行於民間，
「陸參軍」既兼有歌唱，已屬戲曲之類。元稹讚劉采春「風流」、
「秀媚」、「正面偷轉」、「緩行輕踏」、「言詞雅措」、「舉止
低迴」，有唸誦、有表演、有歌唱，亦類似後世戲曲生旦之表現。

　　宋元以前的男扮女或女扮男，還不是一種自覺的演劇行為，真
正嚴格意義的性別反串——也就是乾旦坤生，應該是在戲劇腳色定
型以後，所以宋元時期才是戲曲史上腳色性別反串的起始階段。[7]

6　參見唐‧范攄《雲溪友議》，北京：中華書局，1959年，頁63-64。
7　參見陳志勇〈論宋元戲劇的腳色反串〉，湖北大學學報（哲學社會科學

由於承傳古代俳優諷諫和諧趣的傳統，宋金雜劇主要由男性演員表演，至宋元南戲、元雜劇，確立了以旦、末為主的腳色分工，女演員也進入了演出系統，因此若男演員或女演員不足時，就有可能進行性別反串。元末文人夏庭芝所著的《青樓集》，是中國戲曲史上最早一部、也是唯一一部記載演員生活的專著，它以女演員為主要描述對象，反映了元代戲曲、曲藝等表演藝術的歷史成就和發展盛況。在《青樓集》中，提到了一些女演員專精生角，他們不僅經常扮演以唱唸為主的老生，還可以扮演需要高難度武打與身段的武生，例如天錫秀「善綠林雜劇，足甚小而武步甚壯」，另一位平陽奴雖然瞎了一眼，卻也是著名的武生，她曾將自己四體紋身，以絕妙的化妝術和武打身段，扮演古代的幫派人物；[8]而珠簾秀、順時秀、南春宴、趙偏惜、朱錦繡、燕山秀等女演員也都女扮男裝演末腳戲。

　　宋元時期的南戲或北雜劇中，坤生反而比乾旦更普遍，其原因應該是跟禁男娼有關。周密《癸辛雜識後集》「禁男娼」條記載：

> 至於傅脂粉以為娼，史臣贊之曰：柔曼之傾國，非獨女得蓋亦有男色焉。……政和中，使立法告，捕男子為娼者，杖一百，賞錢五十貫，吳俗此風猶盛。」

明初朱權的《太和正音譜》也說：「雜劇，俳優所扮者，謂之『娼戲』，故曰『勾欄』。」他還引宋人趙子昂的話說：「娼優所扮

版）第32卷第3期，2005年5月，頁334-337。

8　參見夏庭芝著，孫崇濤、徐宏圖箋注，《青樓集箋注》，北京：中國戲劇出版社，1990年，頁142。

者，謂之戾家把戲。良人貴其恥，故扮者寡」，所以當時社會對男性藝伎從業人員是持鄙視態度的。也因此當男演員不足時，便只好由女演員扮演了。

到了明清之際，情況開始有了變化，由於雜劇傳奇誕生之後，其強大的娛樂功能激起大眾參與的熱情，一些「良家子弟」也突破禁忌加入到「戾家子弟」演戲的行列，明・陸容《菽園雜記》云：

> 嘉興之海鹽，紹興之餘姚，寧波之慈谿，台州之黃巖，溫州之永嘉，皆有習為倡優者，名曰戲文子弟，雖良家子不恥為之。其扮演傳奇，無一事無婦人。無一事不哭，令人聞之易生悽慘。此蓋南宋亡國之音也。其贗為婦人者名粧旦，柔聲緩步，作夾拜態，往往逼真。[9]

可知這時「粧旦」已漸漸成為優伶們的職業，時人亦不以「粧旦」為恥。

由於清朝入關之初，許多八旗弟子領了皇糧卻只知吃喝玩樂、狎娼宿妓，於是康熙下令禁小說、禁戲劇……，然而戲曲演出卻是越禁越受歡迎，市井民間如此，宮廷上下亦是，從乾隆到慈禧，個個都是戲迷，他們一面在宮廷設南府、召戲班進京，一面卻仍執行禁女優演戲、禁花部亂彈等等，除了宮廷宴樂、貴族堂會之外，還禁止婦女看戲。當然，女子演戲在南方民間並未完全禁絕（從《閒情偶寄》、《揚州畫舫錄》可看出），只是戲班為求生存，盡量不用女伶，往往以乾旦為主，以清末民初最有名的京劇科班「喜連

9　參見明・陸容《菽園雜記》卷十，上海：上海古籍出版社，1991年，頁324。

成」（後改名「富連成」）為例，自光緒三十年（1904）開辦，收喜、連、富、盛、世、元、韻字各班學員共663人，只有在1915年左右收過一名帶藝入科的女學員明月英。

清末上海出現了「髦兒班」女班，最早僅出席一些私人的宴會，主要以曲藝表演為主，身段武打技巧較差，後來一些戲院經理看到「髦兒班」受歡迎，便與之簽約為一般大眾演出，1894年開張的「美心茶園」，便是第一個僱用「髦兒班」的劇場。1912年，北京的演員俞振庭，趁革命成功之際向新的國民政府籲請取消女演員的禁令，坤角於是開始在北京出現。[10] 1916年8月，由梆子名花旦田際雲創辦的第一個女子科班「崇雅社」便在北京成立，[11]「崇雅社」培養出了一大批優秀的女藝人，而且行當齊全。不僅有女老生，還有女武生、女銅鍾、女架子花和女丑。

由於嚴懲宿妓和禁止女伶，清代的豪門貴族由狎妓轉而狎伶，乾旦便成了玩物。戲曲在這種社會風氣底下變質，重「色」輕「藝」，時人欣賞戲曲常被後人冠以「狎邪」之名。鄭振鐸（1898-1958）於〈清代燕都梨園史料序〉有說：

> 抑尚有感者，清禁官吏挾妓。彼輩乃轉其柔情以向於伶人。《史料》裡不乏此類變態性慾的描寫與歌頌。此實近代演劇史上一件可痛心的污點。[12]

---

[10] 參見馬少波等主編《中國京劇發展史》，台北：商鼎文化，1992年，頁245-246。

[11] 參見黃柯〈論男旦〉，引自《京劇論壇》，

[12] 參見鄭振鐸〈清代燕都梨園史料序〉，收錄於張次溪《清代燕都梨園史料》第一冊，台北：台灣學生書局，1965年，頁13。

乾旦扮演亦優亦倡之角色，在清代有「像姑」之稱號，《清稗類鈔》卷十〈優伶類〉：

> 都人稱雛伶為像姑。實即相公二字，或以其同於仕官之稱謂，故以像姑二字別之。望文知義，亦頗近理。而實非本音也。朝士之雅重像姑者，殆以涉躋花叢。大干例禁，無可遣興，乃召像姑入席。[13]

又《宣南雜俎》〈像姑〉亦有記載：

> 脂柔粉膩近仙妹，兩字馳名是像姑。不信頭銜臻絕貴，聲聲贏得相公呼。[14]

此外像《品花寶鑑》、《花月痕》、《青樓夢》、《海上花傳奇》均有描寫。

民國初年梨園科班成立之後，由於希望能培養傳承戲曲藝術的名伶，受到社會敬重，並有較豐厚的財帛收入，因此訂下「科班規訓」，終於慢慢杜絕了上述的陋習。尤其到了「四大名旦」梅、尚、程、荀技藝受到肯定之後，乾旦終於擺脫了負面的形象。

---

[13] 參見徐珂《清稗類鈔》卷十二〈優伶類〉，台北：台灣商務印書館，1983年，頁1。

[14] 參見藝蘭生著《宣南雜俎》，收錄於張次溪編《清代燕都梨園史料》第二冊，台北：台灣學生書局，1965年，頁987。

（二）戲曲特質與腳色駕馭

象徵、虛擬、寫意，是中國傳統戲曲的特質，演員藉由戲曲的虛擬性，透過程式化的動作演活劇中角色。優伶的身段以「傳神」、「抽象虛擬的動作」為尚，若配合舞臺虛擬之特性，觀眾在觀賞戲曲時便會有更大的想象空間。

角色扮演是戲劇的主要成分，這種扮演指對人物的舉動作出模仿，至少要達到「形似」的要求，然而角色扮演的最高層次是「神似」。乾旦的表演藝術正須體現「神似」的藝術成分。畢竟男演員扮演女角，並非純粹穿上女性衣服便能演繹，必須拿捏異性的神態，達到「神似」的地步，所以說，乾旦是中國戲曲中高度程式化及形神皆備的腳色行當。乾旦的扮演固然難度很大，但有意思的是，藝術本就需要「距離」，有了「距離」才能產生美感。特別是戲曲藝術，歌舞化程度很高，與生活的原始自然狀態保持著較大距離，因此給予了乾旦藝術發展的空間和自由。

乾旦與坤生在唱唸做打方面，均需花費加倍的揣摩功夫，我們從歷來的文獻資料可以看到他們如何精進自己的唱作造詣，以突破重色不重藝的觀感。《宣南雜俎》〈試喉〉有說：

> 曉雞未唱發清謳，面壁聲聲試玉喉。一曲漫誇兒技熟，耐寒憐煞五更頭。[15]

此言乾旦在唱功方面所付出的努力。蜀西樵也《燕臺花事錄》、苕

15　同註13，頁992。

溪藝蘭生《側帽餘譚》等，均對乾旦唱功作出批評：

> 姚主人寶香，字妙珊，京師人，年十九。出瑞春，結束登
> 場，儼然莊婦而歌喉清婉，尤有繞梁韻。其得名在癸酉前，
> 見人殊落落近則，閱歷世故。與談輒如聽柘枝兒，聲聲入心
> 坎中。[16]

> 陳嘯雲，字琴芬，京師人，年十五。景穌弟子，音清越以
> 長。對面樓頭，人聲騰沸中能聞其語。[17]

可知乾旦們對自己的技藝有很高的審美要求。

男演員扮演女性角色時，對舞蹈和科範亦相當講究。藝蘭生
《評花新譜》、蜀西樵也《燕臺花事錄》等，均對當時乾旦的表演
模式作出評論：

> 近信，孟金喜，字如秋，年十三，隸春台部。風流蘊藉，宜
> 喜宜嗔。登場以濃豔勝，演蕩婦尤神肖。晱睞生姿，足令觀
> 者心醉。[18]

> 馬鳳，字棲碧。現在大順寧部。英姿峭骨不事描眉畫目，而

16　參見蜀西樵也《燕臺花事錄》，收錄於周駿富《清代傳記叢刊》藝林類
　　43，台北：明文書局，1985年，頁209。

17　參見藝蘭生《側帽餘譚》，收錄於張次溪《清代燕都梨園史料》第二冊，
　　台北：台灣學生書局，1965年，頁1137。

18　參見藝蘭生《評花新譜》，收錄於周駿富《清代傳記叢刊》藝林類39，台
　　北：明文書局，1985年，頁88。

風致自佳。於踏蹺後，愈見趨捷。乃旦色中，別樹一幟。[19]

除了乾旦之外，坤生對自身藝事的精進亦不遑多讓。一代坤生孟小冬，最為人所津津樂道的就是用氣和「字頭、字腹、字尾」切音，咬字極為細緻講究，從容沈穩，毫無雌音。嗓音渾厚，偶而還能出現幾絲瘖啞，更覺蒼勁，呈現出醇厚清雅氣韻。如果我們比對孟小冬少女時期的唱片，便可發現少女時期她嗓音既高且衝，痛快淋漓，一氣呵成，但顯然並不講究字音，且有些尖銳、迫促，和後來的渾厚從容完全不同。[20]可見除了有「祖師爺賞飯吃」的天份外，她揣摩其師余叔岩的唱腔所做的努力得到了極度肯定。

乾旦與坤生的表演藝術，乃擷取真實生活的原型，提煉神韻加工之後，「乾旦」往往「比女人還要女人」，「坤生」更常較真實男子具俊雅魅力！無論是「乾旦」亦或「坤生」，都在戲曲「寫意」與「唯美」的美學條件下，得以成立。戲曲的超寫實，使演員得以濃彩的裝扮，嚴謹的訓練，過渡到劇中人物。戲曲表演的「顛倒乾坤」，憑藉的當是表演的程式體系與演員的天資稟賦，所以演員的天然性別，實非最重要的標準與條件。[21]然而正因為如此，傳統戲曲的觀劇趣味及劇藝呈現也就更加豐富多姿。

---

[19] 同註15，頁210。

[20] 參見王安祈〈京劇流派：生命風格的體現——以余叔岩、孟小冬、李少春師徒關係為討論核心〉，發表於台灣大學戲劇系「探索新景觀：2008劇場藝術學術研討會」，2008年10月31日至11月2日。後收錄於《性別、政治與京劇表演文化》（台北：國立台灣大學出版中心），2020年。

[21] 參見劉慧芬〈戲場乾坤變：談跨越性別的角色扮演〉，引自台大婦女研究室《婦研縱橫》第72期，2004年10月。

二、《霸王別姬》──乾旦的性別想像與心理困境

　　在前述乾旦坤生的發展歷程中，戲曲演員始終擺盪在表演的真實與人生的現實之間，他們為了提升表演層次，極力模仿女性的身段神情，因此在真實人生當中也往往被當作女性看待。以清朝乾嘉時期造成花雅之爭的秦腔乾旦魏長生為例，魏長生曾三度進京獻藝，據吳太初《燕蘭小譜》記載：「一時歌樓觀者如堵，而六大班幾無人過問，或至散去。」當時薈萃於北京的秦、楚、滇、黔、晉、粵、燕、趙各地演員，紛紛向魏和他的學生陳銀官（渼碧）觀摩學習。一時以魏長生為代表的蜀伶所演的秦腔，風靡京華。魏長生為了成功呈現女態，還發明了蹺功，模擬女子纏足走路的婀娜多姿，這就是戲曲旦角踩蹺的由來。但因他所演的一些女性角色有大膽勇敢追尋真愛的行為，使得當時保守派人士不滿，1785年，清政府以正風俗、禁誨淫之戲為名，明令禁止秦腔戲班在京城演唱，魏一度被迫入崑弋班演出，後離京到揚州賣藝，加入江鶴亭掌管的春台班。由於他演戲不專用舊本，別開生面，在揚州又紅極一時，當地花部和崑班演員群起仿效。1801年重返北京，神韻雖稍減當年，但聲容如舊，風韻猶佳。可惜翌年夏天，演畢《背娃入府》後即氣絕於後臺。魏長生在北京演出遼邦公主時，有一次乾隆皇帝與一名愛妃喬裝出宮看戲，皇妃被魏長生的扮相所迷，且因與早逝的公主和碩格格模樣相似，不禁潸然淚下，乾隆怕皇妃傷心，建議皇妃收魏長生作乾女兒，於是第二天，魏長生仍穿著遼邦公主的裝束進宮謝恩，由於這次奇遇，民間都稱他「魏皇姑」，他死後埋在家鄉的墳地也被稱做「皇姑墳」。戲裡人生竟掩蓋了他真實的男兒身份，這正是乾旦或坤生難解的宿命。

男演員長期飾演旦角、模擬女性神態，是否就會產生性別認同的問題？陳凱歌導演的電影《霸王別姬》[22]（張豐毅、張國榮、鞏俐主演）似乎有意要刻畫這樣一個故事。然而我們若仔細探究，便會發現這個故事夾雜在史詩般的大敘事中，其實是處處玄機、頗堪玩味！

　　《霸王別姬》改編自李碧華的同名小說，敘述程蝶衣（張國榮飾）自小被賣到京戲班學唱戲，由於他生得清秀纖細，故被派學唱青衣，漸漸的對自己的身份是男是女產生了混淆感。經過十多載的朝夕相對，程蝶衣對師兄段小樓（張豐毅飾）漸生情愫，兩人後來因合演《霸王別姬》而成為名角。不料小樓後來迎娶妓女菊仙（鞏俐飾）為妻，在文革時期兄弟倆又被逼互相出賣，段小樓並被逼迫批鬥自己的妻子菊仙，使菊仙失去生存意志而在返家後上吊自殺。蝶衣對畢生的藝術和感情的追求感到失落，在十多年後再次跟小樓排演《霸王別姬》時自刎於臺上。

　　這部電影乍看之下很容易被單純的解讀為兩男一女間的同性及異性情愛糾葛，事實上在詭譎多變的中國近代史架構之下，程蝶衣的同志身份顯得有些微妙，看似偉大的愛情也因而千瘡百孔。

（一）世上的戲唱到哪一齣了？——小說與電影訴求的差異

　　《霸王別姬》是戲夢人生的最佳註腳。是藝術之夢，是人生之夢，是哀悼興亡更替的政治暴力下人性淪喪之夢，是禮讚傳統文化、寄託追懷之情的斑斕絢麗之夢。電影《霸王別姬》是根據李碧華小說改編的電影中成就最高的一部，李氏生於梨園之家，在父親

---

[22] 該片獲得1993年第46屆坎城電影節金棕櫚獎、同年金球獎最佳外語片、亞太影展最佳男主角。

帶領下對京劇有相當的了解。她筆下多寫梨園，無論京腔粵曲，都能寫得有情有韻，家學淵源當然有所助益。

小說寫梨園50年政治變遷中的血淚，寫癡迷於藝術、人戲不分的程蝶衣為情、為戲、為尊嚴的堅持和磨難，也寫了同性戀、異性戀的三角糾葛，在京劇的繽紛舞臺上，給人以一定的豐富和深度感。然而小說《霸王別姬》也與李氏其他小說和香港文學、影視作品一樣，與中國保持著距離。

關於電影《霸王別姬》，學者們做了許多精闢的研究，也大致形成定論，概括起來主要是：在內容上，影片豐富而深刻，展示了人在文化與政治暴力下的角色錯位，人性在面臨暴力威脅時的多面性。影片呈現的主題是「忠貞與背叛」，程蝶衣以外的人在藝術與人生舞臺上呈現出背叛，陳凱歌甚至還在其中貫注了自己在文革時做紅衛兵背叛父親的沉痛經驗。

在形式上，影片實現了意象化與規模化的完美結合，是故事線索清晰的情節劇，又是東方人文精神和規模化形式嚴整統一的歷史劇，京劇的華麗色彩、精美表演程式與膜拜傳統藝術、強調人之尊嚴的儀式化場面貫穿全片，京劇的精華濃縮在《霸王別姬》的戲中戲之中反覆演習，構成了堂皇盛大的視覺、聽覺饗宴。尤其值得稱道的是，片頭片尾舞臺追光燈下一對梨園兄弟的生離死別，程蝶衣按照「從一而終」的信條在《霸王別姬》的排演中從容自刎，姬別霸王，在歷盡磨難與屈辱之後，借由物我兩忘、人戲合一，以身殉道，完成了戲劇舞臺上的藝術角色，也達到了人生舞臺上的人格完成和自我實現。

然而如前所述，李碧華的小說與中國存在著距離，而這個距離，給予了陳凱歌二度創作的空間，我們不妨從電影的結尾說起。

電影中程蝶衣以段小樓的劍自刎結束生命的片段，李碧華的小說是
這樣寫著：

> 蝶衣驚醒。
>
> 戲，唱，完，了。
>
> 燦爛的悲劇已然結束。
>
> 華麗的情死只是假象。
>
> 他自妖夢中，完全醒過來。是一回戲弄。
>
> 太美滿了！
>
> 強撐著爬起來。拍拍灰塵。嘴角掛著一朵詭異的笑。
>
> 「我這輩子就是想當虞姬！」
>
> 他用盡了力氣。再也不能了。（p.303）[23]

小說裡程蝶衣並沒有死，而是以演完一齣戲，做為人生的結束。事
實上，陳凱歌在對小說進行改編時，的確做了很多更動，而這些更
動，適足以影響整個故事的主題與方向。

例如他刪掉了許多原著對香港的描述，像段小樓在文革時期
逃至香港，靠打零工，騙取香港政府的公共援助度日。小說這樣
寫著：

> 霸王並沒有在將邊自刎……。這並不是那齣戲……。現實
> 中，霸王卻毫不後顧，渡江去了。他沒有自刎，他沒為國
> 死。因為這「國」，不要他。但過了烏江渡口，那又如何

---

[23] 參見李碧華《霸王別姬》，台北：皇冠出版社，1992年，以下小說引文皆
出於此，不再標明出處，僅標示頁碼。

呢？大時代有大時代的的命運，末路的霸王，還不是面目模
糊地生活著？（p.275~276）

小說最後也以對香港一九九七後的反省來結束：

> 後來，小樓路過燈火昏黃的彌敦道，見到民政私署門外盤
> 了長長的人龍，旋旋繞繞，熙熙攘攘，都是來取白色小冊
> 子的：一九八四年九月二十六日，中英協議草案的報告。
> 香港人至為關心的，是在一九九七年之後，會剩多少「自
> 由」……。什麼家國恨？兒女情？不，最懊惱的，是找他看
> 屋的主人，要收回樓宇自住了，不久他便無立錐之地。整個
> 的中國，整個的香港，都離棄他了，只好到澡堂泡一泡。到
> 了該處，只見「芬蘭浴」三個字。啊連浴德池，也沒有了。
> （p.303~304）

可見小說試圖引發讀者重新思考國族認同的真正含意，時代在變，
一切都不同了，正如電影中段小樓批評程蝶衣對戲「瘋魔」時說
的：「你也不出來看一看，這世上的戲都已經唱到哪一齣了。」整
個故事的格局顯得比較開闊。電影則集中描述段小樓、程蝶衣和菊
仙的三角關係，時間的跨度在1924-1977，最後才稍微提及1990徽班
進京兩百週年。電影中，京劇《霸王別姬》操控著男女主角的命
運，也成了程蝶衣生命的隱喻，從二千多年前楚漢相爭的版本，到
京劇舞台，到現實人生，虞姬一直上演著自刎的戲碼，霸王一直處
在驚愕之中，程蝶衣扮演虞姬，心裡也老唸著：「**我這輩子就是想
當虞姬！**」於是，她的人生一如戲劇一般落幕了。

（二）扮女／變女——性別倒錯與情慾啓蒙

當程蝶衣等於虞姬，這裡便存在一個性別認同的問題，「演什麼像什麼」與「演什麼是什麼」，這中間的差異仍取決於演員的本心。中國戲曲的特質在於「裝扮」，如「弄假婦人」、「裝孤」等，其表演並不求「進入角色之中而不自知」，而是要「表現」角色的內、外在特徵，這和斯坦尼斯拉夫斯基體系的表演不同。因此在乾旦的訓練過程中，不要求他們在心理或生理上「變成」女孩，而是要仔細觀察、模擬和表現女孩的特徵。京劇名家杜近芳說他在跟梅蘭芳先生學戲的時候，必須先把自己從女的變成男的，表演時再把自己變成女的[24]，這就是最好的例證。

以藝術型態而言，乾旦是在男性生理基礎上以程式化的舞台語彙演示女性的藝術形象（反之，坤生亦然）。在人類古老的神話中，一直存在著「雌雄同體」的原型（archetype），而且是具有跨民族、跨地域的共通性，例如中國的「太極圖」、《易・繫辭》：「陰陽不測謂之神」、古印度塑像主神濕婆和他的妻子雪山女神是雌雄同體、亞當夏娃原也是雙性同體、古希臘神話裡的月桂樹是雌雄同體的植物、漢・楊孚《異物志》記載一種動物「靈狸一體，自為陰陽」……等等[25]，文化人類學者曾詮釋這樣的現象：

> 古代人通常將神聖者描繪為兩性兼體的即它既是男的又是女的。……事實上，兩性兼體是古代人表示全體、力量以及

---

[24] 參見梅葆玖〈看乾旦說乾旦〉，出自《中國京劇》，2004年第一期。

[25] 參見徐蔚〈男旦藝術文化心理管窺〉，《福建師範大學學報》（哲學社會科學版），2003年第6期，頁80。

獨立自存的普遍公式。人們似乎覺得，神聖性或神性如果要
具備終極力量，和最高存在的意義，它就必須是兩性兼體
的。[26]

精神分析學家卡爾古斯塔夫榮格（Carl Gustav Jung，1875~1961）說：

> 從遙遠而無法記憶的時代起，人類就在自己的神話中表達這
> 樣一種思想——男人與女人是共存於同一軀體中的，這樣一
> 種心理直覺往往以神聖的對稱形式，或以創造者身上具有雌
> 雄同體這一觀念形式外射出來。[27]

可見從心理學、人類學、女性主義等學者都不約而同認為史前時期
人類原初的完美狀態是集男女雙性的力量於一身。所以榮格進一步
指出：

> 不管是在男性還是女性身上，都伏居著一個異性形象，從生
> 物學角度來說，僅僅是因為有更多的男性基因才使局面向男
> 性一方發展。[28]

這種雌雄同體所揭露出來的人類潛意識，為文學和藝術創作提供
了主題和心理機制，英國的作家維吉尼亞吳爾芙（Virginia Woolf，

---

26 參見（美國）D.L.卡莫迪著，徐均堯譯《婦女與世界宗教》，成都：四川人
民出版社。1989年，頁22。
27 參見（美國）C.S.霍爾、V.J.諾德貝著、馮川譯《人格心理學入門》，上
海：三聯書店，1987年5月，頁52。
28 同上註，頁56。

1882~1941）便認為雙性同體是藝術創作的原則，藝術家必須是女性化的男性或男性化的女性，擁有雙性同體的心靈，她的經典小說《歐蘭朵》（Orlando）就是這種精神的體現。

戲曲中的乾旦，是男性演員調動潛藏於內心的與外表性別特徵相反的性別體驗，加以提煉，並予以外化，這是對原始神話中雌雄同體原型在藝術創造實踐中的昇華，符合藝術創造的心理規律。[29] 事實上中國傳統文人也常有「反串」寫作，亦即男性文人有意無意的自擬為女子，在詩詞中以女性的哀怨憂愁來自況政治上的失意以及懷才不遇，這種模擬與乾旦的表演相類似。只是舞台上的逾越性別藩籬，並不意味著在現實生活中也可以溢出性別規範，如果因此而以另一性別的腳色自居，或者試圖變成另一種性別，那就已經超出表演的範圍，而成為個人性向的抉擇了。

《霸王別姬》中的程蝶衣，顯然就是「超越表演藩籬」，想從舞台上的虞姬，化身為段小樓現實生活中的虞姬，結果落得如虞姬一般下場，難道這不是「求仁得仁」？當然不是，因為戲裡的虞姬為了讓霸王無後顧之憂，於是心甘情願的離去，然而程蝶衣之死，卻是充滿了哀怨與絕望。

蝶衣一向沒有什麼野心，他想要的，只是和師哥唱一輩子的戲，演一輩子的霸王和虞姬。他說：「少一個月、一天、一個時辰都不叫一輩子」，他那樣跪在小樓的面前，很激動地說，眼裡全是期盼，面對如此執著與大膽表白的蝶衣，小樓也只好回應：「你是不瘋魔不成活啊！」

程蝶衣的同志傾向，在他年幼孤獨的生活於戲班時已然形成，

---

[29] 同上註，頁80。

雖然師父和大師兄對他的教導嚴厲而粗暴，但大師兄也會在師父無情的棍棒之下極力護著他，於是大師兄成了他的情感寄託。蝶衣的心理轉折十分微妙，當被要求唱「思凡」時，他怎麼樣也不願意唱出那句：「我本是女嬌娥，又不是男兒漢」，乍看之下，他十分不願意被當作女性看待，然而我們也可以這樣解讀：在蝶衣的潛意識裡，其實深知自己隱含了女性的特質，因此刻意不承認，以免洩露心跡。

幾經嚴厲的懲罰後，程蝶衣將段小樓的話聽進去了：「就當你是女孩兒，別再弄錯了」，段小樓將煙管插入其口中，並流出血來，這也是象徵段、程兩人的性行為，由於這個動作，程蝶衣才徹底改變。段小樓曾主動親口答應，舞台上扮演楚霸王的他，如果有朝一日真的取得寶劍，以劍一統天下，就要程蝶衣當他的王后——這當然是說戲，但程蝶衣把此話當真，那把寶劍就變成了定情之物。後來，程蝶衣被太監強暴，以及抱養路旁的棄嬰等，均暗示他漸漸認同女性的腳色。關於這一點，曾引起一些男同性戀者觀眾的質疑：為什麼程蝶衣和段小樓的感情非得套用女性的模式來表達？這豈不是編劇缺乏想像力或討好異性戀觀眾的明證？事實上由於程蝶衣是乾旦，他的職業訓練就是學習女性的聲音、身段和心情，所以套用戲曲模式來表達情感，是很自然的事。[30]

當程蝶衣和段小樓唱紅了《霸王別姬》時，蝶衣迷失了，沉浸在自己就是虞姬的幻夢中，因為他在日常生活裡對師兄產生的特殊情愫，在無法表達，且無法受到現實社會認可時，只有透過演戲的方式展現欲求，「虞姬」這個腳色就是最佳的偽裝，舞台上的展演

---

[30] 參見桑梓蘭著〈程蝶衣——一個異端詮釋的起點〉，引自陳雅湞編《霸王別姬——同志閱讀與跨文化對話》，嘉義：南華大學出版，2004年，頁49。

也就象徵著他人生的展演，戲曲舞台與其個人生命完全分不開，他用日常生活經歷去體會劇中人物，揣摩劇中人物的性格；他利用劇場的「性別扮演」，傳達自己的性別認同訴求，希望師兄也能與他一起從一而終，只可惜師兄段小樓不與他一同活在戲曲所構築的世界中。當兩人絕裂時，程蝶衣所獨自出演的是《貴妃醉酒》、《牡丹亭》、《拾玉鐲》——不是苦苦等待君王、就是思春倦怠的女人。幾經波折之後，當他們再站上舞台，感覺也已經不對了，於是她只好獨自唱完這齣《霸王別姬》——拿著象徵定情的劍，真的自刎在台上。

乾旦或坤生的演藝生涯，由於長期變裝、性別倒錯，確實給小說家及影像工作者很大的想像空間。例如凌煙的小說《失聲畫眉》講述歌仔戲班女同性戀的故事；施叔青的《行過洛津》是福建七子戲演員許情渡海來台，受到狎伶風氣影響，因而產生性別認同的疑惑；電影方面，除了《霸王別姬》之外，楊凡執導的電影《遊園驚夢》演述一個愛唱崑劇小生的女孩（王祖賢飾），與父親的姨太太（宮澤理惠飾）因串演〈遊園驚夢〉而產生情愫……等，這些作品，滿足了許多觀眾一窺乾旦坤生生活的欲望。性別想像固然迷人，但正如前面分析，演員逾越了表演的份際，實非乾旦坤生藝術發展的本意，所幸民國以後梅蘭芳等四大名旦的出現，終將乾旦藝術推展到極致，樹立戲曲表演美學風範。

三、《梅蘭芳》——乾旦坤生的突圍模式與藝術執著

梅蘭芳（1894-1961），出生於京劇世家，8歲學戲，11歲登臺，擅長青衣，兼演刀馬旦。在五十多年的舞臺實踐中，梅蘭芳對旦角的唱腔、念白、舞蹈、音樂、服裝、化妝等各個方面都有創造

發展，形成了獨特的藝術風格，世稱梅派。他文武兼長，扮相極佳；嗓音圓潤，唱腔婉轉嫵媚，創造了為數眾多、姿態各異的古代婦女的典型形象。梅派代表作有《宇宙鋒》、《貴妃醉酒》、《斷橋》、《奇雙會》、《霸王別姬》和《穆桂英掛帥》等。梅蘭芳先生在促進我國與國際間文化交流方面貢獻卓越，是我國向海外傳播京劇藝術的先驅。他曾於1919年、1924年和1956年三次訪問日本，1930年訪問美國，1935年和1952年兩次訪問蘇聯進行演出，獲得盛譽，並結識了眾多國際著名的藝術家、戲劇家、歌唱家、舞蹈家、作家和畫家，不僅增進了各國人民對中國文化的瞭解，也使我國京劇藝術躋入了世界戲劇之林。

2008年12月，陳凱歌繼《霸王別姬》之後執導的另一部戲曲素材電影《梅蘭芳》（黎明、章子怡、陳紅、孫紅雷主演）上演了，這部電影記述一代京劇名人梅蘭芳的藝術及感情生活，分為三個部分：少年成名的梅蘭芳和前輩十三燕之間的恩怨；中年梅蘭芳和孟小冬的感情糾葛；抗戰時期梅蘭芳的種種際遇。第一段，看出他對表演藝術的執著，且一心為著提升、改良旦角藝術不遺餘力。第二段，乾旦與坤生的共譜戀曲，戲裡戲外都是話題，陰陽顛倒的趣味，成就一段佳話。第三段，呈現梅蘭芳的愛國情操，與教忠教孝的傳統戲曲相互輝映，贏得敬重。

以上三個段落，可以折射出幾個相關議題，一是乾旦／坤生中男身／女身反差的弔詭性別議題探究；二是大師級的藝術成就與人生歷練；三是清末民國以降的戲曲傳播史與中國社會思潮的轉變。

（一）梅蘭芳與孟小冬 —— 乾旦與坤生的愛戀

梅蘭芳是四大名旦之首，除了劇藝之外，他的一舉一動，包括家庭、交友等都受到矚目，尤其是轟動一時的梅孟之戀 ——「一代乾旦」與「頭號坤生」的愛戀姻緣更是當時的菊壇大事。電影《梅蘭芳》中描述梅、孟是在一次曲會相遇，雨中一朵輕巧藍傘罩住兩人，梅一身白西裝，孟一襲青綠豎紋素灰旗袍。兩人清唱了《游龍戲鳳》。繼而梅對孟產生了熾熱的感情，甚至不惜婉拒戲劇演出、以及在「伶界大王」贈匾儀式上匆匆離去，以便能實現孟小冬「跟你看一場電影」的卑微願望。鑒於孟對梅產生了重要影響，而這種影響未必是眾人所樂見，邱如白幾次勸說，妻子福芝芳更是親自上門談判，邱甚至更激烈地暗地裏雇人採用假刺殺行動試圖驚散這對鴛鴦。最終是孟小冬識大體，主動離開了梅，讓他去了美國，從此未再見面。梅蘭芳雖不捨卻也無奈，只能看著寫著兩人名字的戲單折成的紙飛機飛向遠方。電影中這段愛戀是刻骨銘心、撕心裂肺的，但真實的情況是如何呢？[31]

早在1926年梅孟戀之前，梅蘭芳已有兩房妻室，分別是王明華與福芝芳。梅蘭芳四歲喪父、十五歲喪母，幸而有祖母、大伯、伯母照顧他，在守孝三年後，由祖母作主與王明華結婚。王明華長他一歲，也出生京劇家庭，是名旦王佩仙之女、武生王毓樓之妹，她精明能幹、勤儉持家，育有一子一女，隨著梅蘭芳漸漸成名，王明華護夫心切，為了照顧梅蘭芳，還巧妙的女扮男裝進入

---

[31] 以下關於梅孟戀與梅蘭芳的婚姻狀況，整理自蔡登山著《梅蘭芳與孟小冬》，台北：印刻文化，2008年12月、佚名著〈一代京劇坤生名伶孟小冬的悲歡情緣〉，引自《伴侶》第18期，2006年。

當時還是女人禁地的戲館後台（此舉與梅蘭芳在台上男扮女裝相映成趣），照料飲食起居之餘，還對梅蘭芳在化妝、髮型和服裝上提出寶貴意見，協助梅蘭芳在表演藝術上的精進。不料一場麻疹奪去了他們一雙兒女的性命，二人傷痛不已，只能互相安慰。1919年，梅蘭芳赴日演出，王明華同行，內外兼顧，處理事情有條不紊。由於王明華做了節育手術，又因傷痛以致疾病纏身，於是梅黨中人慫恿梅蘭芳再娶，以免無後。後來，梅蘭芳看上了出身「崇雅社」的福芝芳，便託媒求親，福芝芳進門後沒多久，王明華就病故了。

福芝芳與梅蘭芳共同生活了四十年，她是旗人女子，個性爽朗，生了九個子女，但順利長大成人的只有四個。她是梅蘭芳生活和演藝事業的得力助手，梅蘭芳演出時，她會替他挑頭飾、設計服裝，例如梅蘭芳排演《洛神》時所披的粉紅色玻璃紗、排演《天女散花》的風帶等，其顏色與式樣，都是福芝芳調配、設計的。

抗日戰爭時期，梅蘭芳蓄鬚明志，有八年沒有演出，福芝芳甘願清貧度日，典當首飾過活，對丈夫支持，不向強權低頭。她的操守態度始終如一，即便在梅蘭芳過世之後，她都對梅的班底有情有義、照顧有加。文革期間全家老小被掃地出門，她忍辱應變，在她精心保護之下，梅蘭芳生前遺留下來的有價值的劇本、曲譜、服飾、文稿都得以保存，為後人留下了珍貴的梨園史料。1980年，福芝芳病逝北京，享年75歲。

儘管先後有兩位賢內助，但當愛情來了，誰也擋不住。

孟小冬出生於1907年農曆冬月十六，因而取名叫小冬。她出身梨園世家，祖父孟七出身徽班，擅演文武老生兼武淨，她的父親、伯、叔都是京劇演員，在這樣的家庭氛圍下，孟小冬別無選擇地走

上了從藝的道路。她9歲開蒙，向姑父仇月祥學唱老生，12歲在無錫首次登臺，14歲就在上海乾坤大劇場先後與張少泉（電影明星李麗華之母）、粉菊花、露蘭春、姚玉蘭同台演出，表現出了大角風範，佳評如潮。在北京定居下來之後，她拜京劇音樂家、名琴師陳彥衡為師學習譚（鑫培）派唱腔，而後拜陳秀華為師，並得到名票王君直的指點，又與言菊朋一起切磋表演藝術。她在北京三慶園、新明戲院演出的《探母回令》、《擊鼓罵曹》（仍由名琴師孫佐臣伴奏），使她聲名大震，時人稱為「冬皇」。後乃投入余叔岩門下，繼承余派衣缽。

1926年下半年的一天，是當時北平政要王克敏的半百生日。當時王克敏擔任財政總長，又兼銀行總裁。既然是戲迷，他過生日當然要大唱堂會戲。這天到會的都是北平城內數一數二的人物，其中也不乏名伶俊秀。風華正茂、名滿京城的當紅鬚生孟小冬和舉世聞名、眾望所歸的青衣花衫梅蘭芳，自然均在被邀之列。

在酒席筵前，大家正在商量晚宴以後的戲，座中忽然有個人提議，應該讓孟小冬和梅蘭芳合演一齣《游龍戲鳳》。提議者說：「一個是鬚生之皇，一個是旦角之王，王皇同場，珠聯璧合。」眾賓客聽了紛紛鼓掌！《游龍戲鳳》是一齣生、旦對手戲，唱做並重。梅蘭芳常演這個戲，並多次與余派名家余叔岩合作。而孟小冬雖然曾學過這戲，但在此之前尚未演過。所謂「藝高人膽大」，18歲的孟小冬在從未正式登臺演過此戲的情況下，居然敢和梅大師「臺上見」！沒想到演出的結果出奇得好，得到了在場的戲迷和觀眾的一致讚賞和歡呼。

一個是伶界大王，一個是坤伶鬚生泰斗，兩人在堂會中演出了《游龍戲鳳》、《四郎探母》後，又一度在開明大戲院連袂演出

《二進宮》。二人相互欽羨、惺惺相惜，終於互生愛慕之情。

　　關於梅孟的結合有好幾種版本，最流行的版本是梅黨如馮耿光之流攛掇二人，以分福芝芳的權；還有一個是王明華因不甘心而導演了兩人結識。不管傳聞如何，兩情相悅仍是事實，當梅蘭芳去提親的時候，孟家認為梅已有兩位夫人，不希望女兒做偏房，然而梅黨中人說梅蘭芳因過繼給大伯，實是兼祧兩房，並非偏房，孟家才同意。1927年春節過後的農曆正月二十四，二人結為伉儷，洞房設在馮耿光公館，對外保密，等於是金屋藏嬌。電影中描述的邱如白反對、福芝芳談判等，都不是事實。

　　可惜好景不常，梅孟的婚姻只維持了四年，分手的導火線，一說是瘋狂的孟小冬戲迷欲刺殺梅蘭芳事件，另一說是梅蘭芳嗣母過世，孟小冬要到梅宅奔喪，福芝芳竟不讓她進門，她終於明白兩房兼祧實是一場虛幻，於是決定與梅分手。梅蘭芳給了孟四萬贍養費。高傲的孟小冬，不是沒有怨氣，事後幾年曾公開在報紙上發一啟事，講述梅孟糾葛，剖析心跡（1933年9月5、6、7日天津《大公報》第一版上，孟小冬連登三天〈孟小冬緊要啟事〉，可以看得出來她最在意的還是名份問題）。梅蘭芳及梅黨沒有作出任何回應。她更發下誓願，再嫁就要嫁個比梅蘭芳更好的人物。孟小冬算是實踐了自己的心願：她的第二個男人是杜月笙，可是一個響叮噹的人物。晚年，孟小冬青燈古佛，一個人孤獨地死在臺灣。

（二）藝術成就與人生歷練

　　梅孟之戀，雖是二人生命中的一段插曲，但對二人的藝術成就絕對有正面的助益。梅蘭芳身邊有一票梅黨文人及妻子福芝芳協助，劇藝蒸蒸日上，但感情的萌生對腳色的揣摩必然有所啟發；孟

小冬在離開梅蘭芳後亦未被擊垮，反而再拜余叔岩為師，終成余派傳人。

1、梅蘭芳──繼承和創新

從少年時代起，梅蘭芳以觀察前輩的演出方式，在青衣、花旦、刀馬旦等旦行表演方面打下堅實的基礎，此外又吸收崑曲和其他地方戲曲的長處，經過探索、試驗，且受到師友王瑤卿的啟示，慢慢出現了他所創造的獨特形象：一種載歌載舞的旦角。它既不是青衣，也不是花旦，吸收了刀馬旦的功夫，又有閨門旦的風格。這個新的形象原是從傳統演化出來的，十分適合他的性格和身體的特點，於是創造了「花衫」這個行當。

梅蘭芳的表演並不是單純摹仿女子，而是發現和再創造婦女的動作，情感的節奏，意志的力量、魅力，終於形成了廣大觀眾喜愛的「梅派」藝術。

辛亥革命後，對於京劇最直接的影響，是觀眾群體和審美趣味的變化。女性進了劇場看戲、話劇藝術形式的引進，使得生行獨霸的戲曲舞台產生了變化。

1913年11月，梅蘭芳第一次和王鳳卿應邀去上海演出。上演了一、二本《虹霓關》，開創了在同一劇目中一人演兩個不同行當、不同扮相、不同演法的先例。1914年秋冬，梅蘭芳再次應邀赴上海演出，增加了《貴妃醉酒》等劇目，歷時45天，場場爆滿，盛況空前。1915年4月到1916年9月，梅蘭芳編演了11齣新戲（包括《一縷麻》、《黛玉葬花》等），同時還整理和上演了許多傳統戲，比如《宇宙鋒》、《花木蘭》、《拷紅》等。1921年，編寫的《霸王別姬》，刻畫了一個善良、有見識、富有感情而又堅貞不屈的的虞

姬形象。1917年，他以22萬多張票，繼譚鑫培之後當選為「伶界大王」，1927年在觀眾投票評選中毫無爭議名列「四大名旦」之首，最終將京劇藝術推至巔峰。

梅蘭芳在上世紀50年代提出了「移步不換形」，排新戲或改舊戲，在每齣戲裏幾乎都有新的嘗試，卻又盡可能溫和漸進，做到不讓同行和觀眾抗拒。1923年他創編古裝新戲《西施》，為了豐富音樂表現力，首次在京劇伴奏樂器中增加了一把二胡，這個改動不但立即被觀眾接受，而且延續至今。他在齊如山幫助下排《嫦娥奔月》，從古代繪畫、雕刻中吸取靈感，創造了古裝新扮相，其他名旦日後都有仿效，今天也還在沿用。梅葆琛有一次看完《霸王別姬》，對父親說第二場手扶寶劍出場時，劍鞘在身後翹得太高，挑著斗篷不好看，第二天再演，梅蘭芳就把這個動作改了。

結交文人形成師友關係，也是梅蘭芳開風氣之先。齊如山、馮耿光、金仲蓀、張彭春，這些接受過西方文化薰陶的名士文人，都把全部智慧和力量用在了推動梅蘭芳改革中國舊戲曲上，而梅蘭芳也懂得虛心接納，從善如流，不局限於戲曲的小天地。在他們籌畫下，梅蘭芳1919年訪日、1930年訪美、1935年訪蘇，3次向世界敞開與傳播了京劇藝術，他自己也成為中國文化的代表，奠定了國際戲劇大師的地位。

乾旦的表演藝術，其實牽動著許多心理學層面的東西。梅蘭芳雖然不是心理學家，但是他的藝術實踐和著作，都對「戲曲心理學」，特別是「戲曲表演心理學」做出了重要的貢獻。

對於旦角來說，梅蘭芳本身的外貌條件稱不上很美。但是他的演出令人產生無與倫比的美感，是因為其藝術實踐非常符合文藝心理學的有關原理。著名的美學家和心理學家朱光潛先生，曾詳細分

析了美感的產生與「形相」的關係。廣義的「形相」包括視覺和聽覺兩方面。戲曲表演中的扮相、身段、舞美和嗓音、腔調和伴奏等都被包括在「形相」概念中。梅蘭芳多次明確提出：「在舞臺上，是處處要照顧到美的條件的。」

　　他青年時期兩次去上海，受到「海派」表演的影響很大，在舞臺和燈光和布景方面突破了京劇的傳統模式，要美要新；在唱念方面，他也同意戲曲專家陳彥衡的話「腔無所謂新舊，悅耳為上」；在「做功」方面，他高度推崇崑劇表演的「歌舞合一」，在齊如山等人的幫助下，創演了大量的舞蹈，豐富了京戲的可看性和美感。

　　梅蘭芳堅持藝術的真實不同於生活的真實。他的最有名、影響最大的幾齣代表劇目如《貴妃醉酒》中的「醉態」，《宇宙鋒》中的「瘋態」，《驚夢》中的「夢態」，本來都是人類暫時脫離理性控制的變態行為，往往是醜態，但是他都運用表演讓它們成為美態，使觀眾產生美感。

　　梅蘭芳一生有三大表演戲曲階段：先是充分地繼承；然後是側重於大膽的改革和創新；最後是把二者高度結合起來，用傳統的程式化表演形式，把具有積極的現實意義的內容表現出來。他認為古典歌舞劇是建築在歌舞上面的，一切動作和歌唱，都要配合場面上的節奏而形成它自己的一種規律。所以古典歌舞劇的演員，負著雙重任務，除了很切合劇情地扮那個劇中人之外，還要把優美的舞蹈加以體現。而時裝戲表現的是現代故事，不可能像歌舞劇那樣處處把它舞蹈化，京戲演員從小練成的和經常在臺上用的那些舞蹈動作，全都無用武之地，而且觀眾是抱著喜好新鮮的心情來看時裝戲的，自然演多了也就不新鮮了。梅蘭芳於是採取了一條二者合一的辦法，即編演古裝戲，使其具有現實意義。這和我們今日創編新戲

的宗旨不謀而合。

　　對於如何解決臉譜和程式化問題，梅蘭芳一生都在研究分析角色的性格和心理。比如同屬旦角的王寶釧和柳迎春，她二人不但行當相同，而且劇情和扮相都差不多，但是由於早期的家庭環境和社會地位不同（一位是丞相之女，一位是員外之女），因此形成了不同的性格和風度。梅蘭芳對自己下功夫最多、最愛演的《宇宙鋒》，也詳細地對女主角進行了心理分析，指出演員本人、角色的真假表演等的三重心理（裝瘋）。梅蘭芳晚年排演的最後一齣戲是《穆桂英挂帥》，他與穆在心理有著相通之處——老當益壯的豪情，因此，他將老穆桂英的心理和表演做了詳細的分析。這齣戲和〈我怎樣排演《穆桂英掛帥》〉，[32]是梅蘭芳對戲曲表演心理學最成熟的貢獻。

2、孟小冬——精緻與完美

　　孟小冬與梅蘭芳分手後，一度退隱、吃齋念佛，直到1933年才再度復出，組班在京、津兩地演出，此時她已經開始學余派戲，以《捉放曹》、《烏盆記》等轟動津門。其實1925年，18歲的孟小冬從上海到北京最大的目的就是拜師學藝，先後向陳秀華、陳彥衡等人請益，鑽研譚派藝術。孟小冬用功甚深，在經過鑑別比較之後，她把目標鎖定在余派，認為余派藝術不僅唱唸做表細膩深刻，且在唱腔方面的三音聯用（高音立、中音堂、低音蒼），能藏險妙於平淡，更為她所喜愛。在北京期間，只要余叔岩有演出，一定前

---

[32] 此文出自《梅蘭芳戲劇散論》，收錄在《梅蘭芳全集》第參卷，石家莊：河北教育出版社，2001年，頁89。詳細分析亦可參見王安祈〈京劇梅派藝術中梅蘭芳主體意識之體現〉，收錄於王安祈《為京劇表演體系發聲》，台北：國家出版社，2006年1月，頁31。

往觀摩，甚至連余派票友都是她請教的對象。後來他拜言菊朋為師，言菊朋在說戲之餘，也鼓勵她向余叔岩問藝，這更堅定了他拜師的信念。

余叔岩對孟小冬的才華也很欣賞，之前有人介紹一個票友給余叔岩，被余一口回絕，介紹人走之後，余叔岩對身旁的朋友說：「有些人教也是白教，徒費力氣。」朋友問：「當今之世，誰比較好呢？」：余叔岩說：「目前內外行中，接近我的戲路，且堪造就的，只有孟小冬一人！」然而，孟小冬想拜余叔岩為師，長達六七年都不能如願，原因是余個性孤僻保守，連男弟子都不收，遑論女弟子！直到1938年，李桂春託朋友為子李少春請求拜師，余勉強應允，旁人為孟小冬抱不平，終於說動了余叔岩，於是在李少春拜師的第二天，也就是1938年10月20日，孟小冬正式成為余叔岩的弟子。

對於兩個徒弟，余叔岩採取因材施教的方式，各教不同的戲，囑咐兩人「可旁聽跟著學，但不能演對方的戲」。余教孟小冬唱功戲《洪洋洞》，著名的「洪三段」（為國家、嘆楊家、自那日）是余派代表唱段；不久（12月12日）孟小冬演《洪洋洞》，余叔岩還親自把場。

孟小冬風雨無阻每天來學戲，她從余叔岩兩個女兒慧文、慧清那裡聽說老師不喜歡學生拿出筆來做筆記，只能用腦子默記，因此她越發認真用心的苦記默背。學習很規律，下午先在自家跟余的琴師王瑞芝老師吊嗓三小時，一齣二黃、一齣西皮，再一齣反二黃；晚上和琴師一起來到余府，看余叔岩晚飯後練毛筆字，聽余叔岩晚上在客廳吊嗓，而後老師開始為他說戲，每一段反覆多遍。這樣連續五年，學了近三十齣戲，《洪洋洞》、《捉放曹》、《搜孤

救孤》、《擊鼓罵曹》、《失空斬》、《烏盆記》、《二進宮》、
《珠簾寨》、《武家坡》、《御碑亭》，這幾齣是逐字逐句連唱帶
身段教會的。[33]這段時期孟小冬停止了舞台活動，除非老師驗收成
果，否則只學不上台，孫養農在《談余叔岩》書裡是這樣說的：
「她在學戲期間，除老師允許認為可以出而問世者外，絕不輕易
登台露演」，[34]她把全副生命放在追隨老師學戲上面，從1938年起
跟在身邊，整整五年，而這五年也是余叔岩生命最後五年。1943年
余叔岩以五十三歲之年病逝。余叔岩自從1937張伯駒四十生日配演
《失空斬》的王平之後，沒有再登過台，最後這五年，師徒二人一
同在沒有舞台的簡約環境裡精研唱腔。

　　孟小冬曾對友人說，余老師主張從根柢研究，首先在字音準確
上下功夫，所以偏重唸白，兼及做派。《一捧雪》一劇，余叔岩不
厭其煩教了三個月，要求唱唸要傳神，從發音以至行腔，凡是平上
去入、陰陽尖團，以及抑揚高下、波折婉轉，均反覆體察，廣加
考究。

　　有一次，孟小冬演《失街亭》，演畢卸妝時，有人對孟說，當
她演到斬謖時，怒目瞪眼，眼白露出太多，孟立即問余如何克服，
余說：「記住，瞪眼別忘撐眉，你試試。」孟對鏡履試，果然不再
露眼白，可見余在藝術上的造詣多麼細膩而深邃。

　　和梅蘭芳、杜月笙兩位名人的兩段感情，使孟小冬的生活備受
矚目，然而她的藝術生命卻一路由博返約，精研余派氣韻，體現出
澹靜的心靈追求。余叔岩不斷鑽研創出一派，孟小冬是臨摹複製老

---

[33] 參見許錦文《梨園冬皇孟小冬傳》，上海人民出版社，2003年。翁思再
　　《余叔岩傳》，河北教育出版社，2002年，頁404。
[34] 孫養農《談余叔岩》，2003重印本，頁54。

師的唱腔，像是進入修行的狀態與境界。

　　晚年的孟小冬深居簡出，只有留下幾張在家清唱吊嗓模糊不清的側面照片。「清唱」是純然的內在活動，練余派咬字氣口竟像焚香頂禮一樣成為「內在修為」。晚年的孟小冬複製著老師同樣的行徑，一字一句教唱給香港收的學生趙培鑫和錢培榮等，生命的步調一路往內深旋，只留下余派「抒情自我」的聲音迴盪。[35]

（三）擺脫相公堂子遺風而追求劇藝

　　前文曾敘述清代由於政府立有法令禁止官吏嫖妓狎娼，於是士大夫就去狎褻男色，而這些男色多半是梨園中的子弟。影片中便有這樣一幕：少年梅蘭芳出場不久，就被其表兄朱慧芳拉去陪酒，嫵媚的表兄一屁股就坐在了那位二爺的大腿上，想讓梅蘭芳有樣學樣，結果梅蘭芳賞了他一記耳光。這個片段寫出梅蘭芳成長中的艱辛：不僅要學戲唱戲，還要應付許多陪酒陪客的無聊營生，而梅蘭芳都堅持了自己的清白、乾淨。

　　這其實就是清末「相公」文化的遺留，相公集中的地方叫做「相公堂子」，漂亮的男孩子學戲時，由於師傅的調唆、壞人的引逗、周圍環境的薰染，使這些孩子產生變態心理，逐漸墮落。「相公堂子」原本是演劇業的一個正當組織，以解決和調停同仁間的演出合作等問題。由於達官貴人常來此找樂子，男旦也聚在此處搞同性戀，所以名聲漸壞，時人將「相公堂子」視為男娼館。

　　梅蘭芳的爺爺、著名旦角、同光十三絕之一、四大徽班之四喜班班主梅巧玲就辦有「景和堂」，後來很多名角都有自己的堂子，

---

[35] 同前註。

比如伶界大王譚鑫培的「英秀堂」。梅蘭芳本人是在朱小芬（梅巧玲弟子朱靄雲之子、梅蘭芳的姐夫）的「雲和堂」。當時與梅一起就學就有他姐夫的弟弟朱幼芬、表兄王蕙芳（也就是電影裡的朱慧芳的原型），梅蘭芳運氣好，既趕上了「相公堂子」逐漸走向衰敗的歷史時期，又遇上貴人（指梅黨），以致早早脫離堂子。

王安憶在小說《長恨歌》裡曾有一段話，對京劇乾旦迷人的特質有非常傳神的描述：

> 京劇裡最迷的是旦角戲，而且只迷男旦，不迷坤旦。他（李主任）以為男旦是比女人還女人。因是男的才懂得女人的好，而女人自己卻是看不懂女人。坤旦演的是女人的形，男旦演的卻是女人的神。這也是身在此山中不識真面目，也是局外人清的道理。他討厭電影，尤其是好萊塢電影，也是討厭其中的女人，這是自以為女人的女人，張揚的全是女人的淺薄，哪有京劇裡的男旦領會的深啊！有時他想，他倘若是個男旦，會塑造出世上最美麗的女人。女人的美絕不是女人自己覺得的那一點，恰恰是她不覺得，甚至會以為是醜的那一點。男旦所表現的女人，其實又不是女人，而是對女人的理想，他的動與靜，顰與笑，都是女人的解釋，是像教科書一樣，可供學習的。李主任的喜歡京劇，也是由喜歡女人出發的；而他的喜歡女人，則又是像京劇一樣，是一樁審美活動。[36]

---

[36] 參見王安憶《長恨歌》，台北：麥田出版社，2005年8月。頁107-108。

可知「比女人還女人」，是世人對優秀乾旦的恭維。坤生呢？傳統戲曲女扮男的坤生，也具有一種獨特的魅力，尤其扮演騷人墨客、風流才子和專情書生，那倜儻氣質、癡情傻勁，遠勝於男演員的演出。

由於乾旦坤生須戮力揣摩腳色，因此往往有出人意表的效果。清代不少筆記小說描述了觀眾看乾旦表演之後的反應，如清金埴（1663-1740）《巾箱說》有載：

> 戊戌仲冬，家太守紫庭公於奂署餞予南旋，姑蘇名部搬《節孝記》，至孝子見母，不惟座客指顧稱歎，有欲涕者，即兩優童亦宛然一母一子，情事楚切，不覺淚滴氍毹間。夫假啼而致真泣，所謂無情而有情者，彼文有至文，斯戲非至戲耶！兩優年各十四五歲，詢其淚落之故，對曰：「伎授於師，師立樂色，各欲其逼肖，逼肖則情真，情真則動人。且一經登場，己身即戲中人之身，戲中人之啼笑，即己身之啼笑，而無所為假借矣！此優之所以淚落也。」予嘉其對，以纏頭錦勞之，顧謂家太守曰：「白傳詩『古人唱聲兼唱情』，此真能唱情者。曲藝且然，況君子之大道乎！[37]

可見當時的優僮表演並非嘩眾取寵，而是講求精湛的演技。「**己身即戲中人之身，戲中人之啼笑，即己身之啼笑**」14、5歲的優僮，人生歷練並不豐富，但是因為老師的細心調教，竟然能有感動人心的演出，更厲害的是，當感動了觀眾之後，自己也感動落淚，這是

---

[37] 參見清・金埴撰《巾箱說》，北京：中華書局，1982年，頁140。

真性情的流露，兩優僮之演技因此倍受認同。

　　至於如何揣摩腳色，黃旛綽《明心鑑》有言：

> 辨一番形狀、腔、白、情、文理，揣摩曲意詞合章。要將關
> 目作家常，宛若古人一樣。樂處顏開喜悅，悲哉眉目怨傷，
> 聽者鼻酸淚兩行，直如真事在望。個個點頭稱讚，人人拍手
> 聲揚。[38]

要使觀者與戲中人感同身受，表演者必先「揣摩曲意詞合章」，準
確拿捏劇本的感情主調，並對揣摩角色性格下一番功夫，戲才有感
染力。雖說優伶表演戲曲某種程度上需依仗天生稟賦，但後天的努
力仍是不可或缺。

　　綜合前文的論述，可知乾旦坤生在戲曲表演上要付出加倍的心
力，有時甚或導致戲與人生分不開的情況。其實不僅演員如此，觀
眾亦然，例如梅蘭芳曾親述他在美國演出後，一位美國老太太對他
的說話。老太太剛看了關於薛仁貴和柳迎春故事的《汾河灣》，對
扮演柳迎春的梅先生說：「你生得這樣好看，薛仁貴一定很愛你。
現在你對他冷淡，他以後也還是會來求你回心轉意。那時候你可不
要一下子就答應了——要好好難為難為他！」演員演得太過逼真，
觀眾自然入戲，這證明了乾旦梅蘭芳演出成功，連美國觀眾都分不
出他是男是女。

　　從性別投射到人生展演，成就了乾旦坤生戲裡戲外的輝煌人
生，感性的投入腳色，以及理性的抽離腳色，孰是孰非，我們無法

---

[38] 參見清・黃旛綽《梨園原》（即《明心鑑》），收錄自《中國古典戲曲論
著集成》第九冊，北京：中國戲劇出版社，1959年8月，頁13。

斷言。就像個人的生命歷程，終須個人自己去過、去抉擇。梅蘭芳
與孟小冬這一段乾旦與坤生的愛戀，因戲結緣，成就一段佳話。
《霸王別姬》中段小樓與程蝶衣也是因戲結緣，但程蝶衣認不清現
實，放不下情感，以致發生憾事（幸好只是小說）。梅孟戀中孟小
冬則是認清事實，斷然拋開，雖也算是悲劇收場，至少落得好聚好
散。尤其二人不囿於兒女私情，持續追求劇藝，則是中國戲曲之
福，亦無愧一代宗師之名。

第二節　鏡像／複象／後設──電影《龍飛鳳舞》與《盂蘭神功》

　　戲曲的發展、戲曲的內涵、戲曲工作者的辛酸甘苦等等，都是
屬於華人世界特有的藝術或生活型態，因此，戲曲（包括環繞在戲
曲周圍的人事物）常常成為電影故事的素材。看似神秘、浪漫的戲
班生涯讓人想一窺堂奧，孤獨、艱辛的學戲歷程又讓人一掬同情之
淚！在敘事手法上，戲中有戲、據實陳述、悲喜交歡、戲如人生的
多重況味，均在影像中鎔鑄陶煉。

　　在多種影像敘事的類型中，有以紀錄片形式呈現戲班生活的，
例如以臺灣傳統歌仔戲為主題的《神戲》[39]、《戲台滾人生》[40]、

---

[39]　《神戲》由導演賴麗君、彭家如費時一年半拍攝，記錄嘉義一個演出酬神
　　戲、超過60年的老戲班，當家花旦卻是一位越南媳婦。阮安妮，是越南國
　　家馬戲團的表演明星，從小卻渴望成為歌仔戲演員，因緣際會嫁給「新麗
　　美歌仔戲班」的團長，意外繼續了她兒時的夢想。她花了無數的時間學習
　　陌生的語言，用越南拼音一字字練習「七字仔」，終能站上舞臺演出歌仔
　　戲，成為戲班裡的當家花旦。

[40]　導演吳耀東的《戲台滾人生》，述位在宜蘭的傳統歌仔戲團「壯三新涼樂
　　團」，這些團員來自四面八方，只憑藉著一份熱愛民俗藝術的心情加入。

以川劇為主題的《民間戲班》；[41]有以劇情片形式訴說戲班故事的，例如《霸王別姬》、《虎度門》、《失聲畫眉》、《沙河悲歌》、《撞到正》（台譯：小姐遇到鬼）、《戲班遇到鬼》、《龍飛鳳舞》、《盂蘭神功》等，而劇情片的處理方式，較特殊的有兩種極端的型態，即是喜劇與鬼戲。

以近幾年的作品為例，2012年台灣電影《龍飛鳳舞》（王育麟導演，吳朋奉、張詩盈、郭春美、朱宏章、太保、蔡柏璋等主演），描述一個歌仔戲班因班主過世、台柱腿傷，面臨風雨飄搖的境地，後因家中長子浪子回頭接管戲班，又找來貌似主角的男子頂替演出，最終撥雲見日、渡過難關。而2014年的香港電影《盂蘭神功》（張家輝導演，張家輝、劉心悠、吳家麗、林威等主演），則是描述香港粵劇團團長之子，於事業失敗後回鄉，遇到父親心臟病發而代理團主，卻頻頻發生靈異事件，時值盂蘭節（中元節），劇團受邀演出神功戲（酬神戲）以慰勞亡魂，卻遭遇了極大的考驗。前一部以喜劇方式呈現，後一部則號稱是香港近年來最恐怖的電影，呈現的方式截然不同，但都不約而同的探討了傳統戲曲的習俗或表演在現今面臨的困境與重生的契機，二者也巧妙地藉由不同的影像敘事手法揭示傳統與現代的掙扎、扞格與權變。

老藝師過世後，兒子陳茂益接手團務，繼續傳承本地歌仔的使命。而戲團一切運作得關乎經費，他苦無思緒，還病痛纏身。之後終於喜獲國家補助，一陣歡騰，卻也悄悄地帶來戲團崩解危機…。

41 紀錄片《民間戲班》講述了一個漂泊至成都石板灘鎮的民間川劇戲班的動人故事。在當下城市化和商業化的夾縫中，戲班班主和成員們以自己獨特的方式頑強堅守一個活在民間又即將消逝的傳統舞臺。導演趙剛力圖以一種原生態的記錄方式，詮釋民間文化力量和傳統價值觀在變化的「鄉土中國」中苦苦掙扎的窘迫與糾結。並以此解讀中國傳統文化在當下所面臨的生存困境。

因此本節即以此二片為論述基準，嘗試以觀察戲曲文化在現今社會存在的意涵為主軸，從電影中提及的歌仔戲班、粵劇戲班的儀式、表演、經營等角度加以剖析，並針對電影拍攝手法、詮釋角度作比較，以凸顯此種類型電影與戲曲的互文性和多元性。

一、家族戲班的生活模式

　　《龍飛鳳舞》與《盂蘭神功》兩部電影有一個相同的前提，就是本無意接掌家族戲班的長子，不得已接下了重擔。這說明瞭民間戲班多半屬於「家族事業」，即便是資深團員也無法替代！

　　戲班家族化，幾乎與中國戲劇的發生同時出現，南宋人周南在他的《山房集》裡就記載過這樣一個民間戲班子：「市南有不逞者三人，女伴二人，莫知其為兄弟妻姒也，以謔丐錢。市人曰：是雜劇者。又曰：伶之類也。」[42]元代南戲《宦門子弟錯立身》裡面那個王金榜戲班，也是由一家人組成，後來完顏壽馬加入，是因為做了王的女婿。元・陶宗儀《南村輟耕錄》卷二十四說到松江天生秀戲班，一天正在州府衙門前勾欄裡演出，勾欄突然倒塌，壓死了42人，「獨歌兒天生秀全家不損一人」，[43]可見這個戲班也是家庭性質的。《藍采和》雜劇裡記載得更為詳細，班中一共有6人：藍采和（正末）、藍之妻喜千金（正旦）、藍之子小采和（俫兒）、藍之兒媳藍山景（外旦）、藍的姑舅兄弟王把色（淨）、兩姨兄弟李簿頭（淨）。[44]家庭戲班在當時是一種普遍的形式，所以元・睢

---

[42] 參見宋・周南撰《山房集》，《文淵閣四庫叢書》第1169冊，台北，台灣商務印書館，1983年，頁47。

[43] 參見元・陶宗儀撰，王雪玲點校《南村輟耕錄》，瀋陽：遼寧教育出版社，1998年，頁281。

[44] 元・佚名，楊家駱主編《漢鍾離度脫藍采和》，《全元雜劇三編》第五

玄明《詠鼓》散套說：「則被這淡廝全家擂殺我。」[45]宋元家庭戲班形成的社會原因是受到當時戶籍制度的制約：凡藝人都隸屬於樂籍，其身份為世襲，子孫後代都是藝人，不得改變。

　　除了戲班家族化，戲班演出從不專門待在一處，保持流動的方式，這一點也是自古皆然。漢・鄭玄注《周禮・春官》所謂「散樂，野人為樂之善者」的「野人」，就是指民間從事流動演出的藝人。[46]唐代有更具體的記載，唐・范攄《雲溪友議》卷下所記劉采春陸參軍戲班，就從江蘇到浙江進行演出。[47]唐玄宗開元二年（西元714年）曾有敕令：「散樂巡村，特宜禁斷。」（宋・王讜《唐會要》卷三十四）[48]宋・蘇軾為說明仕途艱辛，曾用優人的奔波生活作比：「俯仰東西閱數州，老於歧路豈伶優。」（《蘇東坡全集・次韻周開祖長官見寄》）[49]元人習稱雜劇藝人的流動演出為「衝州撞府，求衣覓食」（《宦門子弟錯立身》第五齣）。[50]元代南戲《宦門子弟錯立身》就描寫了一個雜劇班子從山東東平到河南洛陽活動的情況。晉南大都市平陽府的雜劇藝人平時除了在府城內部活動以外，也到周圍城鎮鄉村去趕賽。例如萬榮縣孤山風伯

　　冊，台北：世界書局，1963年，頁2095-2124。
[45] 元・睢玄明《詠鼓》，《全元散曲》第一冊，台北：中華書局，1986年，頁548。
[46] 參見清・清詁讓撰，王文錦、陳玉霞點校《周禮正義》冊7，北京：中華書局，2000年，頁1902。
[47] 參見唐・范攄《雲溪友議》，北京：中華書局，1959年，頁63-64。
[48] 參見宋・王溥撰《唐會要》上冊，上海：上海古籍出版社，2006年，頁734。
[49] 參見宋・蘇軾撰，張志烈、馬德富等主編：《蘇軾全集》冊3，石家莊：河北人民出版社，2010年，頁2050。
[50] 元・佚名撰《宦門子弟立錯身》，《古本戲曲叢刊》初集第2冊，北京，國家圖書館出版社，1983年，頁579。

圖　3-2-1元代戲班趕路圖[51]

雨師廟元代戲臺石質殘柱上刻有這樣的字跡：「堯都大行散樂人張德好在此作場，大德五年三月清明，施錢十貫。」這個張德好也是平陽府的雜劇藝人，他於1301年清明節前率領自己的戲班沿汾河南下，來到這裡進行祭神演出，並為神廟捐了錢。又如在汾河入黃河口禹門一帶的河津縣，也曾有過一個元代戲班的足跡，在北寺莊禹廟戲臺台基石上刻著如下字樣：「建舞樓，都科韓□□張鼎拙書，石匠張珍刊。慶樓臺，大行散樂：古弄呂怪眼、呂宣，旦色劉秀春、劉元。」可知這個戲班是為該廟的舞樓建成而作慶賀演出。山西省洪洞縣明應王殿南壁東次間雜劇作場圖題額為：「堯都見愛大行散樂忠都秀在此作場泰定元年四月日。」所謂「堯都」指平陽（今臨汾市），傳說唐堯都於此地。「忠都」指蒲州（今永濟縣）。忠都秀應該是蒲州一帶的雜劇女藝人，而得到了這裡的中心城市平陽府觀眾的推戴。她就以平陽為根據地，在這一帶地區參加各個廟會的巡迴演出（例如洪洞縣就是臨汾市的緊鄰），並於1324年來到明應王廟為神殿的落成進行獻演。

---

[51]　圖　3-2-1出自廖奔：《中國戲劇圖史》（鄭州：河南教育出版社，1996年8月），頁138。畫的全名：右玉寶寧寺水陸畫元代戲班趕路圖。

戲班流動的方式，旱路多靠肩挑驢馱車載，水路多靠船運。《宦門子弟錯立身》裡描寫戲班趕旱路情景是：「奈擔兒難擔生受，更驢兒不肯快走。」山西省右玉縣寶寧寺水陸畫中有一幅即反映了元代戲班攜帶道具樂器趕路躓行的情景。台灣亦存有早期牛車載戲班趕路的照片，這正是民間戲班的宿命。

　　電影《龍飛鳳舞》的開頭是這樣的：颱風夜，戲班仍在舞臺上賣力演出著，畢竟酬神之事不能說停就停，戲班團主急忙進廟擲筊問神明：「外頭大風大雨，可否讓團員在廟裡演出？」，獲得許可後（聖筊），團員們才敢轉移陣地，進入大廟繼續演出；不久，人去樓空的戲臺被大風掀了屋頂、拆了舞臺，留下一片狼藉。這個開場讓大家見識到戲班受限天候及場地（劇中亦有因噪音被居民檢舉以致被環保局開單之情事），必須隨遇而安的艱辛，也藉風雨暗示戲班即將面臨的嚴峻考驗與坎坷前景；而遷移至大廟演出，似又冥冥中自有保佑⋯⋯。接下來鏡頭一轉，全團乘坐渡船到小琉球演出，這正是「衝州撞府」的寫照，儘管辛苦，但此刻的背景音樂卻安排崔苔菁的《乘風破浪》，「愛的信心就是力量」，既浪漫勵志，又有一種苦中作樂的意味。

　　經營戲班須有健全的組織，而家族式的組織似乎更方便集體行動與管理。民國三十四至五十年間，歌仔戲的全盛時期，最享盛名的歌仔戲劇團皆為家族式的組織經營。此種經營優點頗多：如團主係科班出身，對劇團之經營與管理有著豐富的經驗；而將主要角色納為妻妾或家族成員，不但有向心力與服從性，且可以減少開支；團員多數為養女或有期約之演員，在團主的帶領及訓練下，演技提升，名氣增大，投資回收之機率亦相對增高。像明華園、新和興均是如此，依仗著健全的家族組織經營，在時代的洪流中仍屹立

不搖。

　　傳統的歌仔戲劇團常有爭角色、爭排名的風波，劇團與劇團之間，也頻傳跳槽、挖角事件，演員流動性大，直接影響了整體的演出品質。若以家族成員為基礎，相對就穩定性足、向心力強。

　　不過家族戲班也並非完全沒有問題，《龍飛鳳舞》與《盂蘭神功》就分別描述了兩種不同的狀況。《龍飛鳳舞》中，戲班老團長驟逝，長子阿義因素來與母親觀念不合，不願回家幫忙，而由妹妹春梅和妹夫志宏撐起大局，不料突如其來的車禍使春梅腳傷無法上臺，戲班處境岌岌可危，後來他們無意中發現撞傷春梅的清潔工莊奇米長得跟春梅很像，於是讓他臨陣磨槍，上臺頂替春梅。阿義愧疚之餘，決定振作自己，重回戲班，並積極訓練演員，怎知又面臨前妻團員和現任也是團員的女友爭風吃醋、搶奪戲份、互別苗頭的窘境，而妹夫團長志宏內外交迫，不停的擺平團務、家務，以求得戲班的平和……。戲班的人際關係，在這部電影中處理得詼諧幽默，看似緊張複雜，終是雨過天青。當然，層出不窮的事件一定會在戲班不斷上演，本片少了沉重感，多了四兩撥千金的戲劇化轉變，或許這就是這部片子所要揭示的人生態度。

　　《盂蘭神功》就不是如此了，「藝陽天粵劇團」團主嘯天之子宗華無意繼承父業，豈料在中國大陸經營出版業失敗，只好回家，嘯天心臟病發住院，宗華只好接手劇團，一竅不通的他被團裡資深的團員看衰，幸而當家花旦小燕願意協助他，然而當40年前被火燒掉的「南韻幕粵劇團」團員冤魂找上他們的時候，宗華也只能與之抗衡，甚至宿命輪迴似的步上母親自殘以封印鬼魂的後塵。家族戲班卻躲不過親情悖離帶來的災難，十分諷刺。

各劇種的民間戲班，都常以家族事業的方式在經營，然而隨著時代的浮沉，曾經風光，曾經蕭條，透過此類電影，也算是一種見證。

二、神功戲的儀式與預示

　　《盂蘭神功》從片名及故事的發展，即知是在盂蘭節上演神功戲引發的一連串驚悚事件，如此的情節設計，自有其深意。盂蘭節即是中元節，傳聞中好兄弟出沒的時刻，自然給予鬼魅故事一個很好的背景，而神功戲的儀式與排練，也總是透著幾許神秘。

　　神功戲也稱酬神戲，泛指一切因神誕、廟宇開光、鬼節打醮、太平清醮及傳統節日而上演的所有戲曲，台灣習慣稱酬神戲，廣東稱神功戲，中國北方稱社戲。

　　神功戲的演出，劇碼內容並非一定要與各類神抵有關。功者，功德也。神功，就是神的功勞，也帶有為神做功德的意思。演出神功戲，事實是為向神祈求福蔭或為酬謝神恩而演。神功戲演出的主要目的是為歌頌神祇的功德，而人神共樂、酬神娛人也是神功戲演出的另一重要目的。

　　廣東早在明代已有演戲和扮裝擊鼓表演逐疫的習俗。明嘉靖年的《廣東通志稿》說：「……二月，城市中多演戲為樂。十月，儺數人衣紅服，持鑼鼓，迎前驅入人家，謂逐疫。……」（戴璟著，明嘉靖十四年，卷十八〈風俗〉）由明入清的屈大均曾提到「越人尚鬼」[52]（《廣東新語》，清康熙十七年，卷六〈神語〉），又有「佛山為甚」（陳炎宗《佛山忠義鄉志》，清乾隆十七年，卷六

---

[52] 參見清・屈大均撰《廣東新語》，北京：中華書局，1985年，頁212。

〈鄉俗志〉）的說法，可知佛山的酬神祭祀活動活躍，社日廟會演戲也是很自然的事，酬謝神靈演出的神功戲必不可少。

　　早期廣東各地包括佛山鄉鎮神功戲有崑劇《釣魚》、《訪臣》、《送嫂》、《祭江》等劇碼，這是受明代崑曲在廣東流行的影響。明末清初時，又增加了《登殿》、《賀壽》、《送子》、《跳加官》、《祭白虎》、《封相》等等，這些神功戲大都源自元明時期。《孤本元明雜劇》描述到多種神仙故事的戲劇，如《獻蟠桃》、《慶長生》、《賀元宵》、《八仙過海》、《鬧鍾馗》、《紫微宮》、《五龍朝聖》、《長生會》、《群仙祝壽》等，[53]有部分就由明末清初在廣東流行的崑曲蛻變為神功戲。《玉皇登殿》、《八仙賀壽》含吉祥意思，《祭白虎》是戲臺新建時必演的神功戲，以作擋煞，《六國封相》有旺相的作用，是以崑曲《金印記・滿床笏》改編而成。[54]另外，關於《跳加官》，嚴長明、秦雲《擷英小譜》云：「演劇始於唐教坊梨園子弟。金元間始有院本，一人場內坐唱，一人應節赴焉。今戲劇出場，必扮天官引導之，其遺意也。」[55]扮天官即跳加官，堂戲加官入場後，例由衣邊卸出一馬旦，穿紅海青，戴線髻，手持方盆，放一紅帖，致謝來賓賞封。在戲臺上演神功戲原意已十分清晰，後來這些神功戲也成為粵戲班演出前必演的例戲，以圖吉利。

　　根據陳守仁《香港神功戲》（香港：三聯出版社，2012年）一書所言，神功戲按籌辦性質可以分為：神誕慶典、盂蘭節打醮、太

---

[53]　《孤本元明雜劇》（北京：中國戲劇出版社，1957年），第30至32冊。

[54]　麥嘯霞：《廣東戲劇史略》（廣州：廣東省戲劇研究室，1983年），粵劇研究資料選，頁30。

[55]　周貽白：《中國戲劇史長編》（北京：人民文學出版社，1960年），頁302。

平清醮、廟宇開光、傳統節日慶典等。前四類皆為宗教儀式，第五類則為世俗活動。盂蘭節打醮，於農曆七月十五的盂蘭節（俗稱鬼節）期間舉行。盂蘭盆是梵語音譯，意即倒懸，言其苦之甚也。相傳農曆七月為陰界鬼門關開放的日子，為此便舉行祭祀活動，以超渡亡魂。盂蘭節源於佛經《目蓮救母》的故事。香港、澳門地區在習慣於盂蘭節期間打醮，用意為超渡亡魂。香港居民習慣由社群的組織，如市區的街坊會和新界離島的組委員，負責搭蓋醮棚，舉辦盂蘭盆會。活動除聘請道士或僧侶誦經外，還禮聘戲班，上演四至五天的神功戲，娛人娛鬼。《盂蘭神功》一片中，宗華被迫接掌劇團，當家花旦小燕主動幫助他，言談之間便道出了神功戲的儀式。粵劇神功戲的演出多由各地的村公所、街坊福利會等民間團體所組織，而每次神功戲的演出均按照一定的儀式程式進行。儀式有那些呢？

1. **請神**。

　　一般規定戲棚的位置在神廟的對面，讓菩薩可觀看戲曲演出。如果像天后廟是面海而建的，廟門對面沒有空地可以搭建戲棚，便需要另找地方設置戲棚，再進行儀式，以便把神接到戲棚內臨時設置的神位。

2. **拜祭**。

　　拜祭其它神祇，戲神華光及田、竇二師，祖宗先人。

3. **開台**。

　　丑生以朱砂筆在後臺寫上「大吉」二字，演員在台口上香後才化妝。如建戲棚之地未曾上演過粵劇，戲班便要「破台」。「破台」是源自舊時戲班演出的習俗，清代末年上海梨園行中，凡有新戲園落成或舊戲園易主，於開鑼演出

前，都會進行「破台」儀式以圖吉利。「破台」儀式多於夜間進行，避免外人觀看，戲班中人亦要背對台而坐，不可觀看，粵劇戲班規定在未完成破台儀式前，台前臺後所有人均不准開口說話，否則不吉利。破台儀式是演出《玄壇祭白虎》，在一張椅子上吊著一塊豬肉讓扮老虎的演員出來吃，傳聞那塊豬肉連狗聞到也不吃。

4. **演出例戲。**

依次序上演：《碧天賀壽》、《六國封相》、《跳加官》、《天姬送子》。若戲臺不夠大或其它原因，便不演《六國封相》，或只演《碧天賀壽》、《六國封相》。演出這些例戲，除取其寓意之吉利外，亦有實質作用——主辦單位藉這些演出人數眾多的例戲，來點算演出人數是否與戲班申報的吻合，如人數不足，主辦單位便可能向戲班罰款。

5. **賀誕祭祀。**

主事者在廟宇內以各種水果、糕點及牲畜向神祇祝壽。拜祭完畢後，便向村民分發祭品，戲班也會派成員去領取。

6. **還炮搶炮。**

炮是以金錢換來、具各種意頭的菩薩像。村民通過競投成功便可請菩薩回家，供奉一年，以保佑闔家安康。而取得花炮的人，就要在下一年向廟會歸還這些花炮，讓大家再次競投。此儀式一般在廟內進行，以抽籤或投標的方式角逐產生。

7. **競選值理。**

值理，即廟會的幹事、行政人員。傳統做法是每名候選值理都需要向神問筊，以得知自己是否合適擔任值理。現

在則可以通過捐一定數目的善款，獲得擔任機會。

8. **分享福品。**

　　「福品」指作福後實現了願望的人，還神時所奉獻的物品，一般為豬肉、紅雞蛋等。村民將共同分享這些食物，以沾染還神者好事能成的福氣。

9. **封台送師。**

　　所有神功戲完結時皆進行這儀式，一般在尾場大戲後進行，由演員帶著白面具在臺上向四方拜拜。假若廟會或地方尚未付訖演出的籌金，戲班是不會封台的。

10. **送神。**

　　把接到戲棚內臨時設置的神位送回原廟內。

電影裡或多或少都有談到這些儀式，尤其破台更是描述詳盡。但是招來鬼魅這件事，卻是跟宗華誤觸禁忌有關。我們先來看神功戲的主要習俗與禁忌有哪些？除了前述「破台」的習俗外，尚有：

1. **丑生開筆：**

　　以硃砂筆在後台寫上「大吉」二字。「吉」字的「口」一定要開口，即最後一筆不能寫，以示開口大吉。

2. **座位：**

　　廟戲主要為了娛神或取悅神祇，其次才演給人看。戲台往往搭在廟宇正面，神祇可說坐在貴賓席，觀眾則在兩旁看戲。

3. **請華光師父：**

　　傳說華光天王本為火神。由於玉皇大帝覺得凡間戲棚十分吵耳，便派遣天王燒毀戲棚。可是，華光被戲棚內的表演所吸引，又看見平民十分欣賞，有點於心不忍。於是華光

教導百姓燒香拜祭，以瞞騙玉皇大帝，逃過一場災難，人稱華光師父。也是粵劇的戲神。

4. **梯子的擺放位置不得轉移：**

　　將梯子建於舞臺的正中央是潮州及福佬戲台的最大特點。這梯子的用途並不是為了方便進出後台，而是依據傳統，潮州及福佬人籌辦的神功戲，必須規定男女觀眾要分別坐在左右兩方，男觀眾坐在面向戲台的右邊，女的則在左邊，不能混在一起。而梯子之所以設置在中央，是為了便於《落地送子》[56]的演出。

5. **由於神功戲主要是做給神祇看，所以戲棚的搭建位置一般要正對著神廟，以方便神祇看戲。戲棚一般在上方搭設神位，以便把廟內的神像請出安置，讓其欣賞大戲。**

　　《盂蘭神功》裡宗華所誤觸的禁忌，即是把「吉」字封了口，如此「不吉利」，映照到劇團日後的慘案，著實「靈驗」。然而，這何嘗不是「人謀不臧」？當宗華好心幫忙寫「吉」字時，團裡的大老是在一旁的，卻沒有一人出面糾正、阻止，他們不計後果，就是要眼睜睜看他犯忌諱，好「證明」他不適任，這種消極、扯後腿的心態，實是團隊中的大忌。

　　《龍飛鳳舞》雖然沒有直接的戲台儀式描述，但根據導演王育

---

[56] 戲班演完神功戲《仙姬送子》後，飾演董永和七姐的男女演員由眾侍衛和婢女陪同步下戲臺，列隊走到對面的神壇，分別將官帽和太子爺像（木偶公仔）送給主辦團體負責人，繼而向神明上香。演員獲負責人贈送紅封包後，再行三跪拜，每次下跪前都將右手水袖撥向後面，禮成後列隊步返戲棚。這就叫「落地送子」，七姐手抱太子爺像代表「送子」，董永捧上官帽代表該子日後高中狀元，加官晉祿。戲班通常每天進行一次「落地送子」，主辦團體負責人把太子爺像和官帽放在供桌上給人奉拜，到了最後一晚，他們把太子爺像和官帽一併送回戲班，結束此寓意吉祥的儀式。

麟談及創作緣起時，提及拍《父後七日》的時候，內容有道士拿著小火把繞來繞去，執行招亡魂的儀式，旁邊有電子琴，還有敲鑼打鼓的人，感覺跟歌仔戲很相似，他並對劇中道士講的一段話印象深刻：「今嘛你的身軀攏總好了，無傷無痕，無病無煞，親像少年時欲去打拚。」他想在台語的領域裡，再也找不到像這麼美的東西。但後來他發現，葬儀與戲曲之間有相同的脈絡，都是一種儀式、都在說一件事情，前者要把亡魂帶回家，後者述說更大的教忠教孝。所以他希望選擇這個不一樣的題材，一改過去對歌仔戲哭得死去活來的印象，歌仔戲本身就是一個儀式，電影經由這個儀式傳達台灣文化服飾的美、妝扮的美、語言的美，以及生猛有活力的面向，展現民間堅韌的生命力。

電影《盂蘭神功》則是透過一個特定的節日，對酬神的「神功戲」頗多描述，兼及傳統戲班的儀式和禁忌。而「亡魂」的出現不僅是民間流傳已久的說法，更配合了「抓交替」及「附身」等等傳說，讓全片籠罩著一層陰暗神祕的氣氛。「盂蘭節」也就是俗稱的「中元節」及「鬼節」，傳說鬼魂在這期間會來到陽世，因此這段時間也就是一個特定的越界時空，而電影《盂蘭神功》正是透過這個幻見空間，凸顯出戲班「借屍還魂」乃至戲班覆滅的過程及隱喻。

三、替身／抓交替的手法運用

《龍飛鳳舞》和《盂蘭神功》雖然一個是喜劇片，一個是恐怖片，但是前者運用了「替身」的手法，後者的鬼魅現身儼然「抓交替」的態勢，兩者隱隱然相呼應。

電影《龍飛鳳舞》在劇本巧妙安排下，融入「替身」這樣的手

法壯大了戲劇效果。貨真價實的歌仔戲天王郭春美飾演的戲班台柱春梅，因腳傷意外，讓原本就已在時代變遷中生存艱困的戲班，更加風雨飄搖。此時戲班意外發現撞倒春梅的掃街男子莊奇米竟與春梅長相神似，故脅迫他頂替演出，緊急集訓後趕鴨子上架，竟也矇混過關。由朱宏章飾演的春梅丈夫，不僅要訓練這個假老婆登台，眼前面對的卻又是一個貌似自己老婆的男人，不時恍神，製造了不小性別倒錯的趣味。

郭春美以歌仔戲天王的專業訓練，要演一個戲班台柱自然駕輕就熟。但她還要一人分飾莊奇米與春梅這男女二角，並分別扮演這兩人在台下與台上的不同面貌！事實證明她的詮釋層次分明，並適切拿捏，不過度誇張喜劇效果。身為一個專業歌仔戲演員，卻得搖身一變成為一個對歌仔戲一竅不通的人來假裝演員登台演出；又身為一個習慣反串男性的女演員，卻得飾演一個男人再去假扮成反串男人的女人。這些遠比一般歌仔戲單純反串更加複雜的層次，她竟可在首度嘗試電影演出時勝任自如，令人驚嘆！

電影中在赤崁樓演出的《南柯一夢》更是全片最高潮迭起之處，替身小生還在台上，本尊為了要「宣示主權」而翩然駕到，正宮小生來，替身小生嚇暈，只好閃邊，被人抬下場。而就在同一齣劇中劇，阿義飾演的蕭虎又因戲服相同而錯抱前妻小晴，新歡的「替身」是前妻，攪亂一池春水，又不巧被新歡詩影迎面撞見，新歡氣得七竅生煙，甩頭就走；另一頭的戲台上，喊冤的女子遲不出面，皇帝悶坐龍椅枯等……現實的「替身」與戲裡的「替身」混亂交錯，將「替身」藝術發揮到極致。

《盂蘭神功》因把情節發生設定在盂蘭節（中元節）的神功戲演出之時，因此除了神功戲的儀式和禁忌外，所有盂蘭節的傳說也

都埋在情節中。例如電影的一開始，就把盂蘭節的幾項禁忌藉由一個路邊老婆婆跟小女孩顯現出來：

1. **不要回頭看：**

在燒街衣的時候，期間會有很多遊魂野鬼不斷接收物件，萬一你時運低在那時望到靈體，「他們」可能會纏住你不放。曾有一個流傳，一位小孩跟媽媽去燒街衣時，回頭望看到一位沒有腳的女人向他微笑，之後幾晚連續不斷夢見那個女人在床邊向他微笑，直至他向媽媽說出這件事後，立即找廟祝唸經和燒「日腳衣」驅鬼，小孩才沒再見到女鬼。

2. **切勿踢街衣：**

燒完街衣後，千萬不要用腳踢剩下的灰燼，因為據說鬼魂就在街衣變成灰燼後才去執拾，用腳踢的話如同阻止「他們」執錢，甚至帶有侮辱成分，惹怒了「他們」，當然是有麻煩。「燒街衣」灰燼中的錢幣更加不要拾取！如果是無意踢到的話，最好講句：「不好意思，我無心的！」無心之失，「他們」不會怪責的。

3. **有旋風勿停止燒：**

燒衣要於晚上9時前完成，通常完成點香儀式後就會燒街衣，如中途忽然刮起大風，而這種風相當奇怪，是由下迴旋而上。這即是代表有愈來愈多靈體爭相接收紙錢，此時切勿弄熄火種，還要不斷加入紙錢，讓衣紙燒得愈旺愈好。

4. **揀十字路口：**

如果想積德至最佳效果，最好在十字路口燒衣，因為據說十字路口最能聚集四方靈氣，令更多遊魂野鬼接收你所燒之物。

電影開頭的設計，就是來自這幾項禁忌：老婆婆燒街衣、老婆婆叫男主角不要回頭、老婆婆叫小女孩不要踢灰燼等等，均呼應了廣東盂蘭節的習俗，使得這些鏡頭別具意義。

　　在盂蘭節，神功戲就是演給鬼看的！據說是因為如果鬼忙著看戲，就比較不會有時間去抓交替。但《盂蘭神功》中神功戲禁忌已破，鬼自然就大玩附身與抓交替的戲碼了。男主角宗華本是文化人，因出版社生意失敗，還跟女友分手，當下是一個運勢極低的人，這與「愈窮愈見鬼」的廣東諺語不謀而合。張家輝的斯文書生造型，也讓人聯想到《聊齋誌異》中的書生，書生撞鬼，往往有艷遇，他和被附身的小燕大談戀愛即是如此。這部片子的拍攝受歐美和日本影響甚多，是港、日和美式鬼片大集合。日式如貞子般的怨靈來襲，鏡頭和音樂大搞驚嚇法則；扭曲的肢體和半天懸吊的場面則來自《驅魔人》之類的美式鬼片；而被錄影器材攝錄仿自《鬼影實錄》，再加上藍可兒事件的電梯影像移植，確實以驚嚇觀眾為目的。

　　前一節末提及傳說鬼魂在鬼月會來到陽世，因此這段時間也就是一個特定的越界時空，而電影《盂蘭神功》正是透過這個幻見空間，凸顯出戲班「借屍還魂」乃至戲班覆滅的過程及隱喻。首先，並不是一般人都能看見幻見空間的所有物，電影一開始，一位老婆婆帶著外孫女祭拜，外婆似乎具有特殊的能力，她看到周遭出現了一些亡靈，於是帶著外孫女趕緊離開現場。另外在醫院的電梯裡，這位外婆也曾警告宗華，他是可以看到「異物」的人。

　　其次，「附身」有時也可能成為慾望的載體，例如小燕被女鬼（芷君，宗華的前女友）附身後，主動和宗華發生了情愛關係，女鬼一旦離開、小燕恢復正常後，卻又全然不記得這些事。因此潛意

識中，宗華有沒有可能受到慾望的驅使，很希望小燕在被女鬼附身後，和他一同墜入情愛的幻見空間呢？

若從拉岡的理論來看，「附身」如同怨靈的「小他者」，小他者是一個並不是真正他者的他者，而是自我的反映與投射。他同時是分身（COUNTERPART），也是鏡像（SPECULAR IMAGE）。小他者因此完全銘刻於想像層中，有異於銘刻於符號層的大他者。[57]當怨靈選定他者附身後，被附身的他者成為怨靈的小他者，也就是成為怨靈自我的反映與投射，「根本不是另外一個他者，因為他基本上總是以一種反身性而可相互交換的關係與自侮連結的。」[58]

為什麼這些亡靈要來到戲班殘害人類呢來？根據拉岡的說法：[59]因為他們並沒有舉行適當的葬禮。死者的歸回是在象徵儀式中、在符號化過程中一種擾亂的符號；死者歸回是一種討債者，索求未償還的象徵債務。死者的歸回就表示他們無法在傳統的文本裡找到他們適當的位置。

《盂蘭神功》中在「藝陽天粵劇團」裡出現的幽靈，可能分別來自40年前被燒毀的「南韻幕粵劇團」，另外也可能有一個幽靈是宗華自殺的女友芷君，由於當年艷秋（宗華的母親）受不了自己在戲班的地位被秀玲篡奪，於了放火燒了戲班，也造成了許多冤死的怨靈。40年後陰錯陽差，「藝陽天粵劇團」在當年火燒的現場演神功戲，這些怨靈一直沒有得到適當的葬禮儀式，恰巧代理團主正是當年行兇者的兒子，於是一場殺戮就在所難免了。

---

[57] 此段有關小他者的敘述，參考狄倫・伊凡斯著，劉紀惠等譯：《拉岡精神分析辭彙》（臺北：巨流圖書公司，2009年），頁223。

[58] 同上，頁211。

[59] 參考紀傑克著，蔡淑惠譯：《傾斜觀看——在大眾文化中遇見拉岡》（苗栗：桂冠圖書出版，2008年），頁34。

四、諧擬與反諷 —— 戲如人生的隱喻

　　王育麟導演曾說：「《龍飛鳳舞》除了拍攝有大量台灣在地歌仔戲之外，我其實更想表達家族情感。」就是這樣的想法，讓整場電影除了歌仔戲之外，得以看見很多戲班家庭裡的人生百態。一個歌仔戲演員若紅了、變成當家小生／花旦，就足以養活全家／整團。《龍飛鳳舞》裡面的春梅就是這樣的當紅小生。家族事業事務繁多，大家各司其職、共同承擔成功與失敗，戲才能夠繼續唱下去。《龍飛鳳舞》掀開家族戲班的面紗，以生動與幽默方式，展現家族事業的光榮，當然也有吵鬧與不堪的各種面向。

　　吳朋奉所飾演的阿義，被花旦詩影吸引，回歸家族劇團後又有妻小的問題要面對，而春梅的腳在受傷之後一直都無法痊癒、找替身代打演出時也出現種種驚險狀況……這些關於生活的甚至是關於人生的問題，從親情到愛情與對事業的感情，每一樣都困難重重。《龍飛鳳舞》的精采之處，就是在這些絕境之中讓觀眾看見各個角色憑著那種「船到橋頭自然直」的傻氣，在嘻笑怒罵之中，頓見柳暗花明。

　　《龍飛鳳舞》裡頭沒有美妙的愛情故事、沒有重修舊好的親子關係，沒有破鏡重圓的婚姻，但是每個人物都用自己的方式，為生命付出。愛情方面，阿義和劇團苦旦的「外遇」，甚至鬧到將「正宮與小三對峙」的戲碼搬上戲臺，簡直是人生如戲；戲中戲《南柯一夢》的劇名亦象徵著莊奇米短暫的代打小生生涯，際遇兜了一大圈，卻又似回到相同的原點，不過即便夢醒了，身世之謎卻解開了，未來的夢或許也正因此清晰了起來。至於事業的部份，為了持續營運劇團，全體總動員，即便亂無章法地齣出去，卻仍能窺見草

台戲班的生命力。

這種喜感的表現手法，類似一個「諧擬」（parody）的概念，一般寫實作品的主要目的是把文本當成一面鏡子，用以照映外在世界，但諧擬作品的那面鏡子則不但照映了外在世界，還更反射到它諧擬的對象。最重要的，諧擬文本後設地自我反射，誘導讀者仔細看清它的屬性。[60]如果說，歌仔戲班的現況是一個「文本」，《龍飛鳳舞》就是諧擬文本，不僅照映著歌仔戲班的外在現實，也後設了電影文本的創作意圖。試看導演在片尾加上的這句話：「老爺的飯很黏。」意思是無法說要改行就改行，是難以離開劇團的作戲人用語。這就說出了這個作品的執著心聲：不論是對歌仔戲、還是對電影的經營，他們已然接受天命，就注定要一輩子與它搏感情！

諧擬與其諧擬的對象的關係可以是善意的（例如向大師致敬），也可以是敵對的（揶揄被諧擬之文本不足、僵化或過時），更可以兩者兼具，致意中混雜著揶揄。但是純粹的敵對就容易成為諷刺、甚或是反諷了。《盂蘭神功》以鬼片的面貌呈現，難道只是單純的娛樂型態？是否有其他反諷或隱喻？

戲班與鬼話的結合，堪稱是香港電影最傳統的戲碼，而帶動這股風潮的首推1980年由知名導演許鞍華執導的電影《撞到正》（台灣翻譯譯：小姐遇到鬼），藉由男方的叔公與女方的外公之間一場恩怨，意外引起牽連數人的毒咒，不只如此，在電影的製作方面，除了強調戲班的傳統生態之外，同時也結合人文風情以及坊間傳說，締造出一股恐怖驚悚片的新浪潮。

《盂蘭神功》整部片雖然融入很多鬼月、戲班的禁忌，然而

---

[60] 參見紀蔚然：《現代戲劇敘事觀：建構與解構》，（臺北：遠流出版社，2006年），頁39-40。

劇情的鋪陳比較偏向於《新人皮燈籠》的風格，即過往的風花雪月，導致日後的鬼魅纏身，甚至禍延子孫，而結局的設計，更是呈現全軍覆沒的慘況。戲班最重視傳統，在父權結構下，班主是整個戲團的中心，所有的人唯命是從。例如豔秋雖然貴為當家花旦，但班主要換角時，她亦無可奈何，甚至為了爭取演出機會，不惜獻身班主，也埋下了日後火燒戲班的因果。宗華代理班主，眾人不服，小燕深知傳統父權的操控能力，於是一句：「這是班主交代的！」頓時大家啞口無言，誰能違抗大家長的意志呢？最後一幕，宗華的父親自己粉墨登場，將「盂蘭神功戲」作完，正扮演時，見到底下滿滿人潮，都是亡魂，而宗華與小燕也在臺下攜手凝望著。這一幕極具象徵意味，傳統父權結構中，權力地位本是父子相傳，而電影卻逆轉這種關係，兒子宗華過世，由父親披掛上陣，這意味著什麼呢？宗華所代表的年輕一代已然消逝，只留下代表傳統的父親在臺上賣力演出，莫非這正隱喻著目前傳統戲劇的真實現況？

　　現今社會及環境中，家族戲班的存活十分艱辛，兩部截然不同類型的影片正好是「樂觀」與「憂心」兩個面向的縮影。至於「替身」這個概念，在這兩部片子中可謂發揮到了極致，借用亞陶的說法，劇場表現人生，但也因之成為真正的人生經驗。亞陶認為，劇場的經驗將使我們意識到生活的真實性，所以他將生前最重要的著作書名取為《劇場及其替身》（法文初版Le Théâtre et son Double，繁體中文版翻成《劇場及其複象》）。[61]想想一個具有知名度戲班的歌仔戲演員，既要籌備公演，又有日以繼夜的野台戲，不似一般戲劇的演員，一齣戲較有充裕時間來鑽研著墨；而在戲臺上的扮演

---

[61]　分別由北京中國戲劇出版社及臺北聯經出版社出版。

他人的時間比戲台下的時間還要來的長，這樣的生活形式，何嘗不是一種「替身人生」？

　　無論是諧擬也好，反諷也罷，影像敘事中的戲班文化既是活生生的存在，也是血淋淋的暗示。多重面向的隱喻，正可提供觀者不同的思索角度。

第四章

互文與視角：戲曲電影的圖像
美學與現實寓意

第一節　京劇電影《洛神》的多重視域與文本解讀

　　曹丕、曹植與甄宓的三角戀，一向為腥風血雨的三國增添一抹浪漫的色彩，從《淮南子》的神話傳說、曹植的《洛神賦》開始，歷來的文學、藝術、小說、戲劇便不斷孳乳繁衍，如顧愷之的《洛神賦圖》、汪道昆的《洛水悲》雜劇、黃燮清的《凌波影》雜劇，以及京劇、戲曲電影《洛神》、歌仔戲《燕歌行》等等，成為炙手可熱的戲劇題材。然而因為處理題材的媒介不同，在詮釋《洛神賦》或改編其故事時，便會有不同的切入點及解讀方式。法國著名符號學家羅蘭‧巴特說：「任何文本都是互文本，在一個文本之中，不同程度地並以各種多少能辨認的形式存在著其他文本，任何都本是過去引文（citations）的一個新織體（a new tissue）。[1]」依此觀點，文學中的形象塑造或敘事表達不會憑空生成，而是與之前的各種文本，包括口頭的、民間的、神話的、官方的、正史的……等呈現「互文性」。而文學中的洛神形象便充分體現了這種「互文性」。本文將從文學改編戲劇出發，從多重視角析論洛神故事的改編及想像，進一步做戲曲與戲曲間（新舊版本、不同劇種）、戲曲電影間（大陸版與台灣版）的比較，為文學的應用提供更豐富的展演平台，並為現有作品的優劣得失提供價值認證。

一、完美女神的形塑──從曹植《洛神賦》到京劇《洛神》

　　文學中的洛神形象是從遠古神話和各種民間傳說中塑造出來

---

[1]　參見王一川《語言烏托邦──20世紀西方語言論美學探究》，昆明：雲南人民出版社，頁250。

的。洛神在周朝末期，是一位被稱為「宓妃」的神女，《楚辭‧天問》中說：「帝降夷羿，革孽夏民，胡為射乎河伯，而妻彼雒嬪？」「雒」通「洛」，「雒嬪」即是洛水水神宓妃。曹植於魏文帝黃初四年（223年），著成《洛神賦》，最早見於蕭統《昭明文選》，其序稱曹植由京城返回封地時，途經洛水，忽然有感而發，並作此賦。洛神為神話裡伏羲氏（宓羲）之女，因為於洛水溺死，而成為洛水之神。在嘉慶14年（1809）胡克家重刊的南宋尤袤刊刻李善注《文選》中，曹植《洛神賦》收於卷19，在標題下有一段這樣注釋：

記曰：「魏東阿王（曹植），漢末求甄逸女，既不遂。太祖（曹操）回，與五官中郎將（曹丕）。植殊不平，晝思夜想，廢寢與食。黃初中，入朝，帝示植甄后玉縷金帶枕，植見之，不覺泣。時已為郭后讒死，帝意亦尋悟，因令太子（曹叡，曹丕與甄後所生）留宴飲，仍以枕賚植。植還度轘轅，少許時，將息洛水上，思甄后。忽見女來，自云：『我本托心君王，其心不遂，此枕是我在家時從嫁，前與五官中郎將，今與君王，遂用薦枕席，懽情交集，豈常辭能具為！郭后以糠塞口，今披髮，羞將此形貌重睹君王爾。』言訖，遂不復見所在，遣人獻珠於王，王答以玉珮，悲喜不能自勝，遂作《感甄賦》，後明帝（曹叡）見之，改為《洛神賦》。」

根據上述注釋中「記曰」的「記」，曹植愛上甄氏，但曹操卻將甄氏許配給曹丕。曹植晝夜思念、廢寢忘食。曹丕篡漢，改元黃初。

曹植拜見曹丕，時甄氏已被郭后害死，曹丕把甄氏的枕頭拿給曹植看，曹植忍不住哭起來。曹丕命令自己和甄后所生的兒子：太子曹叡陪曹植飲宴，還將枕頭送給曹植。曹植返回封地，在洛水邊休息，正思念甄后時，忽然遇見甄后。甄后說自己本愛曹植，但身不由己，又被郭后害死，形容慘怖，無面目再見曹植。說罷消失，派人送一顆珠予曹植，曹植回贈玉珮，悲喜交集，寫成《感甄賦》。後來曹叡登上皇位，看到這篇賦，就把題目改成《洛神賦》。

《洛神賦》對洛神形象描摹精細，曹植處於一個權力鬥爭、兄弟情誼備受考驗的情境，心情異常複雜。而洛神形象與複雜心情之間形成了某種互文關係，即正因為心情複雜，故對洛神形象傾注了無盡的情感，形成「剪不斷，理還亂」的氛圍，作品因而蕩人心魄，魅力十足。

明代汪道昆即以曹植和洛神的故事寫成《陳思王悲生洛水》雜劇（一名《洛水悲》，收錄於明沈泰編《盛明雜劇》，北京：中國戲劇出版社，1958年上卷），寫甄氏被讒害至死後，欲與意中人曹植一訴幽懷，便自托為洛神宓妃，候於洛浦。曹植行經洛浦，見其與甄氏形容相仿，不禁悲從中來。雙方戀戀不捨，互贈佩玉、明璫，珍重道別。曹植當夜作賦一篇，以寄託憂思。

《洛水悲》是第一部以洛神為題材的戲曲作品，與前代作品之間一樣形成了互文關係。運用「陳王睹麗人」的模式，一開始便透露出了洛神的身份，並描述了洛神的心理活動：「妾身甄后是也，待字十年，傾心七步。無奈中郎將弄其權柄，遂令陳思王失此盟言，嘉偶不諧，真心未泯。後來郭氏專寵，致妾殞身，死登鬼錄，誰與招魂？地近王程，寧辭一面。將欲痛陳顛末，自分永隔幽明。畢露精誠，恐干禁忌。如今帝子已度伊闕，將至此川，不免托為宓

妃，待之洛浦。」這段描述極具特點，一方面融合了《洛神賦》為「感甄說」的意涵，直接把洛神描繪成甄妃的化身（托為宓妃），同時也將「中郎弄權」、「郭氏志寵」、「傾心七步」和「真心未泯」等情感表達和情節敘事融入。

《洛水悲》從旦扮洛神上開始，生旦份量相當，然而，曹植的思想、情感、舉動，歷來描繪已多，洛神總是一個夢幻的形象。而在雜劇中，反而可以重塑洛神的樣貌，刻畫她的內心，想見其言行舉止等，使人物更加鮮活，有生命力，增加表演空間。《洛水悲》是一齣抒情的劇作，以甄后這條線索而言，她一開始就把故事的前因後果說明白，單純的只想「寧辭一回，將欲痛陳顛末」而已。趁著曹植路過洛川，她和兩名侍女便在江湄緩步，慢慢等他，等到王來，便在江渚之上搬演一齣採芝小戲，這齣劇中劇在《洛水悲》中起了極為重要的功用，最主要是隱喻。第一層意思是「欲寄同心賞」，想引動和他同心的曹植前來，表明自己的相思之情。第二，希望曹植能想起他們兩個堅貞不移的愛情，傻傻地盼望自己能回生與曹植重續前緣。第三，委婉表示了自己已非世間常人。果不其然，曹植為戲所吸引，「斂容少進，存問一番」，甄后仍然託名宓妃，互表心跡後，效鄭交甫與女仙交換信物的故事，預告了兩人將會分別，最後空山晚翠，古渡昏黃，甄后回身化作雲去了。

本劇在處理曹植的思想行動上，與《洛神賦》內文差異不大，只是結尾時並無御輕舟而上泝。其他角色如小旦、淨、丑、外、末在劇中的幫助也不大，主要還是聚焦在男女主角的感情。再者，甄宓雖並未表明身份，但坐實了《洛神賦》中遇見的女神即是女鬼甄妃，將原本是物品的明珠、翠羽轉成兩名女侍，並將曹植由傾訴者

變成了行動者,面對命運的無奈,轉化為「記憶的美感」。可見即便《洛水悲》在文字上大量引用了洛神賦中的辭藻,但在戲劇創作上力求創新與突破。相會而不能明言,增加了人物的矛盾與痛苦,使觀眾感受主人公的無奈;除了原本的曹植侍從之外,添加明珠、翠羽兩個侍女,避免了洛神唱獨腳戲的尷尬,明珠、翠羽的上場詩為「川上孤鴛鴦,哀鳴求匹儔,我願執此鳥,惜哉無輕舟。」她們以洛水為家侍奉年長的甄后。因此,甄后的身份從普通的鬼魂成為了洛水水神。

如果說曹植的《洛神賦》是對前代洛神形象的直接借鑒、移植,並且創造、超越,形成第一重互文關係,那麼汪道昆的《洛水悲》則是在《洛神賦》中洛神形象的基礎上進一步發揮,進而形成第二重互文關係。

清代劇作家黃燮清的《凌波影》四齣,又名《洛神賦》,亦名《宓妃影》,也是以曹植《洛神賦》為題材,屬南雜劇的體例(《倚晴樓七種曲》,傅惜華藏古典戲曲珍本叢刊,北京市:學苑出版社,2010年)。行文婉約悲涼,全劇瀰漫著感歡傷懷的情調。這部劇作是文人短劇的翹楚,有強烈的抒情色彩,文筆類似《洛神賦》。作者以曹植自喻,洛神則象徵著作者的政治追求。這部劇作是作者根據自己的生活狀況有感而發,貫穿著他的正統婚姻觀念,劇作中的洛神帶有濃厚的道學色彩,如〈仙懷〉一齣有這樣一段對白:「(貼、小旦)娘娘既是這般思想,與他成就了好事何如?(旦)癡兒胡說,我們相契發神,不過是空中愛慕,一踐形跡,便墮孽障,千古多情之人,從無越禮之事,世間癡男呆女誤將欲字認作情字,流而不返,自潰大防,生出許多罪案,就錯在這關頭也。」她所說的禮就是封建正統觀念。陳其泰〈《凌波影》傳奇

序〉云：「《淩波影》樂府之作，其諸風人之風乎？」「《淩波影》所以牖賢智，言情之書也，詩之防於未然也。弼直主敬近乎《頌》，規諷主和近乎《風》，詩人之義，固有並行而不悖者。」此劇中作者的怨憤不平之氣也十分明顯。

《淩波影》寫洛川神女無限嚮往曹植，「愁來渺如煙，恨去長如線」，「思悠悠碧海青天，夢迢迢碧落黃泉，消不了相思眷」，可以說是一往情深，眷念至極。而曹植自夢見神女以後，魂消魄蕩，「一夜愁連暗潮長」，及至相會，「欲近前親熱一番」，卻又轉念道：「且住，雖說鍾情，豈宜越禮，不可呵不可。」儘管他們互相傾慕，但都用理智戰勝了感情。《淩波影》的詞采豔麗，其中〈賦豔〉齣的唱詞更是絕妙，把曹植《伏枕賦》化為【越調小桃紅】一套，既不傷原作之意，也不失曲的格調，顯示了作者高超的藝術涵養。

《淩波影》以曹植和洛神的傳說為本，但《洛神賦》中神和人熱切地相愛，努力追求結合，令人遺憾的結局是因無法改變的神人之間的阻隔。而黃燮清所作的《淩波影》則把愛情的產生歸因於男女主人公無法左右的前世未了的姻緣，神人未能結合的結局則是雙方志願選擇的，是雙方用禮儀規範自己行為的結果。

《淩波影‧達誠》裡洛水裡跳出四個魔怪，分別叫做「恨水浪仙」、「淚泉童子」、「愁湖總管」、「癡鰥散人」，自稱「我們都是一群魔障，專與世上有情人作祟，南粘北漬，東扯西牽，佈滿四大神州，迷入萬人心竅」。有情人一旦被他們誘入魔道，則「拖泥帶水，一世不得乾淨」，十分有趣。

1923年10月，梅蘭芳與他的文人創作團隊，共同創作了古裝歌舞神話劇《洛神》，臺詞參酌曹植《洛神賦》，服飾參考東晉著名

畫家顧愷之的《洛神賦圖》，唱腔由梅蘭芳、琴師徐蘭沅和王少卿共同創造，11月在北京開明劇場首演，梅蘭芳演洛神、姜妙香演曹子建，姚玉芙、朱桂芳分演漢濱遊女和湘水神妃二仙，於是漢賦名篇和洛神形象正式出現在京劇舞台上。

《洛神》是京劇大師梅蘭芳先生的頂峰之作，融合唱、念、做、舞融於一爐，梅蘭芳塑造的洛神形象超凡脫俗，十分符合洛神仙女身份。這齣戲以【二黃散板】和【二黃搖板】表達曹植睹物（甄后遺物玉鏤金帶枕）傷情的悲切；後半則以【西皮導板】轉【慢板】、【原板】、【二六】、【快板】讓觀眾沉浸在如詩如畫、仙氣裊裊的氛圍中。全劇的情節並不複雜，重點在舞蹈與服裝、舞蹈與歌唱的有機結合上，再搭配雲童、雲女、漢濱遊女、湘水神妃，營造夢幻般的美感。第四場後半洛神出場的排場就十分壯觀：「洛神、漢濱遊女、湘水神妃同站立雲端。十童子分執傘、扇、采旄、掛旐同侍立左右。」洛神唱【西皮導板】轉【慢板】：「屏翳收風天清明，過南崗越北沚雜逻仙靈。一年年水府中修真養性，今日裡眾姊妹同戲川濱。」接著洛神與漢濱遊女、湘水神妃一同起舞，每唱一句便穿插曲牌：

　　　洛神：（西皮慢板）乘清風揚仙袂飛鳧體迅，拽瓊琚展六幅
　　　　　　　　　　　　湘水羅裙。
　　　　　（西皮原板）我這裡翔神渚把仙芝采定，我這裡戲清
　　　　　　　　　　　　流來把浪分；
　　　　　（回回曲牌。）
　　　　　　　　　　　　我這裡拾翠羽斜簪雲鬢，（山坡羊牌）
　　　　　　　　　　　　我這裡采明珠且綴衣襟。（萬年歡牌）

　　　　　　　　眾姊妹動無常若危若穩，（一枝花牌）
　　　　　　　　竦輕軀似鶴立婉轉長吟。（回回曲牌）

這樣一段載歌載舞的情節，生動地描繪出曹植原賦中「揚輕袿之猗
靡兮，翳修袖以延佇。休迅飛鳧，飄忽若神，陵波微步，羅襪生
塵。動無常則，若危若安」、「爾乃眾靈雜遝，命儔嘯侶，或戲清
流，或翔神渚，或采明珠，或拾翠羽」的風情。而賦中的千古名句
「翩若驚鴻，宛如游龍」則化為這樣的唱詞：「齊舞翩躚成雁陣，
輕移蓮步踏波行。翩若驚鴻來照影，宛如神龍戲水濱。看神光離合
乍陽陰。雍丘王他那裡目不轉瞬，心振盪默無語何以為情！」從曹
植單方面的描述轉到洛神揣測曹植的心思，可以看出戲曲編寫朝互
動式的方向，更加立體而靈動。

　　第一場戲，雍邱王曹植，朝覲禮畢，預備歸藩，一路行至洛水
驛前。這場戲除了讓男角曹植先行出場之外，更顯示出一種男性的
主觀觀點。

　　第二場，女角洛神與八雲女登場，除了仙子的排場之外，更增
添了女角的非凡氣勢。從唱詞：「縹緲春情何處傍？一汀煙月不勝
涼」看來，洛神與曹子建的俗緣未盡，因此「思想起當年事心中惆
悵，再相逢是夢裡好不淒涼」。於是決定前往洛川驛，預備在曹植
夢中相會。

　　從前兩場男女主角的平行敘述，到第三場的相會。看似平版
單純的敘事結構，實際上卻暗藏了豐富的前置經驗，也就是所謂的
「當年事」。這個令洛神心中惆悵的當年事，曹植是如何看待呢？
「手把著金帶枕殷勤撫玩，想起了當年事一陣心酸，都只為這情絲牽
連不斷，好叫我終日裡意馬心猿。」顯然曹植也掛念著「當年事」。

人在說話溝通時，實際上已經進入了一個約定俗成的符號系統，也就是我們日常生活的外在環境，然而這樣的環境系統不見容子建與甄氏的戀情。因此，兩人必須進入一個特定的符號系統，也就是迥異於平常存在的異度空間，「夢境」及「仙境」正是這類特殊的符號系統。對於法力無邊的洛神而言，與子建同時進入這兩個符號系統並非難事。

　　對於子建而言，洛神於他，宛如一個「不存在的女人」，「當年事」可能是宮中的禁忌，眾人絕口不提，以免惹來無妄之災；子建這位當事人也只能埋在記憶深處。這情況可以呼應拉岡在1970到1971的講座中提出「女人不存在」說法。這類故事情節通常是男主角在一個偶然機緣下，遇到了一位完美的女子，兩人之間情愫漸生，然而短暫的相處，女子卻突然不翼而飛，完全失去了蹤影。周遭的人噤若寒蟬，異口同聲表示完全不記得相關的事件和人物，通常男主角在整個事件中，情感最深刻，記憶最清晰，潛意識中必然貯藏著一種幻覺式的堅持意念（hallucinatory idée fixe）。

　　「失蹤的女人」通常是一種完美高貴的女性典型，不僅是生活上的理想伴侶，更可在心靈上撫慰所有的男性，然而根據拉岡的理論，這樣的女性是不存在的，就像真理一樣，兩者都具有不全然的邏輯，不可能說出「全然無缺的真理」。[2]

　　所以在第三場的夢中，一個不同平日的符號系統中，洛神喚醒了子建腦海深處的記憶，並約定次日在洛川相見。第四場兩人相見，子建大夢初醒，想起前情，與洛神交換信物，了卻前緣。

---

[2]　參見劉紀蕙講綱〈從海德格到拉岡：話語邏輯與主體的出現〉，2009年10月8日 http://www.srcs.nctu.edu.tw/joyceliu/PEA/asiaweb/P_A_E/P_Ethics/Fro_H_to_L.pdf

從曹植的原文到京劇劇本，我們發現在情節上的兩點創發：情深入夢、鍾情追夢。曹植因擁枕入睡，夢見甄氏相約洛川，然後以此為引子，引出曹、甄二人的洛川相會，此處洛神成了擁有未了情緣的神仙：「因與曹王子建尚有未盡之緣，猶負相思之債」（京劇《洛神》），含著世間女子的羞澀：「我有心向前去將他喚醒，羞怯怯只覺得難以為情，不免夢中約他明日川上相會便了」（京劇《洛神》），她憑藉神力來掩飾羞怯並製造與子健的重逢，增添了幾許嬌羞的風情，也從而塑造了完美女性的典型。

二、神來之筆：兩岸京劇電影《洛神》的美學探析

除了戲曲之外，關於洛神故事的影視作品不少，最早是台灣攝製於1955年，為慶祝中製廠成立22週年所拍的《洛神》，由熊光導演，梅派青衣祭酒金素琴飾洛神，劉玉麟飾曹植，於劇場內、影棚中，實地再佐以搭景，拍成京劇舞台紀實片，齊如山親任藝術指導。1956年，北京電影製片廠也拍攝了戲曲電影片《洛神》，由吳祖光導演，梅蘭芳飾洛神，姜妙香飾曹子建。1957年香港大成影片公司拍攝粵劇戲曲電影《洛神》，由羅志雄執導，芳豔芬（飾甄婉貞）、任劍輝（飾曹植）、麥炳榮（飾曹丕）、劉克宣（飾曹操）、任冰兒、半日安等領銜主演。1966年上映的香港潮劇戲曲電影《洛神》，由高歌執導，方巧玉、陳楚蕙等主演。1994年，台視八點檔【楊麗花歌仔戲】製播了《洛神》，這也是第一部登上八點檔播出的電視歌仔戲作品。由楊麗花、宗華製作，楊麗花、陳亞蘭、李如麟、馮寶寶領銜主演，全劇共40集。2002年香港無線電視台播映《洛神》劇集，蔡少芬（飾甄宓）、馬浚偉（飾曹植）、陳豪（飾曹丕）、劉丹（飾曹操）主演。2013年，華策影視播映《新

洛神》劇集，李依曉（飾甄宓）、楊洋（飾曹植）、張迪（飾曹丕）、李進榮（飾曹操）主演。

在這些作品中，值得注意的是海峽兩岸幾乎同時推出的京劇電影《洛神》，由於時間相近，又都是梅派的版本，但卻因美術設計和拍攝手法不同，頗有對比較勁的意味。大陸版本是《梅蘭芳的舞台藝術》攝製計畫的內容，是觀賞梅蘭芳京劇藝術的重要管道，台灣版是慶祝中國電影製片廠22週年紀念，主要目的是為勞軍，1956年才做商業放映。

金素琴，滿族旗人，自幼生長在杭州，1930於北京拜王瑤卿為師，20世紀30年代與妹妹金素雯同在上海搭班唱戲。金素琴嗓音甜潤、扮相秀麗、名噪一時，頗得歐陽予倩的賞識，與章遏雲、雪豔琴、新豔秋號稱「前四大坤伶」。1937年抗戰軍興，金氏姐妹都加入了歐陽予倩和周信芳領導的上海市文化界救亡協會平劇組，積極參加抗日活動。後來又一起參加歐陽予倩主持的中華劇團，金素琴先後主演了《梁紅玉》、《新玉堂春》、《漁夫恨》等改良平劇。金素雯則主演了《人面桃花》。1938年歐陽予倩被逼離滬，中華劇團解散，金素琴應藝華影片公司之約，與王元龍合作，拍攝《楚霸王》影片。1940年她出面恢復中華劇團，率領全團人馬到香港、越南等地演出，後來曾輾轉來到桂林、重慶。在重慶期間，她和楊畹農時常切磋梅派藝術。抗戰勝利後回滬又拜梅蘭芳為師，梅派戲造詣頗深。

20世紀50年代初曾在香港停留，隨後移居寶島臺灣，獻藝課徒，成就卓著；20世紀80年代初移居美國。由於金素琴未加入軍中劇團，拍攝《洛神》所需的眾多宮女則是臨時招募、受訓，以致表現欠佳。

以下即針對兩部京劇電影的美學特質加以剖析。

（一）圖像意義在《洛神》電影中的運用

從曹植《洛神賦》到京劇《洛神》，尚有一個媒介，即是東晉顧愷之的《洛神賦圖》。魏晉南北朝是中國美術史的華麗時代，《洛神賦圖》是這個時期的代表作品，畫中洛神的氣韻靈動，栩栩如生，綠水、青山、鴻雁、秋菊等更是錯落有致。畫卷分為四個部分：第一部分描繪的是洛神和曹植的相遇，曹植率領隨從在水濱凝神悵望。畫面開首描繪曹植在洛水河邊與洛水女神瞬間相逢的情景，曹植步履趨前，遠望龍鴻飛舞，一位「肩若削成，腰如約素」、「雲髻峨峨，修眉聯娟」的洛水女神飄飄而來，而又時隱時現，忽往忽來。後段畫洛神駕六龍雲車離去，玉鸞、文魚、鯨鯢等相伴左右，洛神回首張望，依依不捨，一種無奈別離之情顯現畫面。第二部分描繪的是洛神站在曹植面前，他們之間瀰漫著「人神殊途」的悲傷，而周圍則是一派熱鬧的場景，有風神、河神、水神及女媧等。第三部分描繪洛神離去時候的情景。曹植乘著車奮力向前，洛神眼中充滿了淚水，兩人依依不捨。最後一段描繪洛神離開後曹植乘舟追去，而洛神早已無蹤影。「子建睹神」部分畫的是主人翁曹子建在翠柳叢石的岸邊突然不經意地發現崖畔洛水之上飄來一位婀娜多姿美麗照人的女神時如癡如醉的神情寫照。畫中生怕驚動神女洛神，下意識輕輕地用雙手攔住侍從們，目光中充滿了初見洛神時的又驚又喜的神態。顧愷之在處理曹子建的侍從時，故意用侍從們呆滯的目光、木然的表情，以襯托出曹氏喜不自禁的神情，使畫面形成一種鮮明的對比。

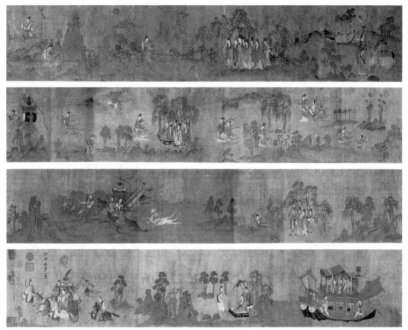

圖　4-1-1北京甲本洛神賦圖[3]

　　潘諾夫斯基在《視覺藝術的意義》[4]一書中認為研究圖像的目的是：發現藝術作品的象徵意義，找到各文化體系中藝術圖像的變化，解釋圖像想表達的內在思想。《洛神賦圖》表現的是人神相愛的神話故事，作者把曹植安排在近景，而把洛神安排在遠景，是為

---

[3] 　圖　4-1-1出自北京甲本洛神圖。陳葆真：《〈洛神賦圖〉與中國古代故事畫》（杭州：浙江大學出版社，2012年），頁8-13。陳葆真書中洛神賦圖出自於中國古代書畫鑑定組編：《中國古代書畫圖目（19）京1-17；15-17》（北京：文物出版社，1999年）。

[4] 　歐文・潘諾夫斯基《圖像學：視覺藝術的意義與解釋》，台北：如果出版社，2008年。

了突出這個神話故事中的「人神殊途」景況。把曹植放在近景與簡潔的背景相搭配，是為了強調他的真實感，拉近他與觀畫者的距離，使觀者有身臨其境之感。而把洛神放在畫面中的遠景，則讓觀者產生一種可望而不可及的距離感。

　　而這樣的概念，在大陸版京劇電影《洛神》的鏡頭上被充分使用。第四場洛神與漢濱遊女、湘水神妃走下雲端戲於水濱時，曹植的位置在舞台左下角，距離鏡頭最近，所以在呈現洛神等神女嬉戲的場面時，他是在鏡頭之外：

> 洛神：（西皮原板）桂旆且將──（西皮二六板）芳體蔭，
> 　　　　　　　免他旭日射衣紋。
> 　　　　　　　須防輕風掠雲鬢，
> 　　　　　　　采旄斜倚態伶俜。
> 　　　　　　　齊舞翩躚成雁陣，
> 　　　　（洛神、漢濱遊女、湘水神妃漸走下雲端。）
> 洛神：（西皮快板）輕移蓮步踏波行。
> 　　　　　　　翩若驚鴻來照影，
> 　　　　　　　宛如神龍戲水濱。
> 　　　　　　　徙倚彷徨行無定，
> 　　　　　　　看神光離合乍陽陰。
> 　　　　　　　雍丘王他那裡目不轉瞬，
> 　　　　（西皮散板）心振盪默無語何以為情！

既然在鏡頭外，如何知道他的位置？靠的正是漢濱遊女、湘水神妃在「雍丘王他那裡目不轉瞬」的眼神。導演的設計與安排頗具

深意。

　　在《洛神賦》中，作者曹植一直是以仰視的角度觀察和描寫洛神，從「**俯則未察，仰以殊觀。睹一麗人，於岩之畔。**」到「**遠而望之，皎若太陽升朝霞，迫而察之，灼若芙蕖出渌波。**」都是對洛神的仰視，這種位置呈現出虔誠的心理，以及愛而不能、望而不及的焦慮和迷惘。顧愷之作畫主張「傳神寫照」，所以在繪畫中也常留意人物的位置及關係處理，他在《畫論》中說：「**人有長短，今既定遠近以矚其對，則不可改易闊促，錯置高下也。**」電影的鏡頭也似一幅畫，鏡頭的俯仰便揭示了導演詮釋的觀點。

（二）兩岸《洛神》電影的詮釋觀點

　　說到戲曲電影，大家不免會直接聯想到黃梅調電影，不過嚴格說來，這已是戲曲電影發展到後期的產物了，它應該被稱之為「戲曲歌舞片」，除了唱腔和部分身段保留戲曲原味外，其餘皆已明星制與影像化了。所謂「戲曲電影」，在進行製作（如影片字卡）與影片探討（如學術論文）的時候，常被冠上不同的名詞，例如「戲曲片」、「舞台紀錄電影」、「戲曲紀錄影片」、「舞台藝術紀錄片」、「戲曲藝術片」、「戲曲故事片」等等，這些名詞裡最常出現的兩個關鍵字即是「舞台」與「紀錄」，可見戲曲電影被視為是舞台演出的紀錄影片，也就是說，戲曲屬於舞台，而電影只是用來記錄舞台演出的載體。換句話說，戲曲電影「紀錄」的成分是大於「影像製作」成分的。

　　然而我們觀看戲曲電影，發現純粹「根據舞台演出形式進行原封不動地拍攝，或者作為文獻式的、教材式的」影片並不多，台灣版《洛神》（1956，京劇）勉強算是。為什麼說「勉強算是」？那

是因為電影中呈現的並不只是一桌二椅空蕩蕩的舞台，而是有實際門廊、庭園、桌椅、山水等仿真或真實布景，所以並非純粹舞台紀實片。

那麼所謂的「戲曲電影」，它的定義我們可以根據徐蘇靈提出的「戲曲藝術片」概念加以延伸（〈試談戲曲藝術片的一些問題〉，原載1956年11月《中國電影》），即「用電影藝術形式對中國戲曲藝術進行創造性銀幕再現，既對戲曲藝術特有的表演型態進行記錄，又使電影與戲曲兩種美學型態達到某種有意義的融合的中國獨特的電影類型」，既強調戲曲的舞台紀實，又有新藝術的創造。以台灣攝製的戲曲電影《洛神》來說，當舞台大幕開啟，攝影機忠實地呈現舞台上的一切，再不時的用鏡頭角度變化，捕捉洛神上下雲端水濱的千姿百態，以及曹植的表情神態，又運用鳥瞰鏡頭（bird's-eye view）以全知觀點映照縹緲雲端水濱仙女們的嬉遊，有舞台紀實的面向，也做了以鏡頭語言說故事的嘗試。

攝影機的運鏡，基本上便是符合人類觀察事物的本能與心理邏輯。日常的眼睛觀察，常基於內心需求，或事物吸引，使眼睛不斷轉換方向及距離。或俯視，或仰首，或移動自己身體，這種轉換，不知不覺中連續進行。而鏡頭也同眼睛一樣，而且還可以將眼睛所看到的，加以記錄下來。說到用鏡頭說故事，兩岸的京劇電影《洛神》手法明顯不同，大陸版由吳祖光導演，岑範為副導演，影片著意表現了天上人間的虛幻場景，且著重歌舞表演，強化人物的悵然心境，用特效營造氣氛，增添劇中的神話色彩（如下兩張附圖以乾冰呈現如在雲霧中的情景），然而因未能大膽突破，仍屬於忠於舞台演出形式的影像紀錄，其意義在於：保存梅蘭芳婉轉幽怨的唱腔和雍容華貴的作表，一窺其舞台演出的風範。

在舞台演出時，梅蘭芳用桌子搭成「牌樓坊」似的仙山雲端，讓雲童、雲女、漢濱遊女、湘水神妃及洛神全站在上面，載歌載舞，使觀眾如臨仙境。

而在電影中，這些布景仍然存在，並依照歌詞做足身段，如「輕移蓮步踏波行」、「我這裡戲清流來把浪分」……等。

吳祖光在處理梅蘭芳的洛神時，多半還是著眼在「以演員為中心」，對於他的眉眼神情常以特寫鏡頭（Close Up）捕捉，這一點與熊光的台版不太一樣。陸版的場面設計，層雲疊嶂，略具寫實功能，台版純以空台呈現，以致在鏡頭、身段甚至走位上都呈現出不同的表現。

陸版運用俯角長鏡頭（high angle），游女與神妃在底層翩翩起舞，區隔與洛神的地位。當洛神唱到：「輕移蓮步踏波行」時，從上端緩步下移，展現女角柔媚身段，至底層與二女排成一列，三人共舞。

台版的空舞台設計，適合整隊人員的調度，攝影機更可靈活運用，至上而下的鳥瞰鏡頭，呈現出的萬花筒般圖案，表現出了戲曲電影的精粹。它沒有特別凸顯主角的表演，而是轉入平行視角的攝影，不帶批判色彩的鏡頭語言，運用團隊行動的美感取代了個人優越身段的展示。

（三）蒙太奇ending

根據藍凡〈氍毹影像：戲曲片論〉[5]，兩岸京劇電影《洛神》應是屬於「以影就戲型」，保留戲曲程式與舞台風格，主演的是著

---

[5] 藍凡〈氍毹影像：戲曲片論〉，《文化藝術研究》第四卷第一期，2011年1月。

名戲曲藝術家，屬於傳統舞台美學的戲曲片。然而，它畢竟是以影像的方式呈現，圖像符號與鏡頭語言，成就其獨特的風華，正如梅蘭芳的《洛神》電影結尾，巧妙的運用蒙太奇手法，讓「不存在」的完美女神倏忽消失，留下無限悵惘，不正也呼應了戲曲電影的美學風格？

三、餘韻：歌仔戲的另類視角新編

　　前面提及1994年，台視八點檔【楊麗花歌仔戲】製播了《洛神》，故事原則上依著《洛神賦》的走向，沒有太大的差異。2013年4月，唐美雲歌仔戲團創作了《燕歌行》，重探了流傳近兩千年的《洛神賦》。

　　長久以來，提及三國曹氏父子，曹操和曹植各執政治、文學兩端鋒芒，曹丕屈居其間，並不特別出色。然而，最後圓了曹操帝王夢的，竟是魏文帝曹丕，左手寫評、右手寫詩的曹丕，也是唯「二」有文學成績的中國帝王（另一位是南唐李煜），可惜他受禪立國的作為，被正統史觀論定為「篡」漢，評價便連帶遭到貶抑。從史書到戲場，眾多以三國為題材的戲，若無「洛神」這個角色，他幾乎沒戲，而只要演到「洛神」，他又是那個貶弟、殺妻之人，尤其經過戲劇的繪聲繪影，更加栩栩如生。

　　根據編劇施如芳的說法，《燕歌行》涉及千古風流人物，他們既有歷史評價，也有藝術形象，引他們入戲，一方面要敢虛構，但另一方面，也要有能耐和「史實」過招。她選擇了曹丕當主角，想用一齣有始有終的全本戲，揭開些許歷史皺褶。她反覆琢磨的是：面對氣場渾然天成的曹操，曹丕這個「兒臣」要如何與「父王」對陣，才能不枉擔主角的名？對於甄宓，可否有「深宮怨婦」之外的

想像？

《燕歌行》雖志不在為曹丕「平反」，但藉著重設《洛神賦》的來龍去脈，編劇想見了一個像莎翁筆下「奧賽羅」的丈夫，被疑心妒意裹挾著，一步步走向悲劇！在曹丕、甄宓、曹植的三角關係中，「甄宓愛的到底是誰？」

創團15周年的唐美雲歌仔戲團，推出顛覆傳統文本的《燕歌行》，選擇大眾心中形象差的曹丕為主角，透過唐美雲的感性詮釋、編劇施如芳的細膩鋪陳與導演戴君芳的靈活調度，讓觀眾對這一段史實重新觀看。

魏文帝曹丕，不僅寫出了中國文學史上第一個有系統的文學批評專論《典論》，更以〈燕歌行〉的樂府詩題寫下中國第一首形式完整的七言詩。曹丕雖是政治人物，卻兼具感性和理性，從他的詩文中，也可窺見他的敏銳深沉。

> 短歌微吟不能長，明月皎皎照我床。
> 星漢西流夜未央，牽牛織女遙相望。
> ——《燕歌行》節錄，曹子桓，建安十二年（西元207年）

這齣戲從曹丕的最後一夜開始回溯，從父親曹操對曹丕的嚴苛壓迫，弟弟曹植給他的威脅壓力，乃至妻子甄宓與他的相處問題，更有他對文學的景仰。

本劇結合傳統歌仔戲精華及西方劇場手法，以精緻、細膩的方式呈現。邀請舞臺設計王世信操刀，搭配王奕盛的影像，為《燕歌行》打造出極具現代劇場感之洗練舞臺。同時，由著名作曲家賴德和擔任音樂設計，揉合東方傳統鑼鼓樂及西方管弦樂，顧及歌仔戲

以台語演唱之特有「聲情」外，為全劇音樂增添新氣象。

　　除了探討曹丕、甄宓、曹植的內心歷程之外，《燕歌行》更嘗試以「不死靈」、「曹操的魂魄」等角色來傳達曹丕糾纏的內心。故事開始，曹丕在台上猶豫著該不該把〈洛神賦〉燒毀、賜死曹植，身旁的「不死靈」像曹丕心中的惡魔般慫恿著，這個既是說書人又是潛意識般的存在，正說明了曹丕心緒之深沉不露。在唐美雲的演繹下，他不再只是貪圖皇位忌恨兄弟的「反派」，而是充滿了無奈與悔恨的「長子」、「丈夫」、「兄長」。劇中甄宓曾要曹丕辭去太子之位，但他雖然鬱鬱寡歡卻沒放棄。在曹操過世的那一場戲裡，遺言交代要曹丕登台撫琴告慰父靈，他一人獨坐琴前，曹操亡靈現身，指示曹丕改漢為魏，要他進白帳內面授機宜，這一幕既像是哈姆雷特，又大有浮士德出賣靈魂之勢。又說甄宓，她明希望「夫妻結深緣」，卻又難以抗拒小叔曹植示好，不免自問「難道我不想到老？」一代美人不甘平凡於世啊！

　　此手法常見於西方戲劇中，但於歌仔戲卻是少見的方式。曹丕心中對曹植的嫉妒，藉由不死靈的口說出來；銅雀臺上顯現的曹操魂魄，則傳達曹丕對權勢的渴望，如此安排，讓曹丕的心情轉折更容易讓觀眾了解，不死靈一角更兼甘草人物一職，為整齣戲增添活潑及歡樂的色調。

　　舞台設計方面，演出舞台是一座傾斜八度的黑色鏡面舞台，大大考驗演員足下功夫，但也在燈光映照下，所有的角色動作，象徵著紛擾的人間事、帝王夢與兒女情，都是虛夢。而銅雀臺、後宮露臺的的架設，亦讓習於平面演出的歌仔戲產生立體感，不僅有上下位之差，亦拉出前後景深，增添戲劇性。襯之以高畫質電腦動畫，帶出陽光下的銅雀臺、月下拜月祭壇的浪漫情境等西方劇場的手

法，為歌仔戲開創新的表演方式。

　　唐美雲歌仔戲團的宗旨是「承傳統，創新局」，這齣戲可謂完全符合劇團宗旨，雖然有論者認為失去了歌仔戲應有的野趣，但劇場歌仔戲往往就是走精緻路線，尤其此劇還有濃厚的文學味，卻完全不會有掉書袋之感，融合得非常好。曹丕是真的懂文學，他在《典論・論文》裡把文學抬得很高，直比為「經國之大業，不朽之盛事」。就是因為懂文學，他很早就知道掌握如椽大筆的父親曹操心裡更看重的，是「言出為論，下筆成文」的弟弟曹植。他大可在《典論・論文》裡擺出極其客觀的態勢大談「氣之清濁有體」，「巧拙有素」，可也難免在現實中黯然神傷：「不能力強而致」不僅止於文學成就，同樣可以運用在人間情緣：父親賞識與寵愛的眼，從來就與他無緣。

　　甄妃死後，洛水之上「飄忽若神，凌波微步」的洛神，終究只能讓曹植哀嘆「人神之道殊兮」，從而寫就傳世的《洛神賦》。

　　「今朝重說曹子桓」，此劇的結尾道出了創作的意旨。限於篇幅，關於《燕歌行》當以另文專論，然而在以洛神為主軸的文學、戲曲中，唐美雲歌仔戲的重筆新銓的確是力道十足、餘味無窮，比起前述的各類版本型態均足以相頡抗。

第二節　紹劇電影《孫悟空三打白骨精》在猴戲演變中的意義

　　《孫悟空三打白骨精》是明代神魔小說代表作《西遊記》中最具深刻寓意的精彩篇章。出自全書第二十七回「屍魔三戲唐三藏，聖僧恨逐美猴王」，描寫的是唐僧師徒四眾去西天取經途中，在白

虎嶺遇到「潛靈作怪」、「迷人敗本」的白骨精。白骨精想吃唐僧肉，以求長生不老，但又懼怕孫悟空、八戒和沙僧，因而採取變幻之術，企圖接近唐僧。她一會兒變作花容月貌的俊俏美女，一會兒變作年滿八旬的老太太，一會兒又變作白髮蒼蒼的老頭。但是無論她怎樣耍盡花招，均逃不過孫悟空善識妖魔的火眼金睛和威力無比的金箍棒。可是妖精的變幻之術卻能矇騙肉眼凡胎，以致慈悲為懷的唐僧和貪嘴好色的豬八戒都信以為真，導致孫悟空不斷遭到師弟豬八戒的挑唆和師父唐僧念「緊箍咒」的懲罰，甚至被逐回花果山，經過許多曲折，最終才消滅妖魔，雨過天青。

《孫悟空三打白骨精》是紹劇[6]猴戲的代表作，曾經獲得毛澤東、劉少奇、董必武、郭沫若等人的高度讚揚。浙江紹劇團於1961年10月6日攜《三打》的舞臺版第二次晉京演出，郭沫若於10月25日題寫〈七律‧贊孫悟空三打白骨精〉：「**人妖顛倒是非淆，對敵慈悲對友刁。咒念金箍聞萬遍，精逃白骨累三遭。千刀當剮唐僧肉，一拔何虧大聖毛。教育及時堪讚賞，豬猶智慧勝愚曹。**」毛澤東則於11月17日題寫了〈七律‧和郭沫若同志〉：「**一從大地起風雷，便有精生白骨堆。僧是愚氓猶可訓，妖為鬼蜮必成災。金猴奮起千鈞棒，玉宇澄清萬里埃。今日歡呼孫大聖，只緣妖霧又重來。**」郭沫若同情孫悟空，認為是唐僧是非不分，豬八戒的智慧反而較高，毛澤東把矛頭指向白骨精，認為唐僧雖然愚昧懵懂，但仍

6　紹劇即紹興大班，有大班就有小班，小班稱為啲篤板，是田頭戲，拿著兩塊板啲篤啲篤的敲。後來嵊州的啲篤班劇團成立全女班，闖進大上海，紅遍了上海灘，改名字叫做越劇。與越劇都是些才子佳人戲不同，紹興大班都是些帝王將相戲，魯迅先生筆下的阿Q最喜歡唱的〈龍虎鬥〉就是紹劇裡的一齣。紹劇最出名的是猴戲，與京劇裡的紅淨戲類似，演員一輩子只演一個角色，就是猴王孫悟空，劇團裡還有專門的猴戲訓練班。

可教育，而白骨精則是災星了。董必武看了《三打》和兩人的和詩後也寫下：「骨精現世隱原形，火眼金睛認得清。三打縱然裝假死，一呵何遽背前盟。是非顛倒孤僧相，貪妄糾纏八戒情。畢竟心猿持正氣，神針高舉尊妖平。」後來郭沫若看到毛澤東的和詩，步其韻又書〈七律・再贊《三打白骨精》〉：「賴有晴空霹靂雷，不教白骨聚成堆。九天四海澄迷霧，八十一番弭大災。僧受折磨知悔恨，豬期振奮報涓埃。金睛火眼無容赦，哪怕妖精億度來。」有重量級人物詩文唱和，確實替這齣戲增色不少。儘管這段時期正是20世紀50年代末期中蘇關係惡化的時期，詩文唱和之中難免有一些政治色彩，但也證明了紹劇《孫悟空三打白骨精》深入人心，廣為大眾喜愛。[7]而紹劇電影《孫悟空三打白骨精》，正是在這樣的氛圍下拍攝完成，且較舞台版更為精煉，電影版雖是借助戲曲「乘勝追擊」，無疑為戲曲中的猴戲樹立了典範。

　　《孫悟空三打白骨精》劇情緊湊精彩，糅合了平頂山，波月洞，小雷音寺等情節，一波三折起承轉合，毫無拼貼痕跡，以致1985年中國上海美術電影製片廠出品的動畫電影《金猴降妖》，即根據《孫悟空三打白骨精》改編，甚至連對白都加以借鑒，全長90分鐘，在國內外榮獲不少獎項。[8] 20世紀八十年代，嚴定憲、特偉、林文肖三個人導演了《金猴降妖》，其中的分鏡頭畫面臺本主要是嚴定憲和林文肖兩人完成的，一共1000多幅，花時4個多月完成，後來全都捐給了中國國家動漫博物館。當然，更為人所知的就

7　　參見嚴曉兵〈紹劇《孫悟空三打白骨精》的歷史貢獻〉，《中國戲劇》，2012年，頁64-66。

8　　計有1985年中國廣播電影電視部優秀影片獎、1986年第六屆中國電影金雞獎最佳美術片獎、1987年法國布林波拉斯文化俱樂部青年動畫電影節長片獎和大眾獎、1989年第六屆芝加哥國際兒童電影節動畫故事片一等獎。

是2016年在大陸票房超過12億的3D魔幻動作電影《西遊記之孫悟空三打白骨精》，由鄭保瑞導演，洪金寶任動作導演，冉平負責劇本，郭富城、鞏俐、馮紹峰、小沈陽和羅仲謙主演。可以說，經過了半個世紀，《孫悟空三打白骨精》的光環依舊不減，成為最著名《西遊記》段落之一。

本文即思從紹劇電影《孫悟空三打白骨精》的創作歷程，了解紹劇在這段西遊故事的戲曲編演中所佔的地位，從而看出其對戲曲中猴戲的影響，以及在影像傳播中的重要性。

一、白骨精的淵源及其蘊含的佛道思想

《西遊記》本源於玄奘師徒所著的《大唐西域記》，改寫成神魔小說之後，成為一部文學巨著。有趣的是，這部主人公到西天取佛經的故事，裡面卻有很多道教修煉的描述。事實上煉丹、長生不老是道教永恆的主題，神怪故事也多來自道教，何況明朝永樂、嘉靖皇帝推崇道教，當時社會煉丹修道蔚然成風，也算是應景隨俗了。作者藉助民間流傳的取經故事寫成小說，並非有甚麼宗教意圖，畢竟全書內容並未刻意崇佛抑道或崇道抑佛，而是涵容了佛與道，成為一部奇幻的文學作品。

孫悟空「三打白骨精」的故事早在宋代《大唐三藏取經詩話》中就已出現，不過情節極其簡單。在這個故事中，人們的關注點多半是孫悟空能分辨妖魔的火眼金睛、唐僧的是非不分造成師徒不合，至於白骨精這個反派主角，總是集各種邪惡於一身，也一向只具有表面上襯托孫悟空奇能、讓玄奘歷經劫難的功能。然而白骨精在這個故事中，其實扮演著佛道思想的承載者，在《西遊記》小說中，白骨夫人沒有什麼背景，法力也有限，但是詭計多端，尤其是

通曉人類的弱點，變身技法也很精湛，算是一個智慧型的女妖。第二十七回以白骨精故事為重心，詳細地上演了一齣「三戲」、「三打」、「三逐」的好戲。

白骨精的智慧展現在她深諳家庭親情對人的巨大影響，唐僧取經是為了普渡眾生，所以當一家老小都被自己的「劣徒」棍棒打死在面前時，他的慈悲之心就不停驅使他念緊箍咒教訓孫悟空。她幻化作女子、老母、老父，深深抓住了唐僧肉眼凡胎的局限，成功離間了師徒關係，使孫悟空被第一次驅逐出取經團隊。儘管如此，白骨精卻是一個《西遊記》中很弱的妖怪，首先，她法力有限，當孫悟空化齋不在唐僧身邊時，她也不敢公開和豬八戒、沙僧一決高下，且「三打白骨精」的打鬥極為簡單，只孫悟空一人與之作戰，豬八戒和沙僧都沒參與，孫悟空的火眼金睛每每一眼就能辨識真相，然後果斷地手持金箍棒追打，白骨精也只能用「解屍法」逃脫。此外她沒有武器，只會「踏著陰風」幻化做人形，如一縷輕煙，無形無跡。白骨夫人也沒有朋友、親戚甚至小嘍囉等幫兇，只有孤軍戰鬥。在第二次吃唐僧肉計畫失敗後她自言自語道：「這些和尚，他去得快，若過此山，西下四十里，就不伏我所管了。」由此可見她與占山為王、有家室和兄弟的牛魔王等妖怪無法相提並論，更別提與天界神仙有關連的妖怪了。

白骨精的目的是「吃唐僧肉」，但她與後文中欲和唐僧結合的女妖怪不同，白骨精並非想要通過「毀他戒體盜元陽」來增強法力和求得長生不老，而是直接把魔爪伸向唐僧，抓來吃掉。我們可以這麼說，屍魔白骨精暗指人的「皮相」，而孫悟空則暗指人的「內心」，白骨精用不同的皮相去欺騙唐僧，卻騙不過「心猿」。由此可見此妖在小說中是有它的作用的。

人生處世，總嚮往富貴繁華，但到頭來皆是白骨微塵。《西遊記》的「白骨精」形象，正是這樣一個人生暗示。小說第二十七回用一回的內容，寫「屍魔」白骨夫人三次變化為美女、老婆婆和老頭兒迷惑唐僧、八戒，導致唐僧、孫悟空師徒矛盾爆發，最終唐僧「恨逐美猴王」。讀者往往貶損唐僧凡人肉眼，人妖不分，而為美猴王叫屈。

　　其實「白骨精」的宗教寓意甚深，佛教修行方法之一、佛教五門禪法之一種即為「白骨觀」，源自「五停心觀」之「不淨觀」中的九想觀，[9]是通過對人的骨相的觀想，對治世間法的貪愛執著。白骨觀的內容，是從死屍在身皮血筋肉消失後，呈現出來的種種骨骸關節的相貌，進行觀想。尤其在出家僧眾中，「白骨觀」為廣大教徒熟悉修習，即使在在家佛教徒和道教徒中，人們對「白骨微塵」的說法也毫不陌生。如清代道士悟元子評點的《西遊記》，就談到佛教「白骨觀」的修法，「雖小道，亦有可觀」，如果依之修行，「可齊一生死，亦為看得透徹，脫殼出世之一法」。[10]《西遊記》「屍魔三戲唐三藏」的故事，很可能從此而來。

　　《禪密法要》詳細記載了修習「白骨觀」的三十多個層次，從觀想自身的腳趾骨「極令白淨」、「令肉劈去」，到「見足跗骨，白如珂雪」，節節觀想，最後將自己觀想成一白骨相連之人，「見身諸骨，一一分明，共相支柱」。「白骨觀」的基本功能是破除貪欲，尤其是破除人對情欲淫心的執著。[11]《西遊記》中「白骨夫

9　參見《大藏經‧禪密要法》、南懷瑾《禪觀正脈研究》，北京：中國世界語出版社，1996年，頁3。

10　參見清‧陳士斌、劉一明評點本《西遊記》，北京：團結出版社，1997年，頁391。

11　參見《大藏經‧禪密要法》、南懷瑾《禪觀正脈研究》，北京：中國世界

人」的的形象正是包含著這樣一種寓意，小說寫「白骨夫人」最後變作老頭被悟空打死後現了原形：卻是一堆粉骷髏在那裡。唐僧大驚道：「悟空，這個人才死了，怎麼就化作一堆骷髏？」行者道：「他是個潛靈作怪的僵屍，在此迷人敗本，被我打殺，他就現了本相。他那脊樑上有一行字，叫做白骨夫人。」[12]李贄評點本《西遊記》在此評點：「誰家沒有個白骨夫人。」就頗有宗教意涵。因為據《禪密法要》說，白骨不淨觀有所成就後，人不但不會好色，對於飲食也少欲知足，對「飲食男女」這兩種人性中最根深蒂固的執著破除之後，佛教認為修行才會上路。

　　除了佛教外，道教文化中有所謂的「斬三屍」的說法，道教認為，人身有三屍，嫉人成道。三屍又叫三毒，是陰濁之氣。三屍變化多端，隱顯莫測。能化美色使人夢遺陽精，能化幻景使人睡生煩惱，使大道難成。只有斬除三屍，才能得道。[13]這裡「屍」是存在、停留的意思，具體指三種蟲子，分別代表了人體內部的三種欲望。「三屍蟲」包括上屍三蟲，中屍三蟲和下屍三蟲，它們分別象徵著讓人蠢笨無智慧，讓人煩惱、妄想、無清靜及讓人貪圖男女飲食之欲。白骨精故事中的「三戲」即象徵著取經團隊必須剷除和消滅這「三屍之根」，才可能修成正果。但因「飲食男女，人之大欲」、「江山易改，本性難移」，「斬三屍」的過程不可能一蹴而成，所以才設置了「三戲」的情節，表明唐僧師徒必須經歷艱難的歷練。白骨精的三次幻化，做到了層層推進，步步深入。孫悟

語出版社，1996年，頁3。

[12] 明・吳承恩著，李贄評點本《西遊記》，濟南：齊魯書社，1991年，頁372。

[13] 參見陳士斌《西遊真詮》，北京：中國人民大學出版社，1992年，頁106。

空三打白骨精的故事要傳達的寓意就是「斬三屍」，即要西天取經成功，必須進行「斬三屍」的修行，必須清除各種凡俗欲望產生的干擾。

而原著中孫悟空第三次終於把白骨精打死了，但唐僧卻在豬八戒的挑唆煽動下把孫悟空趕走了，這反覆的「三戲」、「三打」、「三逐」正象徵「斬三屍」的艱難，它考驗了取經團隊成員的內心及凝聚力。經過「斬三屍」這一劫，唐僧和孫悟空之間才真正建立了師徒關係，細讀文本可知，此前緊箍咒僅控制了孫悟空的身體，並未真正收服他的本性；三打白骨精後，孫悟空在唐僧屢次教誨不要濫殺無辜下，他視人命如草芥的野性發生轉變，進一步去了戾氣，更加定心、修心，他的二次出山，代表師徒關係真正的穩固。歷經這一劫難後，取經團隊內部更加團結，師徒四人的心態都發生了變化，重新踏上西天取經的大道。[14]

二、紹劇《孫悟空三打白骨精》劇本的形成

紹劇《孫悟空三打白骨精》出自於《西遊記》，但沒有照原著搬演，而是在取材方面進行了必要的取捨，形成了首尾完整的故事情節。這些情節編排在保留原著的情況下進行了再創造，既演出了一場複雜有趣的故事，也適當地表現了主題思想，達到了一定的教育效果。「孫悟空三打白骨精」的故事來自於《西遊記》第二十七回〈屍魔三戲唐三藏‧聖僧恨逐美猴王〉，小說中的情節比較簡

---

[14] 有關白骨精的含意及其與佛道關係的詳論，參見劉佳〈《西遊記》白骨精故事的文化內涵及其意義〉（陝西理工大學《綏化學院學報》第37卷第12期，2017年12月，頁41-44）、宋珂君〈《西遊記》白骨精考辨〉（《北京科技大學學報（社會科學版）》第24卷第3期，2008年9月，頁92-94）。

單：千年屍魔三次戲弄唐僧，都被孫悟空識破，無奈唐僧就是肉眼凡胎，又經不住豬八戒的挑撥，反而把打死了妖精的孫悟空逐出師門。紹劇電影借鑒了小說的這些情節，緊緊抓住孫悟空三打白骨精這一主線，來進行整部電影的佈局，「三打」就成了電影中高潮起伏的核心所在：妖精一變村姑、二變村姑之母、三變村姑之父，但不管妖精如何變化，總是被火眼金睛的孫悟空打死。

紹劇《孫悟空三打白骨精》不僅從小說中汲取精華進行創作，而且還從先前的舞臺劇本和表演中吸收經驗，因此，該劇是對紹劇猴戲的一次重要整編和提煉。顧錫東和七齡童整理的紹劇劇本《孫悟空三打白骨精》[15]中故事是這樣的：唐僧師徒遇見白骨精，白骨精三次變化，最終被打死，唐僧責怪孫悟空無辜殺生並趕走了他。之後黃袍怪為給師妹白骨精報仇，捉住了唐僧。幸虧豬八戒請來孫悟空，殺死了妖怪，救出了師傅。

為了突出唐僧師徒與白骨精之間鬥爭這一主題，紹劇在情節上進行了三處重要的改動。一是讓白骨精在第三次幻化為老者時，躲過了孫悟空的金箍棒，順利逃跑，並降下佛旨，暗示唐僧驅逐孫悟空。小說中的千年屍魔是在第三次變化時被孫悟空打死並現出骷髏骨原形的，舊版紹劇也沿用了這個劇情，新版則改編為白骨精再次順利逃跑。這一改動不僅為後面的情節做好了鋪墊，同時也集中了戲劇衝突。

二是刪去了黃袍怪的部分。黃袍怪的故事出自於《西遊記》中的第二十八回〈花果山群妖聚義・黑松林三藏逢魔〉、第二十九回〈脫難江流來國土・承恩八戒轉山林〉、第三十回〈邪魔侵正法・

---

[15] 浙江省文化局、中國戲劇家協會浙江分會編，顧錫東、七齡童整理：《孫悟空三打白骨精》，東海文藝出版社，1958年。

意馬憶心猿〉、第三十一回〈豬八戒義激猴王·孫行者智降妖怪〉等四回內容。小說中的黃袍怪是在白骨精之後出現的妖精,他與白骨精也不是師兄妹的關係。舊版中黃袍怪一角的設置原本是為了保留原著中的白骨精第三次被打死的情節,並為孫悟空的再次回歸提供合理的條件,但這個角色僅在第三場的末尾和第六場的末尾出現兩次,[16]因此,後來的改編本刪去了這個角色和相關情節。如此一來,就把故事情節就集中在「三打白骨精」上了。

三是增加了白骨精請母親來吃唐僧肉的情節。這個情節在小說和舊版中都沒有,是根據《西遊記》創作出來的。《西遊記》第三十四回〈魔頭巧算困心猿·大聖騰挪騙寶貝〉中講到金角大王和銀角大王抓住了唐僧、豬八戒和沙僧,請母親九尾狐狸來共用唐僧肉,孫悟空乘機變化為九尾狐狸。不過,小說中孫悟空的把戲很快就被妖精識破了。新版借用了這個情節,並進行了改動:孫悟空變為白骨精之母,又刺激白骨精,要她當著唐僧的面三次變形,最後孫悟空現出原形,打死妖精。

至於紹劇電影,圍繞「三打白骨精」這個核心,又從小說《西遊記》中挪用了一些劇情。其一是在電影開頭設置了豬八戒巡山的情節。這一段故事出自於原著第三十二回〈平頂山功曹傳信·蓮花洞木目逢災〉,豬八戒巡山的情節是《西遊記》中相當出彩的部分,黃周星評價這段情節:「描寫八戒說謊處,奇妙不可思議。即便漆園為經,盲丘作傳,恐亦無此神妙,任他愁眉羅漢,怒目金剛,見此俱當鼓掌噴飯。」[17]李贄也說:「描寫孫行者頑處,豬八

16　同前註,頁17-27。

17　參見明·吳承恩著,李卓吾、黃周星評:《西遊記》,山東文藝出版社,1996年,頁389。

戒呆處，令人絕倒。」[18]京劇、紹劇等猴戲《平頂山》中也有這個情節。《孫悟空三打白骨精》採用這個情節，是為了表現出豬八戒的慵懶，使孫悟空和豬八戒構成鮮明的對比，形成喜劇化的觀賞效果。但是如果細細考究，就會發現，這個情節的添加還進一步渲染了唐僧取經之路的坎坷，也為白骨精的出現、三打白骨精奠定了基礎：正是由於環境惡劣，才需要巡山，而巡山的目的就是為了提早預防取經之路上的各色妖魔鬼怪；但也正由於豬八戒慵懶，疏於防範，才使白骨精有了可乘之機。

其二是添加了孫悟空在地上畫圈的情節。《西遊記》第五十回〈情亂性從因愛欲·神昏心動遇魔頭〉中講到孫悟空想用圈子來保護師傅，沒想到唐僧耳軟，受到豬八戒的慫恿，走出圈子，結果被兇怪俘。圈子在這裡有一種深意。黃周星說：「行者畫圈作安身之法，請三藏穩坐其中，而三藏不聽，遂致遇魔。可見吉凶晦吝生乎動，天下事未有以寧靜而取禍者也。……曰：道魔不兩立。出道，便已入魔。是三人者才離行者之圈，便已墮兇怪之網矣。」[19]紹劇電影採用這個情節，顯然也是這個意思：一旦跨出圈子，就進入了魔的世界。孫悟空設計讓豬八戒巡山，原本也是想讓他意識到魔的存在，但是豬八戒並沒有認真去做，孫悟空只好畫個圈子來把魔障分開，可惜唐僧肉眼凡胎，實在不明白孫悟空的好意，被白骨精誘騙跨出圈子。因此，唐僧對孫悟空的圈子並不是完全信任的，當然也就不認可他的火眼金睛了。在這前提之下，就給了白骨精三次變化的空間。[20]

---

[18] 同前註，頁388。

[19] 同前註，頁609。

[20] 參見鄭豔玲〈精彩猴戲華美樂章——紹劇《孫悟空三打白骨精》的情節演

三、紹劇電影《孫悟空三打白骨精》析論

（一）拍攝過程

　　1957年，浙江紹劇團決定排演《孫悟空三打白骨精》。《孫悟空三打白骨精》原是七齡童編排的《西遊記》連臺本戲中之一折，通過劇作家顧錫東和七齡童共同改編整理後，劇作在立意、文學性、合理性、連貫性上都有了大幅提升（如前節所述）。該劇參加了浙江省第二屆戲曲觀摩匯演，獲得了劇本獎、演出獎、導演獎、舞美獎；飾演孫悟空、豬八戒、唐僧的六齡童、七齡童、筱昌順獲演員一等獎。

　　接著，浙江紹劇團攜另一齣悟空戲《孫悟空大破平頂山》和傳統戲《蘆花記》等劇，完成了紹劇的第一次進京演出。

　　1960年1月27日，農曆除夕，浙江紹劇團接到了一項新的任務，上海天馬電影製片廠決定將《孫悟空三打白骨精》攝製成彩色戲曲片。劇團演職員們興奮異常。為此，劇團立即召開了支委會，研究針對拍攝的工作任務，並成立了由主要演員和藝術骨幹組成的《三打》「中心小組」。《孫悟空三打白骨精》的拍攝工作，得到了浙江省委省政府的高度重視，在省委宣傳部、省文化局的領導下，組成了以王顧明副局長為首的《孫悟空三打白骨精》劇本修改小組，由顧錫東、貝庚執筆，吸收浙江紹劇團《三打》「中心小組」的意見，對該劇進行了大幅度的修改。修改工作還組織了杭州大學中文系的師生參與討論。經過先後24次易稿，《孫悟空三打白

變與形象塑造〉，《四川戲劇》，2009年第6期。頁72-74。

骨精》電影劇本終於定稿。

　　《孫悟空三打白骨精》電影劇本仍以《西遊記》中〈屍魔三嬉唐三藏‧八戒智激美猴王〉的章回為故事情節，並以1957年顧錫東、七齡童的改編稿為基礎，同時把原屬《大破平頂山》中的「八戒巡山」、「金蟬大仙」等情節融合其中，增加懸念，以提升情感性與邏輯性。

　　1961年的春天，彩色戲曲片《孫悟空三打白骨精》的拍攝工作全部完成，分別製作了兩種版本的拷貝——普通話版和地方語版，以適合全國的觀眾。影片在國內、國際發行上映，轟動了國內外，受到了國人和外國朋友的熱烈歡迎，也因此遠播至世界72個國家和地區。該片於1963年榮獲第二屆中國「大眾電影百花獎最佳戲曲片獎」，劇本則於1961、1979年兩次由浙江人民出版社出版。[21]

（二）表演特色

　　從20世紀40年代的連臺本戲《西遊記》至《孫悟空三打白骨精》的編演和電影拍攝的千錘百煉，形成了極具表演特色的紹劇悟空戲（即猴戲）。六齡童飾演的《孫悟空三打白骨精》中之孫悟空，其表演與眾不同、別具一格，集紹、京、崑藝術之精粹，融人、神、猴表演於一爐（下一節尚會詳述），博採眾長、大膽創新，自辟蹊徑，為劇界所矚目，其中「武戲文演」為其重要特點。

　　例如《孫悟空三打白骨精》的第一場，孫悟空上場，先是環顧四周，額手遠眺，憑著自己的火眼金睛和敏銳的嗅覺，注視周邊的一草一木，然後揮動金箍棒，掃清沿途的荊棘野藤，為師父開路。

---

[21]　參見嚴曉兵〈紹劇《孫悟空三打白骨精》的歷史貢獻〉，《中國戲劇》，2012年，頁64-66。

他邊走邊舞棍，做出探山的舉動，從中亮出幾個猴相，顯露其猴子的本色，也表現其樂觀、勇敢的性格。唐僧肉眼凡胎、不辨真偽，力阻悟空除妖，還念緊箍咒，後「一封貶書，從此斷絕徒情」。悟空無奈，向師父道出肺腑之言，字字珠璣、聲淚俱下：「**啊呀師父呀！徒兒悟空，實指望保護師父同往西天、共取真經，誰知您今日將我貶走，如今我只得走了…… 打死是人是妖，日後您自會明白，師父請上，受徒兒一拜……**」[22]在〔風入松〕鏗鏘的曲牌聲中，孫悟空向唐僧叩行「五心朝天拜」大禮，「五心朝天拜」是跳躍式的跪拜，動作誇張而難度高，往往贏得滿堂彩。孫悟空在臨走時還說：「師父，此去西天您要多多的保重。」此時的觀眾，多是熱淚盈眶，紛紛為孫悟空的表演所感動。

　　豬八戒則以「笨扮巧演」取勝，傳統的黑頭套，肥胖的身軀，配上誇張的肢體語言，表演充滿了喜劇色彩，可謂是詼諧幽默，渾身是戲。至於對唐僧形象的塑造，則強調他對宗教的執著，以及他的弱點。唐僧只是一名平凡的取經僧，他沒有孫悟空、豬八戒、沙僧那樣的降妖本領，更沒有看清妖精的火眼金睛。他的性格和反應更貼近大眾，「**雲山萬重路遙遠，澗壑千丈心膽寒，取經不辭跋涉苦，四野渺茫無人煙**」[23]當他一路行來，歷經取經時的劫難確實令人心驚膽寒，這都反映出唐僧的常人心理和心態，符合他的身份。唐僧最初對於孫悟空也是很信任的，劇中第一場就通過三個情節突出了這一點。一是當孫悟空預感到有妖精出沒的時候，唐僧堅信不疑，因而禁不住驚慌失措。二是同意孫悟空要八戒巡山的建議，以

---

[22] 參見浙江省文化局《孫悟空三打白骨精》整理小組改編，貝庚執筆：《孫悟空三打白骨精》，浙江人民出版社，1962年。

[23] 同前註，頁11。

便儘早安全通過。三是信任孫悟空的圈子，儘量不跨出去。當豬八戒因為白骨精變化的村姑而出圈時，他睜目質問豬八戒：「你為何走出圈外？」當豬八戒把他推出圈子後，他又念著「阿彌陀佛」，趕緊退回圈子裡。

唐僧在制止孫悟空時，兩人有這樣一段對話：[24]

> 唐僧：（急阻）逆徒！可知佛門子弟，慈悲為本，怎可殺生
>   害命，血染佛門？
> 孫悟空：師父，欲取真經，豈可枉發善心。今日不除此妖，
>   日後定遭其害。
> 唐僧：縱然是妖，也應勸其歸善，可知我佛慈悲，普度
>   眾生。
> 孫悟空：普度眾生，也不該是非不明，人妖不分。

從這裡我們看到了唐僧與孫悟空在普度眾生的前提上發生了的歧異：唐僧認為應該不分彼此，孫悟空恰恰與之相反。正是這種差別斷絕了師徒情誼，也斷送了唐僧對孫悟空的信任：他狠心地念起了緊箍咒，並把孫悟空逐出師門。唐僧對自己的看法是執著的，甚至到他親眼看見白骨精的三次變化後，仍然勸說：「**佛家以慈悲為懷，方便為本，貧僧生死何懼，但有一言相勸：你修你的道，我取我的經，彼此無關涉，放我把路行。**」[25]可惜，白骨精是不可度化的，唐僧這才認識到問題所在，悔恨自己把白骨精當成了善人。唐僧的可貴和可愛都在他的執著以及他的普通人的弱點。也正是因為

---

24 同前註，頁29。
25 同前註，頁44。

這一點，他和孫悟空的矛盾才成為作品貫穿始終的主線，整個故事的佈局也就顯得合情合理。

（三）美學展現

本片導演之一楊小仲，原名楊保泰，藝名屬提生，1899年12月生於江蘇常州，是中國最早的電影編導之一、電影藝術家。楊小仲從影四十多年，經歷了無聲、有聲、彩色電影各個發展時期，他一生執導影片近百部，是中國電影史上拍攝影片最多的導演之一，故有「百部導演」的美稱。當年因父親早逝，家境窘迫，楊小仲僅讀了幾年書便綴學了。1916年他考入上海商務印書館補習學校半工半讀，兩年後轉入該館機要科工作。這年該館成立了活動電影部，開始拍攝影片。楊小仲受母親愛好文學的影響，對電影拍攝很感興趣，經常去現場觀看，還常到電影院觀摩美國影片，逐漸悟出了一些電影的基本特性，並對電影創作躍躍欲試。1920年他為中國影戲研究社改編劇本、並於次年由商務印書館活動影戲部攝成的影片《閻瑞生》，是中國最早的一部長故事片。他也從此步入影壇，改名楊小仲，專為「商務」編寫劇本。

他與俞仲英合作導演的紹劇戲曲片《孫悟空三打白骨精》，充分發揮電影藝術的特長，利用鏡頭轉換和場景剪接等導演手法，使影片出神入化地表現了人妖變幻、神鬼鬥法的神話情節，以及仙境鬼域等場景，塑造了一個機智勇敢、善辨真偽、頑強樂觀的孫悟空的神話英雄形象。

由於這是一個神話故事，沒有任何現實環境可以做為依據，導演必須發揮最大的想像力和創造力。電影按照神話故事片的形式來拍，沒有給人留下是一個純粹戲曲電影的強烈印象，孫悟空等模擬

的動物動作與介於寫實和神話之間的環境布置十分協調，鏡頭的調度也十分多樣和頻繁，屬於舞台的表演身段與模擬動物的動作融為一體，總體效果和風格非常一致，這在戲曲電影中是一個特殊案例，而且由於題材的特殊性，所以是當時的戲曲電影中運用電影特殊技術手法較多的一部，也為戲曲電影的創作手法創造了新的可能。[26]

在紹劇電影《孫悟空三打白骨精》中由筱豔秋扮演白骨精，她通過戲曲化的動作和靈活的眼神成功塑造了白骨精狠毒狡滑的形象。該片由紹劇舞台版改編，在原舞台劇基礎上，充分調動電影的特殊手法，使影片呈現出光影交錯、色彩豔麗的視覺效果。影片中的奇幻世界是人間、仙界與鬼域共存，人、神、妖瞬息萬變，但卻寓深刻的哲理於神奇之中，令人歎為觀止。

四、在猴戲演變中的意義

「猴戲」又稱悟空戲，是中國戲曲史上少數由角色命名的戲曲類型。「猴戲」的特殊性不只因孫悟空的文學形象深入人心，更緣於其獨特的舞台藝術程式。

1950-1970年代的「戲曲改革」，成功實現了猴戲的現代轉型，從京劇《大鬧天宮》到紹劇《孫悟空三打白骨精》，猴戲的敘事焦點已有了轉變。

《大鬧天宮》最早可追溯至清朝乾隆年間的連台本戲《昇平寶筏》，共二百四十出。《昇平寶筏》正是將《西遊記》的全部故事搬上戲曲舞台，但其演出地點是在皇宮之內，因此旨在慶祝節日。

---

[26] 參見高小健《中國戲曲電影史》，文化藝術出版社，2005年，頁159。

據《嘯亭雜錄》記載：「乾隆初，純皇帝以海內昇平，命張文敏制諸院本進呈，以備樂部演習，凡各節令皆奏演……演唐玄奘西域取經事，謂之《昇平寶筏》，於上元前後日奏之。其曲文皆文敏親制，詞藻奇麗，引用內典經卷，大為超妙。」[27]可見其創作初衷是「海內昇平」，用來穩固清王朝的統治秩序，因此，尊奉王道、改邪歸正是其基本主題。

在如來佛收伏孫悟空之後，創作者加入描繪天界歡慶除妖的一齣，題為「廓清饞虎慶安天」，後世之《安天會》正由此得名。所謂「饞虎」就是孫悟空，他是天界秩序的擾亂者，因而與之相關的劇作也就充滿了「鎮壓逆賊」的警世意味。

從猴戲的形式風格來看，1961年的紹劇《孫悟空三打白骨精》，便與1956年的京劇《大鬧天宮》截然不同。《大鬧天宮》落在一個「鬧」字上，曲韻歡騰，唱腔激昂，整體仍是慶祝與樂觀的氛圍，可是《孫悟空三打白骨精》的戲眼是「火眼金睛」，重點是「看」，具有很強的現實寓意，也強調智慧、觀察的重要。[28]

在傳統戲曲中，猴戲自身的發展譜系可分南北兩派。北派猴戲以楊小樓、李萬春、李少春為代表，更貼近「武生」的表演方式，重念白，追求神似，幾乎棄絕所有的蹲爬動作，著力塑造威嚴、沉穩的王者氣質；南派猴戲則以蓋叫天、張翼鵬、鄭法祥為代表，偏向於「武丑」的表演方式，注重造型、動態與武技等身體層面的表達，呈現出輕巧、活潑的藝術形象，挖掘孫悟空的猴性。[29]

---

[27] 清·昭槤《嘯亭雜錄》，何英芳點校，中華書局，1980年，頁377-378。

[28] 參見白惠元〈金猴奮起千鈞棒：從「力敵」到「智取」——新中國猴戲改造論〉，《文藝理論與批評》，2016年第1期。

[29] 參見李仲明〈民國「猴戲」的南北流派〉，《民國春秋》，1994年2月。

紹劇是一種古老的劇種，原名紹興大班，已有200多年歷史。紹劇音調高亢激越、悲壯豪放，表演樸實粗獷，風格上具有濃郁的紹興地方鄉土特色。紹劇是亂彈戲劇傳存在紹興的一支，生旦淨丑，文武兼備，2008年被列入第二批國家級非物質文化遺產名錄。紹劇擁有400多個劇目，其中又以猴戲最為出名。二十世紀40年代，紹劇表演藝術家六齡童、七齡童編演36本《西遊記》，開創紹劇猴戲。紹劇猴戲融入北派猴戲的神性和南派猴戲的猴性，又強調「人」性，用「人、神、猴」三者融為一體。六齡童曾回顧他幼時全家從紹興遷往上海時，蓋叫天在上海演出連台本戲《西遊記》，他便漸漸生出一個念頭：要有紹劇猴。在上海他看盡了各種猴戲，京劇猴戲、各種武戲和猴拳……偷偷地學習各家絕活，還自己養了一隻小猴子，和它形影不離，共同生活。看它怎麼過馬路，怎麼表演，就這樣邊學邊演，現學現賣。經過長期的藝術歷程，六齡童演猴戲終成正果。

　　紹劇孫悟空的譜臉以紅、白、黑、金色為主，以倒栽桃形紅臉為基調，用黑色勾畫眼眶，外眼眶畫金色，突出表現他的火眼金睛，給人一種「金眼一睜、目及千里」的美感。而翻跌是紹劇猴戲中最常見的，也是最精彩的部分。上一節提到的孫悟空被逐時對唐僧的「五心朝天拜」，即是六齡童的獨創，跪著跳起，再跪著跳倒，連跳連拜，很見功力，為行家們所稱許。而六齡童演到這裡，總是能感動觀眾。

　　紹劇《孫悟空三打白骨精》對於後來的猴戲具有深遠的影響，自上世紀80年代以來，《西遊記》相關作品，在「孫悟空三打白骨精」這個情節上，通常是依照紹劇而來。可見，紹劇《孫悟空三打白骨精》的確是跨越時空的經典。

第五章

戲魂與魅影：神隱女刺客
的登峰造極

第一節　從傳奇到京劇──戲曲中的聶隱娘

　　自從侯孝賢以《刺客聶隱娘》獲得坎城影展最佳導演獎後，唐傳奇〈聶隱娘〉便引發了大眾的關注。明清時期，戲曲常常取材自唐傳奇作品，包括愛情類的〈鶯鶯傳〉、〈李娃傳〉、〈霍小玉傳〉；歷史類的〈長恨歌傳〉；俠義類的〈虯髯客傳〉、〈紅線傳〉、〈紅綃傳〉、〈聶隱娘〉等，其中〈聶隱娘〉曾被明人呂天成改編成《神鏡記》傳奇、被清代尤侗改編成《黑白衛》雜劇，而1925年金仲蓀亦為程硯秋量身打造了京劇《聶隱娘》。這些戲曲，鮮少被單獨討論，多半是在探討唐代俠義傳奇的演變或明清小說戲曲中的女俠題材時被提及，而且內容集中在時代背景與俠義精神的塑造，聶隱娘本身的遭遇經歷、人格發展以及她被賦予刺客身分的意涵，則缺乏深層論述。

　　在唐人小說中，〈聶隱娘〉是非常奇特的一篇，它融合當時藩鎮間互相賊殺的史實、神仙道術流行時的異聞、以及刺客劍俠的特殊行徑於一文，敘事生動，波瀾壯闊，將奇人異事，描摹得精彩而不空泛、溫馨而不冷峻。這樣的題材，十分適合戲劇搬演，明代的呂天成將之改編為《神鏡記》，據祁彪佳《遠山堂曲品》言：「劍俠特盛於唐，而所載紅線、隱娘尤奇秘可喜，至金生以神鏡合隱娘，正是天然傳奇。此記作的靈怪，又能以場上見構局之佳。」[1] 可見就題材而言，易於成為佳構，惜該劇只剩殘曲，其餘已佚。到了清代，尤侗將之改編成《黑白衛》雜劇（黑白衛指的是聶隱娘和

---

[1]　參見《歷代詩史長編二輯》第6冊，頁130。

丈夫磨鏡少年騎乘的黑、白驢子。衛俗好畜驢。故人以驢為衛。宋元詩人每用蹇驢。亦或用蹇衛），故事大致因襲〈聶隱娘〉，沒有刪減更動，反而略有增加，是尤侗眾雜劇中頗受歡迎的一本。[2]

　　1925年，金仲蓀根據尤侗《黑白衛》為程硯秋編寫了京劇《聶隱娘》，據說當時京劇舞臺正流行舞劍戲，甚至有可能是為了與梅蘭芳的《紅線盜盒》競爭而排演，如此一來，竟無意中為這以俠女刺客為主題的作品增添一抹「江湖」神秘色彩，值得玩味與探究。

　　本節即思從劇作編寫的本意和表演的詮釋上，探討各劇作中聶隱娘的舞台形象，並從聶隱娘與紅線之爭窺知二劇作與流派的表演差異。

一、尤侗《黑白衛》雜劇的編演探究

　　尤侗《黑白衛》敘述得道成仙的老尼姑，常教授弟子劍術，替天行道，見魏博大將聶鋒之女聶隱娘聰明婉麗，便強行帶走，傳授武藝，並執行剷奸除惡的任務。五年後學成，老尼將之送回聶府，在聶鋒的追問下隱娘道出了學習的經過，家人十分驚異。後隱娘嫁與一磨鏡少年，二人為魏博節度使工作，被派去行刺陳許節度使劉昌裔，因劉昌裔有未卜先知的能力，隱娘又覺其並非奸惡之徒，便投効他。魏帥知悉後，又先後派精精兒及妙手空空兒來行刺，均被隱娘化解。後隱娘欲赴老尼二十年之約，遂飄然而去。見到老尼，隱娘表明願皈依佛法，老尼便命在場弟子李十二娘、荊十三娘、

2　尤侗《西堂樂府》中共有五本雜劇：《讀離騷》、《黑白衛》、《吊琵琶》、《桃花源》、《清平調》。參見清‧尤侗著，楊旭輝點校《尤侗集》，上海：上海古籍出版社，2015年5月。後引文皆出於此，不再重複註解。

車中女子、紅線及隱娘各述功績，以錄名太上、坐證菩提。《黑白衛》在情節上，較諸小說有所因襲亦有所超越，從而也影響了演出效果，以下分別就其編、演特色進行分析。

（一）眾女俠們共襄盛舉

　　從《史記》〈刺客列傳〉、〈游俠列傳〉以來，歷代有許多俠士、劍客出現在文人筆下，然而女俠卻是鳳毛麟角。第一位女劍客，是《吳越春秋》中的越女劍，此女曾與白猿的化身比劍，也曾幫助越王調教軍人。一直到唐代，由於俠義故事增多，女俠的比例也相對增高，如《太平廣記》豪俠傳中有紅線、荊十三娘、車中女子，以及賈人妻、崔慎思、香丸誌等都有身懷絕技的女俠，於是尤侗便發揮聯想力，將聶隱娘故事中不知名的老尼及其餘弟子分別附會為得道成仙的越女、紅線、荊十三娘、車中女子及李十二娘，一網打盡了知名度最高的女俠，使得《黑白衛》一劇熱鬧非凡。關於越女的事蹟，前面已略為提及，既是中國第一位女劍客，將之安排為眾女俠的師父，誠然當之無愧！而紅線，為薛嵩取田承嗣床頭金盒，夜漏三時，往返七百里，保全兩地城池及生命財產，功德無量；荊十三娘則取下拆散她丈夫的朋友李正郎及其愛妓的諸葛殷等三人的首級，以抱不平；至於車中女子，假借吳郡士子的坐騎，偷取禁中之物，以致陷士子入獄，後又從穴孔飛下，以絹繫士子臂，縱身飛出宮城，展現神通，這三人都有超人的神技與膽識，唯獨李十二娘，她是唐代的教坊妓，善舞劍器，為公孫大娘弟子，杜甫曾形容公孫大娘舞劍器之妙為：「**觀者如山色沮喪，天地為之久低昂；霍如羿射九日落，矯如群帝驂龍翔；來如雷霆收震怒，罷如江海凝清光。**」（〈觀公孫大娘弟子舞劍器行〉）然而劍器為何？據

段安節《樂府雜錄》，「劍器」是「健舞曲」，《文獻通考》樂考樂舞引張爾公《正字通》云：「劍器、古武舞之曲名，其舞用女妓雄妝空手而舞。」可知「劍器」是舞曲名，舞時空手，舞姿雄健，後來的人望文生義，以為劍器是刀劍，這是錯誤的。不知尤侗是犯錯還是無意，把李十二娘當成善於舞劍之輩，甚至在第一折老尼上場時寫道：「老尼執拂二女持劍器藥盒上」，可見此處是把「劍器」當成「劍」。

不過由於眾女俠們共襄盛舉，腳色行當如何調度就是一門學問了。尤侗的作品屬於清代雜劇，對於元雜劇的規範早已變通轉化，甚至受到傳奇影響，然而即便如此，總還是得為了場上演出而設計，《黑白衛》雜劇顯然欠缺這樣的敏銳度。例如第一折以老尼獨唱，但並未說明老尼由何種行當扮演。又如第四折由隱娘、李十二娘、荊十三娘、車中女子、紅線及老尼分唱，其中隱娘等五人均由旦角扮演。元雜劇中雖有某些人物未派腳色行當，但大多為配腳，主唱者非正旦即正末，似此本主唱者未標明腳色行當，實屬少見。又一折中同時出現五個旦腳，更是不可思議，且聶隱娘的戲分顯然較其他四人多（二、三折均為聶隱娘獨唱），不應平等對待；即便如人物眾多的傳奇，也不會在一折中同時出現幾個相同的腳色，何況一個劇團不可能有多餘的人手夠派遣做如此的安排。因此李十二娘等四人應以小旦、貼旦、外旦、老旦等扮演，以免與正旦隱娘重複。

（二）以老尼為主述者操控全局

小說〈聶隱娘〉完全是以隱娘的遭遇、經歷為主體，並展現她的知能、技巧。而《黑白衛》一劇，表面上仍是寫聶隱娘的事蹟，

老尼只出現於一、四折，但事實上，第一折由老尼主唱，並且還添加了四句偈語：「**遇鏡而圓，遇鵲而住，遇空而藏，遇猿而聚。**」這是小說中所沒有的。而往後的二、三、四折，隱娘行事完全依此偈語，因此老尼雖未出現，卻儼然成為幕後的操縱者。這樣固然能夠加強老尼的神化，但無形中也削弱了對隱娘的刻畫深度。所以綜觀《黑白衛》全劇，老尼應是操控全局的主角。

尤侗在改編〈聶隱娘〉時，把原小說一些較為隱晦之處以及言外之意均發揮出來，使得內容明朗流暢，下面舉出三點加以說明：

1. 〈聶隱娘〉一文中，透露了一點產奸除惡的意識，如女尼於隱娘習藝的第四年，曾帶隱娘入都市，「指其人者，一一數其過曰：『為我刺其首來……』第五年，又告訴隱娘說：「某大僚有罪，無故害人若干，夜可入其室，決其首來。」可見女尼嫉惡如仇。於是尤侗便在女尼上場的白口中寫道：「**今已削髮為尼，皈依淨業，但習此劍術，尚傳於世，卻是為何？只因天下亂臣賊子，狂夫蕩婦，累累不絕，無論王法難加，便佛出世也救不得，只需囊中匕首，頃刺了事，這是替天行道，為國安民的大作用。**」替天行道、為國安民是老尼的抱負，因此她對徒弟們訓練嚴格，對付壞人手段殘酷，在鏟奸除惡的前提下，便能獲得觀眾的諒解了。

2. 小說中提到老尼的另兩位女弟子「皆婉麗，不食」，但並未說明為什麼能不食；又「尼與隱娘藥，兼令執寶劍一口」，寶劍是用來練習刺猿鶵、虎豹及鷹隼的，然而藥有甚麼作用，卻也未加說明，而尤侗均有注意到。他說二女是「服氣不食」，這就告訴了我們她們能不食的原因。而老尼有白口言：「**隱娘，吾有丹藥一粒，與汝吞之，以定其膽，寶劍一**

口，長尺許，吹毛可斷，付汝執之。」此處便有說明丹藥的
用途是「定其膽」。尤侗能夠注意到這麼微小的地方而予以
添加，使文義完整，真可謂心細如髮了。

3.在小說中，聶隱娘與丈夫投效劉昌裔，事先沒有任何跡象，
因此讓人感到十分突兀，甚至有忘恩負義、見風轉舵之嫌。
而在《黑白衛》劇中，隱娘言：「**不意田公與許帥劉公有**
隙，使俺往賊其首，俺想先師傳此劍術，原以斬奸誅暴，豈
可濫及無辜，既已受恩，不便違命，且到彼中觀其動靜，相
機而行。」可知她對魏帥因私人恩怨而要她幫忙誅除異己，
並不十分甘願，隱然已有投奔之意，及至見到劉昌裔有未卜
先知的能力，又對她「禮賢下士」，於是誠心投靠，這樣預
先埋下伏筆，便能前後呼應，使得劇情的推展更加順暢。

尤侗以眾弟子各述功德，並演習一番作為《黑白衛》的結束，
確實是很精彩，但卻不若小說中隱娘的飄然而去來得超逸脫俗。不
過，戲劇的功能是博取大眾的共鳴，尤其是群戲大場，更能將中國
古典戲曲中音樂、舞蹈的特質充分發揮，因此，尤侗的《黑白衛》
一劇，應是很容易抓住觀眾的，也難怪王阮亭在尤侗的眾雜劇中獨
獨垂青於這一本了。[3]

（三）人物刻劃——在神性與人性間擺盪

《黑白衛》一劇，完全根據唐傳奇〈聶隱娘〉而來，然而小說
對聶隱娘性格刻劃的成就很高，《黑白衛》的塑造便有得有失了。

聶隱娘在十歲時被女尼帶去習藝，歷經五年，擁有隱身術、飛

---

[3]　尤侗《悔庵年譜》康熙四年中記載：「阮亭評予北劇，最喜《黑白
衛》……」。

簷走壁、劍術、幻化、預卜先知、用藥等異能，但是她並沒有失去人性，仍如常人般具有七情六慾，這是小說中最令人稱道之處，如見人戲弄嬰兒便不忍下手、剪髮繫紅綃送至魏帥枕邊以示不回的敢作敢當行為，尤伺在一、三折也都有分別敘述。至於她在得知昌裔死訊時鞭驢回京扶柩痛哭，以及遇見其子時關懷備至、為他防範將至的災禍等知恩報恩的行為，由於結尾不同，《黑白衛》中並未敘及這些事。另外聶隱娘與其夫磨鏡少年的事，則是二者描述差異較大之處。

小說中隱娘深深明瞭她這個擁有異能的人，容易引起別人異樣的眼光，因為連自己的父親都退避三舍。為免除困擾，便從俗隨便找了一個磨鏡少年下嫁，由於二人沒甚麼感情，再加上此人無能（如射鵲不中），於是隱娘最終棄他而去。事實上隱娘之所以認定一個無能的人為夫，即是深知自己終將遠離凡塵，倘若情難割捨，徒增彼此痛苦，於是找了個自己不可能喜歡、又與自己不相配的人成婚，如此她將可以毫不留戀地離去，也不會被視為絕情，況且隱娘在離去之前還為他安排以後的生活，仍是盡了夫妻道義。可知小說中充分表現出隱娘是個勇敢、堅毅的女性。《黑白衛》則不然，隱娘嫁給磨鏡人，完全是依循老尼「遇鏡而圓」的偈語，而且這位磨鏡人亦非凡夫俗子，試觀其上場白：

> 本是吹笙王子，偶為磨鏡少年，願炤美人顏色，長如明月在天。算來世間神物，唯有劍可除邪、鏡能辟惡，所以上界仙靈，佩此二寶。今有女俠聶隱娘，傳終南老母劍術，於今生緣合為我婦，不免假磨鏡為業，到她家去鏡劍相觸，自然感動，看她眼力如何？

可知他原是「吹笙王子」，又知他和隱娘有姻緣之份，算得上是神人了。其實小說中以「磨鏡」為其夫的職業，只是指其身分較為卑微，看似並無特殊意義，此處卻造出一個鏡劍二寶的說法，將整個事件神化了。然而第三折二人去行刺途中，其夫射鵲不中，隱娘還說：「這廝好不中用也，待老娘自來。」既是神人，則這段情節便顯得格格不入了。後來隱娘離去，赴老尼之約，臨別與其夫言：「郎君善事僕射，小心在意，隱娘暫至終南，赴本師之約，不久相見，就此拜辭。」可是當隱娘一見到老尼，老尼問她磨鏡郎為何不同來時，她卻表示「今日隱娘願隨師父皈依佛法」，如此一來豈不太過絕情？對待自己的丈夫，竟不如以前的主人魏帥，還會留髮以表不回。可見無論在聶隱娘或磨鏡少年的敘述上，均有矛盾之處。

　　不過不容否認尤侗的人物塑造是有它的道理的。〈聶隱娘〉一文原本就隱含諸多道教母題，[4]道教大家葛洪曾在《抱朴子》裡提到鏡子神奇之處，如道士入山以明鏡徑九寸以上者背之，則邪魅不敢近：道士造鏡是為了借助其神奇力量進行修煉；道教對鏡子有著特殊的感情，甚至衍生出「鏡道」一詞。因此〈聶隱娘〉選擇磨鏡為其夫婿本職，是有道教意涵的，而隱娘一見到少年就認為此人可為我夫，可能也與道教天生對鏡之好感有關。

　　或許尤侗太刻意強調聶隱娘一生經歷的神話色彩，以致忽略了小說中關於人性的描述及女性細膩的心思，因而缺少了一份親切感。

4　參見龍延〈唐劍俠傳奇的宗教文化淵源考辨〉，引自《文化廣角》，2004年3月，頁61-65。以及王立〈重讀劍仙聶隱娘——互文性、道教與通俗小說題材母題〉，引自《商丘師範學院學報》第17卷3期，2001年6月，頁31-34。

（四）精采可期的舞台呈現

　　《黑白衛》一劇在身段設計上有很大的特色，因其屬武戲，需發揮戲曲演員中「唱念做打」中的「打」的能力。第一折中，李十二娘、荊十三娘教聶隱娘「做上樹勢又做上壁勢科」，故三人均有上樹、上壁的身段，而隱娘尚有刺虎、刺鷹及取人首級的武功。雜劇中純武戲並不多見，唯有《孤本元明雜劇》中《摩利支飛刀對箭》有薛仁貴與摩利支打鬥時武力的展現，所以《黑白衛》若能精心排演，必是精采可期的。除了武功外，「作法」的表演也是一大特色，聶隱娘對付精精兒及妙手空空兒時，並非刀劍相向，而是「場上設二幡子，一紅一白，作相擊勢，良久一人首從空墜下」以及「孤作臥，旦取玉圍頸覆被，自躲床下科，扮空空兒攜匕首飛上刺頸，上作聲飛下，旦跳出科」，不僅需砌末的配合，而且要有高度的處理技術，這無疑地拓展了舞台表演藝術的領域，即便在現今劇場中，也考驗著導演和演員的功力。

　　尤侗在唱段的設計寫作上，善用奇巧之語、俳優之語，典故也淺顯易懂。例如第四折女尼稱許隱娘功勞及詢問其夫磨鏡郎時，隱娘唱道：

> 【鬥鵪鶉】再休提即墨田單，荊州劉表，都不過酒後蛇足，雪中雁爪，有則有玉鏡臺前舊鵲巢，難道分不開水米交。（白）今日隱娘願隨師父，皈依佛法。（唱）但早得白社薰修，抵多少黃粱夢覺。

明代王驥德曾經說過戲曲用典的原則：

曲之佳處，不在用事，亦不在不用事。好用事，失之堆積；
無事可用，失之枯寂。要在多讀書，多識故實，引得的確，
用得恰好，明事暗使，隱事顯使，務使唱去人人都曉，不須
解說。又有一等事，用在句中，令人不覺，如禪家所謂撮鹽
水中，飲水乃知鹹味，方是妙手。《曲律卷第三‧論用事第
二十一》

以此觀之，尤侗在用事方面確實可算「引得的確，用得恰好」，充
分融入文句中，自然流暢。

　　尤侗雜劇的唱詞，擅長以疊字增強戲劇效果，因疊字用途很
多，可以摹聲，可以表示急促、跳動，更可以豐富音樂的內涵。如
《黑白衛》第一折老尼教隱娘劍術時，唱【混江龍】：「卓一下冷
森森霜花繡出斑犀豔，嘯一聲廝琅琅雷轟驚起魚龍慘，舞一回忽刺
刺電焱照破虹蜺焰」，教隱娘飛簷走壁時唱【油葫蘆】：「你看嫋
嫋婷婷十二三，去姍姍，來冉冉，飛飛樹樹走巖巖」；由於輕功比
劍法更具有矯捷之姿，所以密集的疊字更能襯托其飛躍之勢。王阮
亭認為此處「起落處，驚鴻游龍，未足為喻」，可知疊字用法效果
甚佳。第三折隱娘與精精兒決鬥的經過，既快速又神奇，尤侗以四
句有疊字的曲文加以概括，【雁兒落】：「你只見顫巍巍雙幡燈下
飛，不聽得吉丁丁兩劍床頭刺，俺只索虛飄飄紅裙暗裡翻，他便可
撲通通白骨空中墜。」疊字的運用可謂發揮到極致。

　　《西堂樂府》的《讀離騷》，曾在順治年間上達天聽，於宮
廷中上演，其餘劇作則常常付與家伶演出，《西堂全集》中有尤侗
有自繪自書的〈年譜圖詩〉，其中有一幅「草堂戲彩圖」，是思親

之作，小題為「先君雅好聲伎，予教小伶數人，資以裝飾，登場供奉……」，尤侗父親雅好聲伎，這對尤侗影響很大，一方面處於當時家伶演劇風氣鼎盛，一方面為了孝順父親，所以著力於家伶的調教與資助，也因此，自己的劇作得到很好的實驗，家伶也獲得適當的磨練。

除了自製自演以外，《西堂樂府》曾付與好友家伶演出，做為觀摩。尤侗在康熙四年年譜中記載：

> 阮亭評予北劇，最喜《黑白衛》，攜至如皋與冒辟疆、陳其年分授家伶演之。

冒襄與陳維崧的家伶，在當時均非常有名，王阮亭喜愛《黑白衛》劇，又帶至冒、陳兩家付與家伶演出，並稱道他的劇本說：「激昂慷慨可使風雲變色，自是天地間一種至文」（《池北偶談》）。周亮工《尤西堂雜俎二集序》也稱讚說：「響激飛湍，氣吞崇嶽，慷當以慨有元人遺意。」對尤侗而言是極大的榮耀。順治十五年年譜記載：

> ……適山陰姜真源侍御還朝，過吳門，亟徵予新劇，同人宴之尤氏堂中，樂既作，觀者如堵牆，靡不咋舌驚嘆。……

尤侗作劇似頗出名，姜侍御還朝經過吳門，還不忘徵詢尤侗是否有新作，可見一斑。又康熙三十一年年譜記載：

> 小重陽嚴公偉大戎園賞菊，兼觀女樂，度曲贈之，織部曹荔

軒亦令小優演予《李白登科記》，將演《讀離騷》、《黑白衛》諸劇，會移陣江寧而止。

前面所舉之例均作一本演出，此處確計畫作一系列的演出，若非曹寅移鎮江寧，這個計畫便能實現了。

《黑白衛》雜劇因依循唐傳奇的故事而來，內容沒有大幅的改編，因此對聶隱娘為何改投靠劉昌裔還是未能有較充分的解釋，只能從宿命式的「遇鏡而圓，遇鵲而住，遇空而藏，遇猿而聚」偈語及傳統的「學良禽擇木而棲」概念輕筆帶過，這一點有待後事改編者努力。但我們從老尼舉出的「替天行道，為國安民」的描述看來，聶隱娘已經從聽命於主人、被動而行的殺手刺客，轉向自主行事的仗義俠客，正朝向金庸所提出的「俠之大者，為國為民」的方向邁進。不過，聶隱娘還是無法擺脫刺客的形象，畢竟她奉命刺殺劉昌裔，又與魏博節度使田季安派來的精精兒與妙手空空兒搏鬥，帶有高度刺客色彩。

二、高手過招：京劇《聶隱娘》的誕生

1925年4月18日，金仲蓀[5]編劇的《聶隱娘》，首演於北平三慶園，由程硯秋飾演主角聶隱娘。程硯秋深厚的武術功底，在《聶隱娘》中將一套「單劍舞」發揮到了極致，這是此劇最為人津津樂道之處。程硯秋愛好武術，所以編演了一系列以武功見長的戲，例如1923年《紅拂傳》舞雙劍、1924年《玉獅墜》的舞雙戟等等。但由

---

[5] 有一說是羅癭公未完成的本子。羅臨終前，把程硯秋拜託給老友金仲蓀先生，請金代自己繼續輔佐，並留下了未完成的劇本《聶隱娘》，由金仲蓀完成。

於當年梅蘭芳先生編演了一齣同樣改編自唐傳奇的《紅線盜盒》，因此程硯秋的《聶隱娘》被認為是與梅蘭芳競爭之作，京劇界的女俠與精、空大戰就被繪聲繪影的傳頌著。

（一）孤身飛影月明中

《紅線盜盒》於1918年開始演出，梅蘭芳初次演出此戲是在北京廣德樓，與高慶奎合作。紅線持雲帚夤夜行路的一場戲，至今仍舊留存在舞臺上。梅葆玖先生曾說，在《紅線盜盒》之前，當時的舞臺上其實並沒有這樣兼具青衣、花衫和刀馬旦的角色，所以，梅蘭芳創造出的紅線這一角色，對於京劇界的旦角行當來說，意義深遠。

程硯秋為一別苗頭，先排演出了《紅拂傳》，講述「風塵三俠」的故事，他在此劇中，設計了成套的雲帚舞和著名的雙劍舞，連劇名都有要跟《紅線盜盒》較勁的意味。《紅拂傳》出自羅癭公的手筆，在羅癭公去世前，《聶隱娘》的腳本已經開始構思了。羅癭公很想把這戲排出來，但時不我予，於是他把程硯秋託付給好友金仲蓀，並請他繼續完成《聶隱娘》劇本。

金仲蓀編劇的《聶隱娘》，參考了唐段成式《劍俠圖》和清尤侗的《黑白衛》，由程硯秋飾演主角聶隱娘，合作演出的是王又荃、曹二庚、吳富琴和張春彥。關於劇中著名的「單劍舞」，飾演李十二娘的吳富琴回憶說：「這套劍舞與老路子不同，是根據武術中的劍法編制設計的。」雖然在此之前，程硯秋在《紅拂傳》中已有精彩的「雙劍舞」，但他在《聶隱娘》中刻意要創造一套「單劍舞」，似乎是針對梅蘭芳《霸王別姬》中虞姬的劍舞而設。

京劇《聶隱娘》的主要場次為：「閨怨」、「學藝」、「夜

行」、「省家」、「訂姻」、「比箭」、「謁師」。「閨怨」唱西皮慢板一段；「學藝」幾句散板；「夜行」三段快板；「省家」、「訂姻」、「比箭」是散板；末場「謁師」是導板接二六。由此可見，唱腔並不繁複，重點是白口和身段舞蹈。例如「學藝」一折，有深山刺虎的身段表演，唱散板「**一身輕又何怕登山履險，腥風起又只見猛虎當前**」，這裡有持劍與扮虎形演員的跌撲搏擊，程硯秋身段矯捷輕靈，是該劇的第一個高潮。「夜行」一折是全劇第二高潮，程先生安排三段快板，悶簾小導板「**月明中只有我孤身飛影**」唱腔高亢挺拔，響遏行雲，然後是長達20分鐘的繁難身段，融合刀馬、武旦的各種功夫，化用了「走邊」等身段，邊唱邊舞，其中一段快板，唱詞如下：

> 正春宵好一派空明夜景，碧空中都映著淡月疏星。看眼底萬帳中毫無動靜，笑癡愚正做他好夢昏騰。他哪知半空中有人清醒，這才是辨秋毫看得分明。急忙忙也不怕天風寒冷，我便來催動他足底風雲。一霎時渡過了千山萬嶺，好比那小遊仙禦風而行。

這段「夜行」的快板，邊唱邊舞雲帚，劍則是掛在身上，當唱到「**好比那小遊仙禦風而行**」一句，跑圓場迅疾如飛。末場「回山謁師」，則是全劇精華，邊唱二六邊舞單劍，「**手把龍泉奉師命……**」化用了武術的劍法，與李十二娘兩人雙舞單劍，進退跳躍，高低亮相，耍弄各種劍花，寒光繚繞。

據看過程硯秋《聶隱娘》的林燾先生說，他印象最深刻的是程硯秋全部用京白，爽利甜脆，尤其是最後一段與劉昌裔的告白，如

同珠走玉盤，和從前的程派念白完全不同。

　　程硯秋的弟子劉迎秋，在《京劇談往錄》中談到了《聶隱娘》這個戲。他說這戲就是為了和梅蘭芳抗衡和競爭，全劇和以往的程派劇碼不同，程先生一改幽怨柔弱的氣質，處處顯示出俠女劍仙的英氣，而全劇用京白，在程派劇碼中確實獨樹一幟。表演的重點如下：「閨怨」一折重唱，「夜行」一折重做，「警劉」一折重念白，「謁師」一折重舞。「閨怨」一折，表現聶隱娘壯志難抒、鬱鬱不得志的怨氣，但是怨氣中還要透出豪邁。這段唱身段不多，第二句唱到「**奴鳳囚鸞**」時，有一個輕聲歎氣、轉身的動作，表示很無奈又很不甘。第三句唱到「**殺奸除患**」，有一個叉腰磨拳動作，一定要做的乾淨灑脫，表現出女中豪傑的一面。「夜行」一折是重點，與梅蘭芳的《紅線盜盒》一折很像，唱快板三段，融合了武旦趟馬、走邊等各種身段，唱段中「**笑癡愚正做他好夢昏騰**」一句最富特色，前三個字一字一頓，暗含輕蔑之態，「正做他」的「他」字要一小花腔，玲瓏俏皮。「**一霎時渡過了千山嶺**」，「**千山萬嶺**」是一個高腔，一定要唱得高亢飽滿，同時配合一個臥魚組合身段。接著轉散板的「**要學那小遊仙禦風而行**」，要配合一個大圓場，要求演唱氣息和身段緊密配合，不能使氣息慌調。末場舞劍，唱大段二六「**手捧龍泉奉師命**」，要求和配演雙舞單劍，一定要合轍順拍，配合默契。這段劍舞化自乾坤劍法，包含了：仙人指路、進步刺、怪蟒翻身、玉女穿梭、雲麾三舞、如封似閉、長虹貫日、觀音擺柳和大劍花等動作，當然不是簡單的照搬武術套路，而是把武術動作旦角化、藝術化，例如「**我和你舞將來雪花亂迸**」這句，兩人要配合做高矮身段，要求配合默契。

（二）隱遁歸山影中尋

　　《聶隱娘》自1925年上演之後，從《申報》上的廣告來看，1930年代，程硯秋每次到上海，都會貼演一次《聶隱娘》，雖然只有一次，但每次賣座都不錯；不過從1940年4月開始，程硯秋再也沒有在上海演過《聶隱娘》。

　　由於身體原因，自1939年在濟南最後一次演出後，《聶隱娘》絕跡舞臺七十多年，不僅觀眾都不太熟悉，甚至許多程派弟子都沒見過（只有新豔秋演過），可謂已成絕響。

　　程硯秋排成此劇之後，雖大獲讚譽，但演出頻率並不算高。究其原因，編劇在《聶隱娘說明書》中明言：一是因此劇「程硯秋飾聶隱娘唱念做打均極繁重，舞劍皆用單劍，蓋用單劍須有真實功夫，較之雙劍尤為難能可貴」；二則因此劇既如此難演，自然是當做特別的、拿手的、壓軸的保留劇目，一般性質的場次是不會演出該劇的。此外，還有一個更特別的原因，就是程硯秋日漸發胖，無法再演出該劇。[6]

　　30年代，程硯秋開始發胖，在長安戲院演出《聶隱娘》的前一年，1937年1月2日，他還曾在懷仁堂出演《玉堂春》。雖然一挑簾子，觀眾依舊滿堂喝彩，可是終究瞞不住觀眾的眼睛。次日即被北平《世界日報》報導，大標題之下，添上一行附注：「程硯秋已成『環肥』而非『燕瘦』」。看來，肥胖已經明顯地影響了程硯秋的戲劇事業，《聶隱娘》的持續演出，也就更難實現了。

6　參見肖伊緋〈程硯秋飾演《聶隱娘》十三年〉，2015年09月09日《北京青年報》。

七七事變爆發之後，為了慶賀北平長安戲院開張，程硯秋於1938年1月10日又演出過一次《聶隱娘》後，在上海或曾有零星幾次演出，到1940年之後，就再無出演記錄了。

　　1933年8月8日，北平《世界日報》就報導過一則程硯秋全力減肥的消息。報導稱，「名伶程硯秋自歐歸國後，曾出演數次，極博一般人之讚譽。程近以身體日見發胖，與所演之旦角戲劇頗不相宜，日前特請德醫某氏到寓診治，經醫生為之在兩腿後方各割三刀，取出血液不少，現將就痊癒，割處亦已收口，身體則已稍疲，體重亦減，已恢復當年景象。聞程將在平休息若干日。俟秋涼後，仍照常公演各種戲劇云。」程硯秋為了快速減肥，早在1933年左右就開始有意識地全力瘦身，甚至不惜用割腿的手術方法來減肥。

　　值得一提的是，就在割腿手術減肥兩個月之後，程硯秋應南京當局電召，還特意到南京出演過一場《聶隱娘》。1933年10月19日晚，在南京中央體育場內，為慰勞第二屆全國運動會的各省市運動員，程硯秋再次演出「單劍舞」，為全國運動員們助興。此後，《聶隱娘》一劇的演出就不多見了。

　　尤侗的《黑白衛》，儘管曲詞精彩，但因人物塑造不盡理想，終究未能留存在舞台上。而京劇《聶隱娘》，也僅有13年的舞台生命，未獲傳承下來，僅留下一些劇照。

　　自幼攻武行、也曾習花旦，練過蹺功的程硯秋，可謂是文武皆備，其氣質裏有著與生俱來的清冷與孤寒，因此扮演的聶隱娘，必帶一身玉骨冰清，與梅蘭芳的熱情的紅線女形成鮮明的對比。

圖　5-1-2和圖　5-1-3 程硯秋飾演聶隱娘[7]

　　從唐傳奇到京劇，聶隱娘已從平面的故事中人，變成舞台上魅力無窮的女俠，隨著電影《刺客聶隱娘》的上演，可知她依舊吸引著創作者的目光，運用不同的藝術形式，詮釋得更加鮮活多姿。

---

[7]　圖5-1-2和圖5-1-3出自王文章主編《京劇大師程硯秋》（北京：文化藝術出版社，2003年），頁18、94。

第二節　電影《刺客聶隱娘》的故事演變與生命情境

　　從唐傳奇至今，聶隱娘已從平面的故事中人，變成舞台上魅力無窮的女俠，隨著電影《刺客聶隱娘》的上演，可知她依舊吸引著創作者的目光，運用不同的藝術形式，詮釋得更加鮮活多姿。

　　在唐傳奇中，聶隱娘從一個將門千金變成武功高強的刺客，她的社會角色亦隨之改變。一般的女子通常依循正常的社會規範扮演社會賦予的腳色，也就是以家庭為核心的女兒、妻子及母親的身分。然而聶隱娘十歲時一次意外的離家事件，遠離了原生家庭，斬斷了家庭的倫常關係，她女性身份的消解也就從這時開始，這部分康韻梅分析得相當透徹：

> 「女兒」身份的消解外，聶隱娘也從「妻子」的身份中逸出。她隨機以一磨鏡少年為夫，締結一己婚姻，這個婚姻的締結方式不僅象徵著聶隱娘與聶鋒的父女倫常的斷裂，也致使隱娘脫離原生家庭，而具有了另一個家，同時擁有妻子的身份……換言之，她的主導性和不生育，顯示她在婚姻中並無「妻子」之實，而聶隱娘請求劉昌裔為其夫謀職，主動終結了她自己的婚姻，則是她對僅存「妻子」之名的消解。[8]

8　引見康韻梅著〈裴鉶《傳奇》之聶隱娘「傳奇」〉，收錄於陳思齊與陳相因所編之《聶隱娘的前世今生──侯孝賢與他的刺客聶隱娘》（台北：時報，2016），頁28-29。

她的人生也從這時開始完全的改變。離家五年之後，隱娘重回家庭，不久就決定嫁給磨鏡少年，再度跳脫父親／女兒的倫常系統，逃離原生家庭，成立自己的家庭，同時擁有了「妻子」的身份，然而她隨機的嫁人，主導婚姻，既不生育，最後更主動終結了這段婚姻，完全消解了妻子、母親的身份。

隱娘看似主導一切，然而她的命運早在女尼將她帶走時就被決定了，之後的一切行為，只是在遂行這被決定的命運。她的命運就是：成為劍客。全篇似乎是個隱喻：要成為心無雜念的劍客，必須拋棄俗世間的一切。任何的技藝要達到最高的境界，不僅要「斷其所愛」，更要「斷己所愛」，心無罣礙之後才能走到那不勝寒的最高峰吧！婚姻或是感情狀態，隱娘早就拋棄了這個過於「世間性」的問題，因此，裴鉶的聶隱娘故事可說是個「去世俗化」的過程[9]，桑梓蘭說：

> 如果說裴鉶的聶隱娘是從入世到出世，侯孝賢的聶隱娘就是從出世而入世，她選擇誠實面對內心久經壓抑的澎湃情感，接受人間情義所加諸她肩膀上的沉重負擔。[10]

《刺客聶隱娘》雖改編自唐裴鉶的〈聶隱娘〉，然而除了人物姓名和歷史背景外，兩者幾乎是完全不同的故事，正如編劇謝海盟所說的：

9　參考桑梓蘭〈文字與影像之間：談《刺客聶隱娘》的改編〉，收錄於陳思齊與陳相因所編之《聶隱娘的前世今生——侯孝賢與他的刺客聶隱娘》（台北：時報，2016），頁146。

10　同前註，頁148。

我們的《刺客聶隱娘》早就是個與唐代裴鉶原著迥異的故事，算是原創劇本而非改編劇本，整個劇本得從頭寫起，寫得完整、寫得鉅細靡遺滴水不漏。[11]

改編自小說的電影，和原著可能有若干差異，但像《刺客聶隱娘》這樣完全翻轉的情況可說是絕無僅有的例子。簡單的說，裴鉶的聶隱娘敘述的是出世的過程，而侯孝賢的刺客聶隱娘卻是重新社會化的過程。

原著小說中的隱娘行蹤飄忽不定、難以捉摸，父親及家人對他古怪的行為甚是懼怕。他主動選擇嫁給磨鏡少年，多年之後，為了尋找至人，毫不眷戀地割捨了這段婚姻，小說中隱娘的性格喜歡獨來獨往；但電影中隱娘卻自傷「沒有同類」，兩者差異極大。關於電影中聶隱娘的性格，實際上參考了好萊塢商業電影中的一些元素，這部分《行雲紀》有詳細的紀錄：

「聶隱娘」這號人物的構成元素，也許比觀眾想像的要商業化許多。……因此我們創造聶隱娘有不少靈感得自好萊塢的電影人物。……侯導首先點明聶隱娘是個亞斯伯格症患者，這是侯導與天文看過《龍紋身的女孩》之後的想法，……聶隱娘的另一個身分是傑森・波恩，太好看的《神鬼認證》（The Bourne IDentity）三部曲的主角。[12]

---

[11] 參見謝海盟著《行雲紀》，（新北市：INK印刻文學生活雜誌，2015），頁29。
[12] 同前註，頁37-39。

聶隱娘的性格揉合了好萊塢商業電影中的《龍紋身的女孩》中的莎蘭德，以及《神鬼認證》中的傑森‧波恩，然而「青鸞舞鏡」感傷沒有同類的那場戲，不僅更真實的呈現了聶隱娘隱藏的性格，也透過鏡子的映照，投射出電影中各角色孤獨的存在。

　　鏡子的意象在電影《刺客聶隱娘》中也可算得上是命運多舛，原先設定了多場和鏡子有關的橋段，最後經過剪接，大多數的鏡子意象也都成了冰山未曾浮出的部分，謝海盟在「夢‧隱喻‧象徵」這一章節中說道：

> 侯導最不喜歡的就是象徵，他的片子從來都是寫實敘事的，少帶有抽象或象徵的成分，然而水井一場，侯導罕見的用了象徵手法，且紙人這一意象，從頭貫通到底（當然還有早期劇本中貫穿全片，惟到了真正開拍後即鮮少提及的鏡子意象）……。[13]

根據原本的構想，鏡子意象在片中有許多妙用：

> 我們這部片子曾有一設定，即貫穿全片的「鏡子」意象，鏡子這樣東西一再出現於隱娘各階段的幼年記憶中，這當然也與侯導演談過的「回憶的主觀鏡頭中沒有自己」有關，隱娘藉由鏡子看見自己，察覺到自身成長與歲月流逝。[14]

---

[13] 同前註，頁289。
[14] 同前註，頁117。

幼年隱娘的記憶在電影中幾乎全被刪除了，自然也就沒有隱娘從鏡中看到自己的畫面，然而鏡子意象並沒有完全消失，「青鸞舞鏡」不僅是自我的映照，更扣緊了電影中的「孤獨」主題。

一、青鸞舞鏡的孤獨意象

「青鸞舞鏡」的典故出自南朝宋代劉敬叔的《異苑》：「罽賓國王買得一鸞，欲其鳴，不可致，飾金繁，饗珍羞，對之愈戚，三年不鳴。夫人曰：『嘗聞鸞見類則鳴，何不懸鏡照之。』王從其言，鸞睹影，悲鳴沖霄，一奮而絕。」[15]故事中的鸞鳥找不到同類，三年不鳴，國王夫人想到一個辦法，讓牠照鏡子，當鸞鳥從鏡中看到自己，以為找到同類，沒想到那只是幻象，終而抑鬱傷逝。

根據劇本的敘事，聶隱娘在俯瞰田季安府時，回憶起嘉誠公主在軒堂前教她古琴，並說青鸞舞鏡的故事。

> 19右廂庭院
> 隱娘的目光，停在軒堂前，原本是白牡丹苑圃的茵草地上，如今有一架鮮彩小木馬，小兒蹴鞠的嬉笑聲若遠又近。她記得……
> 19A
> 白牡丹盛開似千堆雪。公主娘娘就在軒堂前教她撫琴，說了青鸞舞鏡的故事。[16]

---

[15] 南朝宋劉敬叔撰：《異苑》卷三，（北京，中華書局，1996），頁16。此處文字與《行雲紀》中收錄的《刺客聶隱娘》故事大綱中略有不同。

[16] 參見謝海盟著《行雲紀》，（新北市：INK印刻文學生活雜誌，2015），頁363-364。

又在山村的村屋中，隱娘受傷，磨鏡少年為隱娘療傷，隱娘提到這件事：

55村屋

回到屋內，隱娘處理著傷勢，畢竟不靈便，少年立即接手幫忙。隱娘靜靜看著少年繁傷，注目他，好像有一種明白……

55A

那幅永恆的銘記圖像，白牡丹盛開似千堆雪，公主娘娘在軒堂上撫琴。

公主娘娘云：「罽賓國王得一鸞，三年不鳴，夫人曰：『嘗聞鸞見類則鳴，何不懸鏡照之。』王從其言。鸞見影哀鳴，終宵奮舞而絕……」

隱娘：「娘娘教我撫琴……說青鸞舞鏡……娘娘就是鸞……從京師嫁到魏博，沒有同類……」

隱娘對著少年說，卻是說給自己聽的，一種悲喜，一種清澈，淚光有笑。少年聽入了心底，為之動容。[17]

　　隱娘訴說公主娘娘沒有同類的哀鳴，實際上亦如鏡像投射出自身的處境，但這兩段敘事的意義很不一樣。在田季安府的回憶，連結著命運的安排，隱娘終究無法成為青梅竹馬的田季安的妻子，本來屬於隱娘的位置被瑚姬佔去了，已被置換，她成了「沒有同類」的孑然一身。

---

[17] 同前註，頁389-390。

第二次的敘述，磨鏡少年正在處理隱娘的傷口，一隻溫暖的手放在隱娘肩上，原來沒有同類的孤獨感有了些轉變，隱娘感到一種悲喜，一種清澈，好像有一種明白，原來的孤寂感得到了釋放，也尋求到了共鳴，不再「沒有同類」，這樣的「療傷」也就產生了更深刻的意義，對照「**青鸞舞鏡**」的悲寒意象，磨鏡少年的這面鏡子卻能折射出溫暖的意象，添加了救贖的意味。

「青鸞舞鏡」應該是本片最有趣的意象，不僅聶隱娘是青鸞，田季安、嘉誠公主甚至觀影的你我，不也是看著鏡中幻影般的自我嗎？在一次的導演訪談中，有位提問者也針對這意象，指出導演侯孝賢十年磨一劍的創作過程，也是青鸞舞鏡，侯孝賢的回答點出了整部電影的精隨：

> 這個青鸞舞鏡是我在看唐小說的時候，它的註釋裡面，已經變成是個銅鏡的代名詞，唐朝很早就有人用，描寫都直接用青鸞。那青鸞舞鏡我特別喜歡就是罽賓國王得一鸞，三年不鳴，他的妻子跟他講「何不懸鏡照之」，鸞見影，終宵奮舞，哀鳴終宵，奮舞而絕，沒有同類嘛，我喜歡青鸞舞鏡這個味道，這個就是聶隱娘的精神。[18]

2015年《印刻文學生活誌》7月專號的封面上，印了一行字：「三十年來最不取悅世界的導演——侯孝賢」，不取悅、不迎合世界的導演，一路走來，不也就和那隻沒有同類的青鸞一樣嗎？

---

[18] 此處提問者與侯孝賢的回應，俱見於〈導演訪談〉，收錄於陳思齊與陳相因所編之《聶隱娘的前世今生——侯孝賢與他的刺客聶隱娘》第四部分附錄（台北：時報，2016），頁267。

二、磨鏡少年是另一面鏡子

在唐傳奇的原著中，磨鏡少年是個無足輕重的小配角，然而到了電影《刺客聶隱娘》中，卻成了編劇謝海盟口中具有「存在意義與不可動搖的地位」、「是聶隱娘乃至整部片子轉折的關鍵」，[19]她在《行雲紀》中說：

> 而磨鏡少年，他以磨鏡為業，同時拓印收藏鏡背銘文；他肩負著古老的家傳銅鏡，這面鏡子可避邪驅魔，照出山精老魅的原形，這些都是具象的鏡實則磨鏡少年自己就是一面鏡子，這面鏡子只為了映照隱娘，照出隱娘從小就被壓抑遺忘的另一面，因此我們看到，隱娘與磨鏡少年相處時是非常放鬆的，舉手投足帶著童真與稚氣，甚至讓人覺得，她隨時在下一刻就會綻開笑顏（儘管整部片拍下來，侯導沒讓舒淇笑過一次）。[20]

從故事大綱中得知，磨鏡少年的古鏡，是由妻子所贈送，不僅具有護身符的作用，見鏡如見人，望著鏡子宛如可以窺見妻子的面容以及尚未出生的孩子，古鏡似乎可以連結人與人的情感。磨鏡少年是來自日本的倭人，語言不通，又無同類，但他非但不會因為沒有同類而哀鳴，反而以溫暖的性格以及陽光般的笑容，和其他人建立了良好的關係，例如在旅途中，本身武藝並不精湛的他會仗義相助

---

[19] 參見謝海盟著《行雲紀》，（新北市：INK印刻文學生活雜誌，2015），頁117。
[20] 同前註，頁117。

隱娘的父親和舅父；到達桃花源般的村落後，他一邊磨鏡，一邊談笑風生，不必靠著語言，也能和大人小孩打成一片。侯孝賢曾表示《刺客聶隱娘》「就是在看到妻夫木聰的笑容起開始構思的」，對照聶隱娘的幽暗封閉，宛如燦爛陽光的磨鏡少年，真的就像一面鏡子，折射出人類內在原本的純真自然。

《刺客聶隱娘》如詩如畫的鏡頭美不勝收，角色的內在心情和外在景物的融合更是令人讚嘆，這種情景交融的氛圍，在魔鏡少年出現的場景裡最為明顯，如同黃儀冠所說的：

> 磨鏡少年所處的場景多是暖色系純樸自然的景觀，常常是中遠鏡頭，前景是低矮花草或隨風搖曳的芒草，遠景是山巒疊印，將少年融入於自然之中，象徵少年內心柔和溫暖，清明澄靜。[21]

《行雲紀》中亦有紀載：

> 早先在大九湖外景時也是，磨鏡少年在庭院與幼童嬉戲一段，拍得如此自然真實，完全是意外的驚喜。[22]

那一日拍攝，侯導臨時決定將原本分屬兩場的「磨鏡少年」與「田興問起老者採藥經歷」合併拍攝，劇組得臨時在現場

---

[21] 引見黃儀冠著〈性別・視角・鏡像：《刺客聶隱娘》與《行雲紀》的互文參照〉，收錄於陳思齊與陳相因所編之《聶隱娘的前世今生——侯孝賢與他的刺客聶隱娘》（台北：時報，2016），頁236。

[22] 參見謝海盟著《行雲紀》，（新北市：INK印刻文學生活雜誌，2015），頁272。

調度置景，同時攝影組請妻夫木聰與老少群眾演員們就魔鏡一場位置調整鏡位，卻不料個性好的妻夫木聰就這麼與小孩玩起來，放鬆下來的婦女老人們開始閒話家常，這一圈的熱鬧氣氛很快無法忽視，於是工作人員默契的一一退出庭院，彼此眼神示意保持肅靜以便錄音組收音，攝影組開機，完整拍下這難得的鏡頭。[23]

宛如實況報導一般，在眾人不知情的狀況，拍下了磨鏡少年和農村婦女及小孩的互動情景，生動自然。片尾聶隱娘與老者以及磨鏡少年結伴同行，融入大自然的景觀，與落日餘暉溫暖的色系形成了動人的抒情詩篇。

三、大敘事與小細節

《聶隱娘的前世今生——侯孝賢與他的刺客聶隱娘》一書中第四部分附錄的「導演訪談」中，提問者8問道：

> ……跟後面許芳宜老師知道了舒淇決定不殺田季安的時候，她們對打的戲，只用了20秒去拍，我覺得那是一個蠻重要的時刻，道姑她培養一個殺手培養了十幾年，怎麼可能20秒打完就放過去……可是前面卻用了將近一分鐘的時間在拍泡澡。聶隱娘回來之後，他們讓她泡澡，放了四種草藥，我那時候好好奇，為什麼一個女兒出去外面十幾年回來之後，去讓她泡澡？[24]

---

[23] 同前註，頁273。

[24] 此處提問者與侯孝賢的回應，俱見於〈導演訪談〉，收錄於陳思齊與陳相

很有趣的問題，提問者認為與師父的對打是何等大事，自該詳加描述；至於泡澡這等家居瑣事，竟如此大費周章，偌大銅鑄浴缸，下人陸續倒入三桶沸水，再置入幾種香草，入浴思索，再出浴更衣，換上鮮豔的衣服。兩者的比例是否有失衡的狀態呢？

的確有些失衡，且看侯孝賢的回答：

> 跟師父打那麼久幹嘛，訓練她很厲害了，刷刷就解決啦，衣襟就劃裂了嘛，她泡澡，很久沒回來耶，大家要看清楚嘛，她回來幹嘛，回來的儀式是什麼？我是說回來的情境是什麼？兩個人抱頭痛哭嗎？或坐著開始講話嗎？我感覺都不夠，那道姑送回來，要有個過程，我本來的設定是，她媽媽每年都幫她準備了衣服，因為她從小被帶走，她媽媽用這種方式思念她，所以有換衣服，那個奶媽一直跟她嘀嘀咕咕她媽媽怎樣怎樣，也都有拍，但感覺太囉嗦了。風塵僕僕回來，通常是會沐浴，那沐浴呢，因為好拍，然後光線又好，氛圍又不錯，所以就用長了一點⋯⋯。[25]

沐浴更衣之後，聶隱娘換回黑色服飾，母親和她談起公主的過往：「到六郎冠禮後，公主將一對玉玦，分賜六郎與汝，是期望汝等能繼承先皇的懿旨，以決絕之心守護魏博與朝廷之間的和平。四年前先皇崩，皇侄繼位一年又崩，告哀使者到魏博宣告遺旨時，公

因所編之《聶隱娘的前世今生——侯孝賢與他的刺客聶隱娘》第四部分附錄（台北：時報，2016），頁267。
[25] 同前註，頁271。

主大慟咯血，珠碎玉斷，散落了一地，當年從京師帶來繁生得上百
株的白牡丹，一夕間，全都萎了。」

　　隱娘的母親聶田氏身為公主的錄事官，她的敘事重點在前半
段，也就是以國家為重的歷史大敘述，然而隱娘掩面哭泣的卻是對
公主遭遇的憐惜。同樣的敘事，每個人著重的卻不一樣。

　　侯孝賢對於政治正確的主流敘事毫無興趣，他要的是那一分屬
於「人」的感覺。唐傳奇中的隱娘有一段撫棺哭泣的場面：

　　　　及劉薨於統軍，隱娘亦鞭驢而一至京師柩前，慟哭而去。[26]

可見隱娘並非沒有感情之人；然而侯孝賢電影中的隱娘卻是個重感
情的人，整部片子正是她重新回歸有情世界的過程，因此日常生活
的細節才是重點，才是瑣碎人生的真相，官僚之間的勾心鬥角與刀
光劍影只是主流大敘事的表面文章。

　　因此「洗澡」當然重要啊！那是洗心革面、脫胎換骨的儀式
啊！透過這個儀式，隱娘重新成為有血有肉的人！

　　除了武俠的外衣，人的生存狀態才是電影表現的重點，生活中
的細節以及感情的流動，使得聶隱娘更具有獨立自主的形象，香港
作家韓麗珠說得好：

　　　　每一次的拯救也是殺，殺掉舊有的自己——從最初不殺府院
　　　　內的大僚，純粹因為含糊的不忍，至最後不願魏博大亂，
　　　　而拒絕刺殺田季安，心意堅決而清晰，個人的意志已然確

[26] 引見王夢鷗著《唐人小說校釋上冊》，（北市：正中書局，1981），頁296。

立，她再也不是別人的魁儡，而獨立的意向，就是自由的開端。[27]

朱天文在《行雲紀》的序中說：

證詞？是為誰做證詞？為一部我們曾經觸手可及的想像過、卻始終未被執行出來的懾人電影做證詞。這部在劇本定案時言之鑿鑿被相信一定好看易懂的電影，情感華麗，著色酣暢，充滿了速度的能量。

因為如今大家看到的電影簡約之極，除了能量，其餘皆非。……

究竟，從劇本到銀幕上的電影之間，發生了什麼事？……近身觀察沒給電灼雷劈陣亡，倒留下了這本活口之書。[28]

　　侯孝賢的武俠片迥異於一般人心目中的武俠片，而前置作業的劇本討論更是曠日廢時，據說易稿三十八次，寫好了又作廢的情況不計其數，朱天心和謝海盟自喻宛如荷馬史詩《奧迪賽》中的佩妮羅沛織壽衣，織了拆，拆了織，是場徒勞無功的夢魘。然而從另

---

[27] 韓麗珠：〈殺掉其中一個自己才可以得到自由——關於《聶隱娘》〉，《明報》2015年8月16日，po9。此處引見郭詩詠〈心猶鏡也——《刺客聶隱娘》中的『鏡』與『心』〉，收錄於陳思齊與陳相因所編之《聶隱娘的前世今生——侯孝賢與他的刺客聶隱娘》（台北：時報，2016），頁195。
[28] 參見謝海盟著《行雲紀》，（新北市：INK印刻文學生活雜誌，2015），頁5。

一角度觀察，這正是編、導之間文字與影像的多重轉譯，變化的產生，也正顯示了各種媒介中創作意圖的不同。

現今電影工業的設計，發行電影的同時，也會推出動畫版、漫畫小說，電玩遊戲以及公仔玩偶等周邊商品。這些不同媒介的產品，形成一種「互文」關係，豐富了原本單純的影像敘事。

電影《刺客聶隱娘》，除了電影本身之外，還出版了故事大綱、電影劇本，電影小說，拍攝側記等等，這些不同的敘事媒介，閃爍著不同的智慧火花，不僅顯現了不同媒介的表現方式，更可窺見編導思想演變的心路歷程，閱聽者透過這些不同的載體，更可擴大多元的審美思考。

第六章

櫻花與薔薇：差異對比下的跨文化思維

第一節　明治維新時期武士的蛻變 —— 山田洋次「武士三部曲」和《末代武士》

> 「男兒立志出鄉關，學不成名死不還。埋骨何須桑梓地，人生無處不青山。」

—— 西鄉隆盛

　　此詩傳說是西鄉隆盛青年時立下男兒之志時所寫的絕句，但有說法認為這是以訛傳訛，因原詩為幕末僧人月性所作，題為〈將東遊題壁〉：「男兒立志出鄉關，學若無成不復還。埋骨何期墳墓地，人間到處有青山。」或許是西鄉引用過，才有此誤傳。不管如何，這證明了西鄉隆盛聲名遠播，詩句透過他留傳更廣。西鄉隆盛（1828年1月23日－1877年9月24日），是日本江戶時代末期（通稱幕末）的薩摩藩武士、軍人以及政治家，與木戶孝允、大久保利通並稱「維新三傑」。曾任明治政府的陸軍大將，後與明治政府決裂，並發動了「西南戰爭」，失敗而後自決。因輿論同情、聲援，終獲得明治天皇的特赦，並追贈正三位的官階。2003年好萊塢電影《末代武士》中的勝元盛次，便是以西鄉隆盛為原型。

　　以武士為電影題材，總有說不完的故事。日本的武士階層緣起於封建莊園的主人將家臣和僕從組織起來，以達到保護莊園、鎮壓人民起義、擴大自己的勢力等目的。後來武士不斷壯大，開始介入政治，並與主從關係相結合，成為軍事集團。集團首領為了效忠主人，於是制訂規範來管理武士，便成為武士道的起源。武士道真正完成於德川幕府時代，但進入明治時代之後，因實行明治維新，

改革身分制度,廢除過去的士農工商,宣布「四民平等」,再加上「廢刀令」,等於間接廢除武士階級,武士道自然也走入歷史。而後隨著軍國主義的發展,武士道再度被提倡,並被強調成對天皇的徹底服從與勇武。可以說近代武士道(19世紀中葉至20世紀二、三十年代)是中世紀武士道的推陳出新,雖然德川幕府倒幕後,武士道並未隨著封建制度和封建武士退出歷史舞臺,但在明治維新之後,傳統的武士道幾乎不復存在。[1]

從幕末時期到明治維新,武士既面臨了生存困境,那麼其處境與執念,便成為影劇作品的絕佳素材。以電影而言,受黑澤明的影響,歷來的武士電影都千篇一律傳達忠誠、正義、復仇等武士道精神,[2]然而若觸及到幕末時期的武士生態,則應是另一種思維敘事。資深導演山田洋次嘗試執導武士電影,創作了《黃昏清兵衛》(2002)、《隱劍鬼爪》(2004)與《武士的一分》(2006),探討幕末時期武士真實的生活面貌,在這「武士三部曲」中,他以低階武士為主角,有別於過去典型的武士形象。2003年則上映了一部好萊塢電影《末代武士》(The Last Samurai),以1876年-1877年中的西南戰爭和明治維新作為背景,從東西文化差異理解武士道,也為武士的最後身影做了深情凝視。

---

[1] 關於日本武士與武士道的源流與變遷,可參見婁貴書〈日本武士道源流考述〉(《貴州大學學報》第28卷第3期,2010年5月)、婁貴書〈日本武士道世俗化的歷史考析〉(《貴州師範大學學報》,2013年第2期)、李瓊、郭南南〈日本近代武士道的產生與嬗變〉(《牡丹江教育學院學報》,2012年第4期)、藍弘岳〈近現代東亞思想史與「武士道」──傳統的發明與越境〉(《台灣社會研究季刊》第85期,2011年12月)、錢展〈淺談日本武士道的演變及其理論根源〉(《科技信息》2011年12期)等。

[2] 參見鄭煬〈從帝國的復古到資本的復活──日本武士電影初探〉,《電影新作》,2015年第3期。

由於這四部電影，既足以反映幕末時期到明治維新武士階層面臨式微的困境，又呈現對傳統武士道的反思與探問，因此本文便從這四部電影出發，探究世變下的武士生存美學。

一、「只要能思考，就可以生存下去」——《黃昏清兵衛》

2002年，71歲的山田洋次首度嘗試創作武士電影，改編藤澤周平的時代小說《黃昏清兵衛》，甚受好評。接著，他繼續改編藤澤周平的小說，創作《隱劍鬼爪》（2004）和《武士的一分》（2006）。這三部電影風格、人物、情節都跳脫武士電影的傳統架構，開創類型的新視野。主角不再是漂泊四海的獨行劍客，也不是馳騁沙場的亂世英雄，而是為五斗米折腰的低階藩士，完全跳脫黑澤明所塑造的孤高卓絕的英雄形象。

《黃昏清兵衛》是透過長大後的清兵衛大女兒萱野口述旁白而帶出故事。井口清兵衛（真田廣之飾）是生活在幕末到維新時期的海坂藩低階武士，擔任藩庫庫務員，在妻子罹患肺癆過世後，因為家中有失智老母和兩個稚齡女兒，故每到黃昏工作結束後都拒絕同事的應酬邀約，而急忙趕回家中兼爹娘職，因而得到「黃昏清兵衛」的稱號。然而他自己卻乏人照顧，致使衣衫襤褸、蓬頭垢面、臭氣沖天、惹人嫌厭。

其實清兵衛是個深藏不露、擁有戶田流小太刀之高超劍術的武士，但當妻子過世無錢下葬時，他賣掉了家傳寶刀，不急著續絃，堅持送女兒去讀書，他說：「只要能思考，就可以生存下去」。看似「自廢武功」的清兵衛，在得知青梅竹馬朋江（宮澤理惠飾）被丈夫甲田家暴後，卻見義勇為與之決鬥，他挑戰位階比自己高的武士，堅持用木棍不用刀劍，顯示並非要致人於死地，結果竟然贏了

對方。朋江透過兄長表達愛慕之意，清兵衛卻不願四百石俸祿家的小姐跟著五十石俸祿的他受苦而拒絕。直到海坂藩位於江戶武家官邸的家臣長谷川叛變，餘黨余吾善右衛門不願聽從藩命降伏，藩家老堀將監耳聞清兵衛身懷高超劍技，遂以藩命為由，命清兵衛刺殺余吾善。清兵衛在死亡陰影籠罩之際，請朋江來替他束髮整裝，並向她告白，無奈朋江已答應了另一門婚事。帶著落寞與破釜沉舟的心情，清兵衛面對余吾善的困獸之鬥，清兵衛無奈之下力搏而勝，返家之後看到了朋江相迎，且願意與他廝守終生。

電影最後透過長女萱野之口，得知他們只過了三年幸福快樂的生活，後來佐幕派的海坂藩與擁皇派軍隊開戰，因而命喪擁皇派的炮火之中。不過萱野感性的說：

> 家父並非可求功名之人，他絕不會覺得自己不幸。他深愛女兒，又得到美麗的朋江小姐的愛，短暫的人生裡，充滿著美好的回憶，我亦因父親而自豪。

《黃昏清兵衛》整部電影的鏡頭語言始終保持淡然而遲緩的格調，找不到一處特別有視覺衝擊力的鏡頭，也沒有特別激烈的故事情節。與其他諸多武士題材的影片不同的是：導演山田洋次沒有在故事中加入血腥精彩的打鬥。在他的鏡頭下，武士更加傾向於普通人，更加有血有肉。而平緩的敘述格調也更能還原故事的本真。

影片中，井口的舅舅有一次為了他的婚事來到家裡，見到他的兩個女兒在念《論語》，當面呵斥道：「女兒家讀書是嫁不出去的！自古女人讀書無用，只需學會日常針線活計就行了。」然而，井口卻不這麼認為，他鼓勵女兒去讀書，鼓勵她們去獲得對事物新

的認知與思考。他說：「只要能思考，就可以生存下去。」這也恰巧表達了井口對日本舊社會武士落後意識形態的反抗與不屑，而這種思想何嘗不是從武士道受儒教影響脫胎而來？睿智的父親形象讓觀眾眼睛一亮！

二、「關於隱劍術，我無可奉告」──《隱劍鬼爪》

片桐宗藏（永瀨正敏飾）因父親涉及貪汙切腹，俸祿由五千石銳減為三十石。宗藏與母親、妹妹及女傭（松隆子飾）相依為命，但在母親逝世、妹妹至乃與希惠相繼出嫁後，便與家中長工直太與老僕婦一起生活。此時正值幕末，藩裡的家老從東京請了英式軍事教習，教導藩士新式槍砲與西方戰術，宗藏也參與其中，整天疲累不堪。某日聽聞希惠嫁到伊勢屋後並不幸福，染病在床，婆婆也不延醫診治，憤而與妹夫強行帶走希惠，回家照顧。

昔日與宗藏同拜在戶田寬齋門下習劍的同窗狹間彌市郎，被判叛亂罪，關在竹籠中遊街押解回藩中審判。藩中家老想找出狹間同謀，試圖向宗藏打聽，基於同門之誼，宗藏不願說出狹間的好朋友，家老無可奈何。

宗藏與希惠雖有含蓄曖昧之情，但礙於主從身分恐引人非議，連妹妹至乃都因此事遭公婆責罵，宗藏只得讓希惠返回故鄉。狹間逃獄，且發出宣言要在山中等藩方討伐。由於狹間是公認刀劍第一高手，偏偏師傅戶田寬齋卻將秘傳劍技「鬼爪」傳給宗藏，於是家老堀大人以藩內第一高手虛名挑撥兩人對決，宗藏不為所動，迫使家老下令宗藏討伐狹間。宗藏原欲勸狹間切腹並加以助力，以保留武士最後的自主與尊嚴，但埋伏的藩方火槍隊卻射殺了狹間。此時狹間的妻子也趕赴決鬥現場，宗藏始知堀家老曾假借赦免狹間以玩

弄其妻,宗藏質問、斥責家老,家老絲毫吾愧疚之心,因而決定讓
暗殺密技「鬼爪」出鞘,神不知鬼不覺地殺了堀家老。高深的密技
不用來殺叛亂的同門,而用於卑鄙的長官身上,這是低階武士為維
護武士道精神的臨別反撲。

最後,宗藏放棄了武士身分,到希惠家鄉向其告白,並一同以
庶民身分前往北海道經商。有趣的是,原本希惠礙於身分仍猶豫不
決,後來宗藏說這是命令,希惠才欣然接受,傳統因階級規範而重
然諾的「美德」表露無疑。

由此可知,對身分等差的執著,原本就是這些有為有守的武
士們耿耿於懷的障礙,但當生命真正遇到情感的依歸,這些「形
式」框架、「體制」高牆終會瓦解。例如《黃昏清兵衛》中清兵衛
在決鬥前命長工請心儀已久的朋江為其梳妝著衣,趁機表明心跡;
《隱劍鬼爪》中宗藏暗殺堀家老後,趕赴希惠的故鄉,並對其說:
「如果我喜歡你,你也喜歡我,這樣就夠了。」導演山田洋次絕
不只是在塑造多情劍客,而是演繹了武士不再以「忍戀」為愛情
的最高境界。關於「忍戀」,日本武士道的經典《葉隱聞書》是
這樣說的:

> 戀之至極,是為忍戀,為堅守且不外宣、秘藏於心的無上
> 戀情。逢人就表現於姿態上,其戀格為下品。愛戀一生,
> 秘埋於心,為愛情焦思而死,才是忍戀的本意,亦是戀之
> 為戀之道。[3]

---

3 參見山本常朝述、田代陣基筆錄、李冬君譯《葉隱聞書》卷二〈論武士心
   性二〉,台北:遠流出版社,2007年,頁100。

導演山田洋次的目的是在藉修成正果的愛情，呼應武士應擺脫「形式」，關注人類情感的真實面向。

三、「幫我加熱水」──《武士的一分》

　　三村新之丞（木村拓哉飾）是一名海坂藩的年輕武士，擔任的職務是試毒師，他覺得這份工作徒具形式，一直夢想著自己開一間武館，不分貴庶、因材施教地教導藩中孩童習武。在某次為藩主試毒的過程中，新之丞吃到了不合時令、有毒的紅生螺肉，導致眼盲失明，平靜的生活頓時失序，首先在喪失職能後，夫妻二人擔心被趕出武家宅院，且藩主會收回俸祿，於是家族親友們開會建議新之丞的妻子加世（檀麗飾）求助上司島村藤彌，不料島村早就覬覦加世的美色，於是謊稱只要加世與之燕好，就保留三村家的俸祿。然而事實卻是藩主感恩於新之丞的犧牲（他的主管還因此切腹謝罪），維持了他的俸祿，也不趕她離開宅院。可憐的加世渾然未絕受騙，每於祭拜不動明王替丈夫祈福之際，便得赴島村家幽會。

　　新之丞從身心遭受劇變數度崩潰欲切腹，到發覺自己其他的感官漸趨敏銳，終於振作起來重新練劍。然而就在他察覺加世出門時粉香濃郁，以及多嘴姑媽的流言蜚語下，他派遣僕人跟蹤加世，並發覺了妻子被島村用卑劣手段脅迫的殘酷事實。加世羞憤離家，新之丞決意向島村復仇，於是整天與僕人練習盲劍技術，並向老師請益。果然在私約決鬥那日，新之丞以「回聲劍法」給予島村雷霆萬鈞的致命一擊，砍斷了他的左臂，島村雖謹守武士「敗將不言私鬥」的慣例，沒向藩方盤查人員透漏口風，但當天晚上就切腹自殺了！

復仇事件之後，加世在長工的安排下，以新幫傭的身分重回三村家中，當新之丞吃到新幫傭做的飯菜時，敏銳的他早已瞭然於心，於是吃完後默默地說了一句：「幫我加熱水」，這句話是他們夫妻平日用完膳後再自然、再平常不過的話語，此時此刻卻顯得異常親密，加世頓然明白，這句話已撫平造化弄人的創傷，夫妻重歸往日寧靜幸福的生活。

導演山田洋次在這部片裡加了一段原小說沒有的情節，就是想要開間小武館，教小孩學劍。這凸顯了武士在承平時代失去了戰場上的職能，只能做一些徒具形式的瑣事，也可見新之丞心中始終保有「吾乃武士」的意識，以致在日後受辱之後，堅持決鬥以找回武士的「一分」——即尊嚴、名譽。畢竟失去戰場（如新之丞眼盲）的武士，與庶民無異，而所謂的武士道也蕩然無存了。

總之，山田洋次在電影中增加的情節與元素，都在凸顯處於幕府末年到明治初年，這一日本近代史上變動時期低階武士所可能面臨的真實處境，而他們在現實壓力下做出的抉擇，則是傾向庶民的價值觀。

四、「完美的櫻花並不常見！只要終其一生去追尋，人這一生就不算白活！」——《末代武士》

《末代武士》是一部2003年11月上映、由愛德華茲維克導演、湯姆克魯斯、渡邊謙主演的關於日本武士道的電影。講述了一個叫納森歐格仁的美國上尉軍官，多次參加國內戰爭，領受了戰爭的殘酷，尤以一次參加與印地安人的戰爭，指揮官中校卡斯特命令他們突襲印地安人的村莊，殺死了所有無辜的婦女和小孩的事件，在納森的心裡留下了深深的陰影和創傷。從此他對濫殺無辜、不講人道

的卡斯特懷有深深的恨意，也因為內疚而每晚做噩夢，甚至對篤信的上帝產生了質疑，也喪失了作為一個軍人的榮譽感，於是每日喝酒買醉，渾渾噩噩。

一個偶然的機會，他被介紹給日本軍方，並幫助其訓練現代化的軍隊來對付日本國內的「叛軍」勝元。在士兵還沒有完全訓練好的情況下，納森被要求去剿滅勝元。面對彪悍而勇猛的勝元軍隊，納森吃了敗仗，並被俘虜了。

在作為俘虜的日子裡，他受到了勝元部落的優待，並喜歡上了傳統的日本武士道。在那個有點原始的部落裡，他穿上了日本和服，學習說日本話，練習日本武士刀法，並喜歡上了部落裡的一切，包括原本視他為殺夫仇人的勝元的妹妹多香。當日本政府的軍隊再次和勝元的部隊開戰時，納森站在了勝元這邊，為護衛他迷戀的傳統武士道精神抗爭。

簡言之，《末代武士》這部電影講述的就是一個美國軍官迷戀上日本武士道的故事。然而故事的另一個主角勝元，是有歷史原型的，那就是日本有名的「維新三傑」之一西鄉隆盛。日本明治十年（即1877年）2月至9月間，以西鄉隆盛為首的舊薩摩藩士族發動了反政府的武裝叛亂，結局是西鄉隆盛戰敗，史稱「西南戰爭」。《末代武士》可以說就是根據西鄉隆盛及其領導的這次西南戰爭的史實而改編的。

在《末代武士》，我們往往被渡邊謙與真田廣之所飾演的武士呈現出的堅毅執著的神情給震懾住。結尾政府軍隊長下令停止機槍射擊，不自覺的跪了下來，其他的將士們也隨之做出了相同舉動，這一段頗具象徵意義：戰爭終結了武士道的輝煌時代，雖然我們深感歉疚，但還是讓我們向著開始使用機槍等現代化兵器的戰爭邁進

吧！影片中的主人公拋棄雇傭軍身份，支持為武士道殉身的叛亂士族，可視為向傳統的武士道致敬，然而這位美國軍官向明治天皇進獻叛亂士族大將自裁之刀，便象徵著武士道精神已被稀釋，向新時代稱臣。

該影片所反映的，不僅是民族傳統與現代化的衝突，還有東西方文化間的衝突，以及不同文化背景下，個體對於不同價值的堅守與反叛，尤其是現代美國和傳統日本的文化差異。

影片一開始，勝元在山坡上靜坐，於冥想中，他遇到了一頭白虎，白虎兇猛至極，但同時又是吉祥的象徵。而後，歐仁格在樹林中手持白虎旗的搏鬥，讓勝元想到歐仁格就是那頭白虎。這個情節所反映的是日本人乃至東方民族都習慣於冥想和從冥想中接受天啟。他們相信命運，並樂於接受冥冥中神為他們所安排的命運。在後來的情節中，我們也看到了比如當每一個武士面臨死亡的時候，他們總習慣於說是自己的「時辰到了」，而美國人則相信一切都是要靠自己來努力爭取，「人能夠改變命運」，為了達到目的，他們往往傾向於冒險一試。

從影片中，我們也可深深感受到「死亡」在日本民族的文化中佔有很重要的地位。作為武士道精神最經典的體現，也是最為他人深感震撼的便是切腹自盡。片中長谷川將軍在戰敗後請勝元結束自己的生命，勝元也選擇了請歐格仁幫他來切腹，而其他勝利方的武士則下跪表示恭敬。但當初歐格仁戰敗後，勝元的部下強烈要求結束歐格仁性命時，勝元卻說「這不是他們的風俗」，美國人在戰爭分出勝負以後，往往以保全雙方的生命為目標，失敗方會大方投降，而勝者也會尊重他們保留生命的權利。但作為日本文化的部分，他們在作戰過程中奮不顧身，他們甘願為了洗刷恥辱而切腹自

盡，無一不顯示出他們對於死亡的敬畏，甚至是一種嚮往。勝元告訴歐格仁，「我並不怕死，但有時候我卻想死。當我回歸到祖先家園的時候，我才有所領悟。就像這些櫻花，每個生命都會凋零」。他們往往傾向於將死亡美化，不怕死，有時候甚至明確地有想死的衝動，將死亡作為一種美的享受來進行體驗，追求一種永恆的人生幸福。

勝元在本片中，一直堅持著皇權至上，為了輔助天皇恢復地位，曾率領軍隊對抗幕府。然而在天皇恢復皇位之後，由於國家的動盪迫使天皇必須啟用思想先進的大臣進行改革。在此過程中，勝元所代表的傳統武士精神和大村所代表的新時代精神出現了矛盾與摩擦。影片中，雖說勝元一直在和天皇所啟用的國家改革大臣大村鬥爭，但是卻一直表示，自己從未背叛過天皇，直到最後以死諫主。或許，不瞭解武士道精神的人，會覺得勝元的想法十分矛盾，既然沒有背叛過天皇，為何不回歸天皇的手下，遵從天皇的政治改革呢？其實，這都是武士道精神中的忠誠與名節使然。

勝元出身於武士世家，是武士精神的傳承者。勝元的祖先有許多都為了天皇征戰沙場，直至戰死。對於武士來說，死亡並不可怕，失去人生信仰才是最可怕的。因而電影中，在勝元前往去見天皇的時候，說出這麼一句話：「我的刀是效忠於天皇的，只有天皇才能夠命令我除下它。」

在本片開頭，新軍失敗，歐格仁未被殺死，只是作為俘虜被帶回武士村，一方面是由於武士的首領勝元需要借助歐格仁，瞭解西方的世界與外面的情況；同時也是因為在新軍失敗後，只有歐格仁一人戰鬥至最後，直到沒有還手的能力，這與武士道的基本精神是相符合的。

勝元的武士村落，是一個濃縮了日本傳統武士文化的小型鄉村。在這裡，人們見面會互相鞠躬，時常微笑，遵從傳統禮儀，歐格仁在這裡心境得以舒緩，思想得以暫時離開殺戮，獲得內心的平靜。在外人來看，這裡的人或許有些過於疏離和禮貌，然而鄉村之美、風俗之美、人情之美，都宣揚著一種以仁禮為核心的人生態度和體悟生命的方式。而這也正是武士道的核心。關於武士道的定義，雖然因時代變遷而有差異，[4]但大致不離以下這則定義：「在我國武士階層中發展起來的道德。鎌倉時代開始發育成長，到江戶時代以儒教思想為根據而致於大成，成為封建支配體制的觀念支柱。重視忠誠、犧牲、信義、廉恥、禮儀、潔白、質素、儉約、尚武、名譽、情愛等。」[5]

五、武士道精神的蛻變與再生

　　在步入近代的過程中，當統治階級掀起了全面西化的熱潮時，全國都在進行著具備資本性質的西化與改革。傳統的武士文化和精神便嚴重地阻礙了國家改革發展的進程。因而武士精神也被革新派視為眼中釘，決心消滅。從這一點來看，《末代武士》恰如一曲代表武士窮途末路的輓歌。

　　而山田洋次「武士三部曲」的主角都是劍術精湛卻深藏不露的藩士，為了微薄的俸祿，他們只得操持瑣碎的事務，如《黃昏清兵衛》的井口清兵衛擔任海坂藩的庫房管理員，日常工作只是盤點存糧，登錄帳冊；《隱劍鬼爪》的片桐宗藏每日只是學習如何使用西

---

[4] 參見婁貴書〈日本武士道源流考述〉，《貴州大學學報》第28卷第3期，2010年5月。
[5] 參見《廣辭苑》（第五版，岩波書店，1999年版）「武士道」詞條。

式大砲；《武士的一分》的三村新之丞擔任壽見役，每日工作只是為藩主三餐試壽而已。這三位主角對封建體制的規範與壓抑都採取疏離或抗拒的態度；他們心中暗暗都有放棄武士頭銜、過著平民生活的打算，但當面臨災難時，他們超群的武藝便轉為內在的道德勇氣，並憑藉劍術衛護自身的榮譽與價值。

清兵衛、宗藏、新之丞讓觀眾看到幕末的武士在日常生活中刀劍是不輕易出鞘的，就算在決鬥之際也未必立刻拔刀。所以清兵衛與朋江前夫甲田決鬥前，電影穿插兩位小女兒在寺小屋朗讀《論語》的情景：「有子曰：禮之用和為貴，先王之道斯為美⋯⋯」又清兵衛在與甲田決鬥時，始終未用武士刀，甲田問他為何不拔刀？清兵衛說：「我們流派是以木棒做武器，刀會殺人命；而木棍不會，縱使被擊中，也不過骨折而已。」武士刀既代表武士魂，就不能濫用刀劍，正如新渡戶稻造在《武士道》中所言：

> 正當使用必須承擔重大責任，誤用必定遭受指責與唾棄。只有懦弱和狂傲的人，才會在不適宜的場所揮舞其武器，一個沉著鎮定的武士，知道甚麼時候該用刀，而這種時機鮮少到來。[6]

這也就是宗藏的師父戶田寬齋在教授其「隱劍」刀法後，叮嚀道：「這是非常危險的劍，使用前要好好想想。」

「武士三部曲」中武士的「庶民性」，也可以說是武士的「現代性」，呼應明治維新的現代化精神。而「武士三部曲」也適度回

---

[6] 參見新渡戶稻造著、張俊彥譯《武士道》，台北：笛藤出版社。2008年，頁183。

應了《末代武士》，將該片以東方主義觀點所美化的武士道，還原成貼近日本傳統與當代時空的真實武士道。

第二節　「獻子成忠」之中日武士道精神比較
──《菅原傳授手習鑑》與《趙氏孤兒》

　　《菅原傳授手習鑑》是日本的傳統戲劇。1746年8月問世，歷時250多年仍盛演不衰，與《義經千本櫻》、《假名手本忠臣藏》並稱為「三大淨琉璃歌舞伎」劇作。該劇以日本平安時代（794-1185）著名政治家、詩人菅原道真（845-903）的身世為原型，通過戲劇化的演繹描述他遭到奸人妒嫉、誣陷、流放，家臣們為保全其子與對手周旋，付出生命與親生骨肉的代價，最後惡人遭報應，冤屈平反、正義伸張。這部展現善惡爭鬥、生離死別，弘揚忠義氣節、凜然大義的悲劇，不禁令人聯想到中國元雜劇《趙氏孤兒》。

　　由於兩部戲都有家臣犧牲親生子以搭救忠良之後的「獻子成忠」的情節，所以在諸多文獻中都會將二劇並舉，例如日本曲學家青木正兒在《元人雜劇概說》評論《趙氏孤兒》時曾簡要提及：「像第三折程嬰用親生子做替身的那一場，淒惻動人，與日本《菅原傳授手習鑑》兒童私塾之場同趣。」[7]梁啟超的《中國之武士道》（1904）與新渡戶稻造的《武士道》（1899）兩部作品中都列舉了程嬰、公孫杵臼和菅原道真的故事。青木正兒是從戲曲情節的角度，對兩者皆有類似情節做了聯想，而梁啟超與新渡戶稻造，則從武士道的精神來看待這兩個故事。關於武士道，新渡戶稻造解釋

---

[7]　日・青木正兒著、隋樹森譯《元人雜劇概說》，北京：中國戲劇出版社，1957年，頁78。

為「要求武士遵守的，或指示其遵守的道德原則的規章」[8]武士道雖是日語詞彙，但梁啟超「以其名雅馴，且含義甚淵浩」[9]借來闡述中國春秋戰國時期的尚武精神。在兩部作品中都列舉了凸顯忠義思想且情節相似的「程嬰、公孫杵臼」和「菅原道真」的故事，梁啟超讚美「程嬰、杵臼之義，古今稱之」，[10]新渡戶稻造評價菅原道真的故事說「為了忠義她們會毅然決然，毫不躊躇地捨棄她們的兒子」[11]可見兩人看重的是這個事件中的忠義精神。

其實仔細比對，兩劇在歷史原型的選擇、情節的戲劇化改造、人物角色的設置，以及悲劇美感的呈現都異曲同工。但在主題的展現上仍有微妙的差異。本文擬從歷史人物、事件的戲劇性轉化入手，探索兩劇的相似性，剖析造成這種現象的原因，並進一步比較兩劇在道德理想與價值取向方面所體現的文化差異。

一、從史實到戲曲：趙氏孤兒故事的演變

趙氏家族的事蹟，始見於《春秋》，其中有關於趙氏家族被誅族的記載。戰國中期左丘明在《左傳》中的補充，豐富了《春秋》中關於趙氏家族的史料，客觀地記述了「趙盾弒君」的史實，並載明趙家被害其實與莊姬有關，如〈成公四年〉「晉趙嬰通於趙莊姬」[12]等。《左傳》敘述的史實是：文公六年（西元前621），趙衰之子趙盾被立為晉國正卿。晉襄公卒，為立嗣，趙盾與狐射姑爭執，趙盾逐狐射姑。趙盾可以肆意驅逐晉之大臣，足見趙黨勢力龐

---

[8] 新渡戶稻造著、張俊彥譯《武士道》，商務印書館，1993年，頁15。
[9] 梁啟超〈中國之武士道〉，《飲冰室合集》卷7，中華書局，1989年，頁1。
[10] 同前註，頁16。
[11] 新渡戶稻造著、張俊彥譯《武士道》，商務印書館，1993年，頁54。
[12] 楊伯峻《春秋左傳注》，北京：中華書局，1990年。

大。宣公二年（西元前607），晉靈公要殺趙盾，九月趙盾出逃。九月二十六日其族弟趙穿在桃園殺了晉靈公。趙盾還未走出國界，聽到靈公被殺便返回晉都，繼續執政。晉國太史董狐以「趙盾弒其君」記載此事，並宣示於朝臣，以示筆伐。趙盾辯解，說是趙穿所殺，不是他的罪。董狐申明理由說：「子為正卿，亡不越境，反不討賊，非子而誰？」作為執政大臣，在逃亡未過國境時，原有的君臣之義就沒有斷絕，回到朝中，就應當討伐亂臣，不討賊就未盡到職責，趙穿弒晉靈公，身為正卿的趙盾沒有管，趙盾應負責任，因此「弒君」是名實相符，這是按寫史之筆法決定的。當時記事的筆法依禮制定，禮的核心在於維護君臣大義，趙盾不討伐弒君亂臣，失了君臣大義，故董狐定之以弒君之罪。

　　成公四年（西元前587），趙盾之子趙朔死後，其妻趙莊姬與趙嬰（按：趙嬰齊，趙盾四弟）私通。趙嬰是趙衰之子，與趙同、趙括是同母兄弟，與趙朔父趙盾是異母兄弟（《左傳》僖公二十四年），「趙嬰通於趙莊姬」，這是夫叔與侄媳通姦，屬於亂倫行為。成公五年春（西元前586），趙同、趙括把趙嬰放逐到齊國。成公八年，失去情人的趙莊姬因趙嬰被趙氏宗族放逐而怨恨趙同、趙括，向晉景公誣陷說：「趙同、趙括將作亂。」晉國的公卿大夫因趙盾專權多對趙家不滿，故大多保持中立。六月，晉國討伐趙同、趙括。趙武跟隨莊姬寄住在晉景公宮裡。後來，韓厥對晉景公說：「趙氏家族的趙衰、趙盾、趙朔都對國家忠誠有功，但他們卻無後人祭祀，做好事的人就要害怕了。」於是就立趙武為趙氏後祀，歸還趙氏田地。趙氏家族才得以復興。[13]

---

[13] 張起〈《趙氏孤兒》文本流傳及主題流變〉，《安陽師範學院學報》，2011年，頁53-58。

司馬遷《史記》中「趙氏孤兒」的故事更加詳盡豐富。據《史記‧趙世家》所記，晉景公三年（西元前597），時任司寇的權臣屠岸賈追論趙盾不討賊的「弒君罪」，發難攻趙氏族，殺趙朔、趙同、趙括、趙嬰齊，滅其族。唯有趙朔的遺腹子在趙氏門客程嬰和公孫杵臼的幫助下倖免於難。這個遺腹子就是「趙氏孤兒」趙武。為救孤兒，程嬰與公孫杵臼定計，找來一個嬰兒，假冒「孤兒」，由公孫杵臼攜帶藏於山中。程嬰出面告發後，屠岸賈殺死公孫杵臼與假孤兒。15年後，程嬰將孤兒撫養長大，並告知其身世。在晉景公和韓厥的支持下，趙武率軍攻打屠岸賈，滅其族。程嬰卻在實現了趙氏孤兒大報仇的夙願後，毅然自殺，履行他生前的承諾，到地下去見公孫杵臼。[14]與《左傳》相比，《史記》版「趙氏孤兒」更具藝術性和文學性。

元雜劇《趙氏孤兒》全名《冤報冤趙氏孤兒》，又名《趙氏孤兒大報仇》。紀君祥從《左傳》、《國語》、《史記》等史籍取材，基本上沿用了《史記‧趙世家》中的相關記載，並進行了戲劇性的加工和潤色。例如，在設定人物身份時，將《史記》中原為趙朔友人的「程嬰」改為供職於趙家的草澤醫生。韓厥則被改為屠岸賈手下把守宮門的將官，出於正義放走趙氏孤兒並自殺。在故事情節設定上，《史記》中的程嬰和公孫杵臼只是弄來別家的嬰兒做替身，元雜劇《趙氏孤兒》中的程嬰捨生取義，用自己的兒子替換了孤兒。而且，程嬰也沒有帶著孤兒藏匿山中，而是忍辱負重投奔屠岸賈門下，孤兒還被屠岸賈收為義子。這些改編使戲劇衝突更為強烈，也更富戲劇效果。之後的明刊本元雜劇則更加完善，結尾處還

---

[14] 張西豔〈《趙氏孤兒》在日本的流布與演變〉，《西安文理學院學報（社會科學版）》第17卷第2期，2014年4月，頁27-30。

追加了晉悼公處死屠岸賈、為趙家雪冤等情節。後來，在元雜劇的基礎上，《趙氏孤兒》又被改編為京劇、潮劇、秦腔、豫劇、越劇等劇碼。明代徐元根據《趙氏孤兒》的宋元南戲劇本創作了傳奇劇本《八義記》，清代則被改為梆子劇碼。20世紀50年代，著名劇作家馬健翎根據秦腔傳統劇碼《八義圖》改編成經典劇碼《趙氏孤兒》，充分突出了秦腔的藝術特徵。1960年，劇作家王雁參照馬健翎版秦腔《趙氏孤兒》，在京劇《搜孤救孤》的基礎上，改編成京劇《趙氏孤兒》。加上北京京劇團馬連良、譚富英、張君秋、裘盛戎四大頭牌的合力打造，創造了一部戲曲界的絕世精品。[15]《趙氏孤兒》這一悲愴的歷史故事，被稱為中國文學史上的《哈姆雷特》，也被改編為小說、話劇、電影等作品。2003年4月，北京人民藝術劇院著名導演林兆華和國家話劇院導演田沁鑫幾乎同時推出同名話劇《趙氏孤兒》，同時參加「首屆北京國際戲劇季」，創造了兩台同一題材、同名的話劇同時在京城上演的紀錄。[16]2010年12月由陳凱歌導演的電影《趙氏孤兒》曾引起轟動。繼《趙氏孤兒》在2003年被改編成話劇之後，2011年6月，著名編劇鄒靜之、作曲家雷蕾這對「黃金搭檔」再度聯手，將原創歌劇《趙氏孤兒》搬上國家大劇院的舞臺。王國維在《宋元戲曲考》中，把《趙氏孤兒》與《竇娥冤》並列，稱之為「即列之於世界大悲劇中，亦無愧色也」。[17]而《趙氏孤兒》也是中國第一部被翻譯成外文的劇作。

---

[15] 〈形形色色「趙氏孤兒」〉，中國文化報，2010年12月21日。

[16] 李析靜等〈兩版《趙氏孤兒》的觀後感〉，《中央戲劇學院學報》，2004年，頁54-65。

[17] 王國維《王國維文集（第一卷）》，北京：中國文史出版社，1997年，頁417。

二、由詩人到神明：菅原道真故事的轉化

菅原道真（845年8月1日－903年3月26日），出生於承和12年陰曆6月25日（845年8月1日），卒於延喜3年陰曆2月25日（903年3月26日）。是日本平安時代的學者、詩人、政治家。道真出生於世家，年幼時即長於詩歌。自曾祖父起，祖上三代都是文章博士。他也繼承父祖之業，經文章博士，歷任翰林學士承旨、遣唐大使（未成行）、權大納言等，累官至右丞相。繼吉備真備（693-775）之後，成為日本歷史上第二位文人出身的高居從二品的廷臣。但由於道真出身學儒，政治上沒有強勢家族作靠山，所以儘管他對朝廷忠貞不二、忠於職責、對百姓仁慈，仍免不了遭受排擠和打擊，先後兩次貶謫邊塞，最後死於流放地—九州的太宰府。

道真一生的著述很多，主要有詩集《菅家文草》12卷（前6卷為詩，計486首；後6卷收文章170篇），晚年詩集《菅家後草》有詩39首。另著有《類聚國史》、《菅家遺訓》，參與編修了日本國史《三代實錄》等。道真還是位優秀的歌人，其和歌散見於《古今集》、《後選集》、《拾遺集》、《新古今集》等敕撰和歌集裡。道真對社會的貢獻是多方面的。他不僅是一位偉大的詩歌創作者、出色的政治家，還是一名熱心於教育的教育家。他悉心管理私塾，熱情教授學生，即使貶謫贊岐（亦稱讚州，今四國香川縣），也不忘辦學，並親自祭孔授徒。在其努力下，菅氏家學「門徒數百，盈滿朝野」（《菅家傳》）。道真做過侍讀，曾任國子監祭酒，其教育之功彪炳千秋，所以日人景仰其嘉言懿德，尊其為亞聖、問學之神、教育之祖，並立廟祭祀，奉之為「天滿天神」。如今祭祀道真的天滿宮遍布日本各地，全國多達兩萬餘座，在日本的古今聖賢中

無人能出其右。[18]

　　然而，菅原道真之所以從詩人變成神明，與他被貶謫流放的冤屈不無關聯。在其左遷之後，就常有一些神奇的傳聞，多少滿足了大家對他的遭遇同情、彌補的期待。

　　菅原道真能力卓越、才華出眾而深受天皇的寵愛，但施政才能略勝一籌的外戚藤原時平心存不滿和嫉妒，製造讒言陷害菅原道真，菅原道真因此被發配到遠離京城的九州大宰府。菅原道真在大宰府含冤去世後，民間流傳著有關他的各種所謂的「神威」。第一，菅原道真去世後，其靈魂散發出無比神奇的威力，世人稱之為「神威」，這種「神威」導致北野一帶地方突然之間長出了松樹。

　　第二，祭祀菅原道真的地方叫做安樂寺，它位於築紫地區，與別處不同的是，寺院的住持由朝廷直接任命。此處的皇居曾經失火，常常需要整修。到了圓融天皇時代，皇宮裡的巧匠精心刨制好木板，再鋪裝到屋頂內側，完工後便退出皇宮。意外的是，工匠次日來到皇宮時，發現前日剛鋪裝的木板背後出現黑色印跡，於是登梯查看，原來是夜裡蟲子叮食木板後殘留的痕跡。然而木板上的痕跡形成了文字模樣，仔細研讀，原來這段文字其實為一首完整的和歌，意思是：「縱使幾度修繕，亦會照樣失火。鋪設於屋檁上的一塊塊木板，亦難做到相互間毫無縫隙」。

　　第三，「天神」菅原道真作為觀音菩薩的化身，為維護朝廷王法而與勢力強大的藤原家族展開鬥爭，但最後卻以失敗告終。雖然菅原道真被流放後死於大宰府，但因為「天神」菅原道真之靈怨施法於藤原時平，以至藤原時平對菅原道真的怨靈不敢有絲毫懈怠，

---

[18] 高文漢〈論平安詩人菅原道真〉，《日語學習與研究》，2002年第4期，頁61-67。

便請求淨藏保佑自己。藤原時平無法抵禦佛法之威嚴，恰好淨藏之父為時任宰相清行存日，因而藤原時平就吩咐宰相讓其子去求僧托宣拯救自己，但淨藏亦深感恐懼而推辭，不久藤原時平因此離世。

《菅原傳授手習鑒》是日本淨琉璃、歌舞伎的歷史劇，由竹田出雲（1691-1756，大阪人）、並目千柳、三好松洛、竹田小出雲等人共同創作，原為人偶淨琉璃劇，[19] 1746年8月首演，首演後次月，稍加改編，旋即以歌舞伎的面目再次亮相，是與《假名手本忠臣藏》、《義經千本櫻》齊名的日本三大淨琉璃歌舞伎之一。該劇即是以菅原道真為原型，以圍繞菅原道真的傳說和民間逸聞為基礎，講述了菅原道真因政治對手的讒言被流放後，家臣們為保護其幼子不惜付出生命和親生骨肉的故事。全劇共分五段，初段介紹右大臣菅原道真因與左大臣藤原時平的對立遭讒言被流放後，曾跟隨菅丞相學過書道密法的武部源藏夫婦攜菅原道真的兒子菅秀才逃走。第二段描述菅原道真在流放途中遭人陷害並奇蹟似的脫險。第三段敘述了孿生三兄弟的苦衷。作為菅丞相家臣的梅王丸和櫻王丸在突襲藤原時平時，遭到另一名兄弟松王丸的阻擋，因為松王丸是藤原時平的家臣。松王丸為效忠主人與父親斷絕關係。櫻王丸將菅丞相被流放的罪責歸於自己而剖腹自殺。第四段描繪松王丸為了正義，不惜將自己的兒子小太郎送進菅秀才藏匿的私塾，作為菅秀才的替身被砍頭。其妻千代還為救菅丞相的夫人化裝成隱居山中的人。最後一段演繹了菅原道真化為雷神平反冤屈、伸張正義的傳說。[20]

---

[19] 人偶淨琉璃是指人偶與淨琉璃（用三弦琴伴唱的日本說唱曲藝）兩種藝術的結合。

[20] 張西豔〈《趙氏孤兒》在日本的流布與演變〉，《西安文理學院學報（社

三、《菅原傳授手習鑑》與《趙氏孤兒》的比較

　　《趙氏孤兒》與《菅原傳授手習鑑》都以著名歷史人物的不幸遭遇為基本素材。前者圍繞趙盾家族的災難展開，後者以菅原道真遭迫害為出發點。日本的淨琉璃歌舞伎與中國的元雜劇雖是兩種截然不同的戲劇模式，但《菅原傳授手習鑑》與元雜劇《趙氏孤兒》在故事情節、形式結構和主題思想等方面有諸多相似之處。中國當代日本古典文學研究專家劉德潤在《日本古典文學賞析》一書中曾提到：「《菅原傳授手習鑑》與我國的京劇《趙氏孤兒》有很多相似之處。」、「都是部下為蒙冤的主公盡忠，捨命捨子為主公保留一條根苗去復仇的故事。兩者都是歌頌封建義俠肝膽的戲劇作品。」[21] 尤其是《菅原傳授手習鑑》第四段與《趙氏孤兒》中的第三折，在表達出場人物的複雜心理和悲痛程度等方面，無論故事背景、情節氛圍還是矛盾衝突，兩場精華戲簡直如出一轍。儘管沒有證據證明竹田出雲等人在創作《菅原傳授手習鑑》時借鑒了元雜劇《趙氏孤兒》的故事原型，但兩部戲劇如此相似也十分微妙。

（一）兒女是獲罪與復仇的關鍵

　　關於趙朔之子、趙盾之孫的敘述最早見於《左傳》和《國語》，但都未提及孤兒身份及復仇事宜。自《史記》起，才開始強調其作為趙家遺孤，如何在門客的佑護下保全了性命，長大復仇。當紀君祥將歷史故事戲劇化後，演繹了義士們如何營救孤兒，還安

　　會科學版）》第17卷第2期，2014年4月，頁27-30。
[21] 劉德潤《日本古典文學賞析》，北京：外語教學與研究出版社，2003年，頁227-228。

排家族仇人屠岸賈成為其義父，撫養其長大，傳授他武功，不僅對孤兒寵愛有加，孤兒也對義父滿懷崇敬。亞里斯多德在《詩學》中說：「悲劇中的兩個最能打動人心的成分是屬於情節的部分，即突轉和發現」[22]所謂突轉是「指行動的發展從一個方向轉向相反的方向，即使置身於順達之境或敗逆之境中的人物認識到對方原來是自己的親人或仇敵」，所謂發現是「指從不知到知的轉變」、「最佳的發現與突轉同時發生」。[23]所以趙氏孤兒得知義父是殺父仇人後的內心衝突與轉折，正是戲劇最引人入勝之處，此亦呼應第一節所說：王國維在《宋元戲曲考》中，把《趙氏孤兒》與《竇娥冤》並列，稱之為「即列之於世界大悲劇中，亦無愧色也」。

　　《菅原傳授手習鑑》的劇作者們同樣拿「兒子」來做戲。歷史上的菅原道真子女共23人；在他被流放之際，其中的四個成年兒子被發配到四處，最小的一雙兒女與他隨行。[24]然而經過劇作家的改編，菅原眾多的子女只剩兩個：親生兒子秀奇是尚未成年的學齡少兒，收養的女兒則與齊世王子戀愛，兩人的私密幽會成為敵人誣陷菅原蓄意謀反的把柄。巧合的是：兩部戲劇不約而同都將衝突的重心置於保全遺孤或獨子這件事上。為了使這情節成為核心衝突與關鍵，就安排了一些大智大勇、忠心耿耿、捨生取義的英雄，不僅是擔當孩子的保護神，而且凸顯忠義為本的主題、價值。

（二）門下客或家臣承當忠義實踐者

　　在《趙氏孤兒》裡主要的護佑者為程嬰、公孫杵臼與韓厥。

22　亞里斯多德《詩學》，北京：商務印書館，2003年，頁64。
23　同前註，頁89。
24　同前註，頁64。

前兩人在《左傳》、《國語》這些較早的歷史文獻中並未提及，在《史記》裡才首次出現。《史記》裡程嬰是趙朔的朋友、公孫杵臼為趙家門客。兩人共商大計，弄來別家嬰兒做替身，公孫與假孤兒犧牲，程嬰將真孤兒藏匿山中養大。韓厥不僅是朝廷重臣，又是趙家密友，他通風報信，助朔出逃，承諾保孤，最後在恢復趙家名聲上起了關鍵作用。可見《史記》的敘述已具備初步的戲劇性。在改編成元雜劇時，紀君祥對這三個人物的身份作了進一步調整：程嬰乃供職於趙家的草澤醫生，公孫是不滿屠賊行徑、罷官歸田的老臣，韓厥為屠岸賈麾下將軍，受命把守宮門。三人的命運也發生巨大變化：程嬰答應公主保全孤兒，在護孤出宮時遇韓厥阻攔。經過一番折衝，韓厥被說服，並心甘情願地自殺，好讓程嬰放心離去。為徹底斬草除根，屠賊下令緝拿全國嬰兒。危急關頭程嬰決意用自己剛生下的獨苗替換孤兒。公孫則凜然背起匿孤的「罪名」。屠賊令程嬰親手拷打公孫，隨後假孤被搜出，公孫怕程嬰抵擋不住露出破綻，毅然撞階而死，確保了救孤計劃的萬無一失。出於感激與保護，屠賊將程嬰收為門客，將真孤兒認為義子，收養於自己府中。這使得孤兒獲得優越的成長環境，並被屠岸賈傳授武藝，反而成為日後報仇的利器。

　　至於《菅原傳授手習鑑》，在創作時，恰好大阪一戶人家降生了三胞胎，引起轟動。為了吸引觀眾，編劇組將三胞胎兄弟的素材引入劇本，增添了戲劇性效果。三兄弟的父親四郎太夫是菅原道真的家臣。他們一出生就蒙受菅原的庇護。菅原用自己最喜愛的樹木松、梅、櫻為其命名，三人分別就叫：松雄、梅夫和櫻男（即松王丸、梅王丸、櫻王丸）。父親退休後，梅夫接班，繼任菅原的貼身隨從，而松雄和櫻男則分別效力於藤原時平和齊世王子。這一安

排為後來的悲劇衝突埋下了伏筆。櫻男安排齊世王子與菅原女兒幽會，不想給菅原惹來流放之禍，主人流亡，梅夫和櫻男淪為浪人；松雄身為藤原的家臣，一方面要恪盡職守，另一方面又被家人視為叛徒，難以忠孝兩全。三人都被痛苦所折磨。出於強烈的自責，櫻男剖腹自殺。這使松雄猛醒到自己的不是。菅原的得意門生源藏因與侍女相戀而遭驅逐。老師蒙難後，源藏恐其獨苗秀奇遭遇不測，託梅夫將其帶出府第，自己將他帶回鄉下，以兒子的身份予以保護。心狠手辣的藤原擔心秀奇長大後為父報仇，決計斬草除根，以絕後患。關鍵時刻，松雄以自己親兒的死亡保全秀奇的生命。後來秀奇在梅夫的協助下終於殺死藤原。在這部劇裡，松雄、梅夫和源藏先後承擔起拯救、保護、撫養菅原獨苗的任務，並幫助其完成為父報仇的使命。他們與《趙氏孤兒》裡程嬰、韓厥、公孫杵臼所扮演的角色相互照映，不僅在戲裡推動了情節發展，在戲外也成為廣為傳頌的英雄。

（三）《趙氏孤兒》第三折與《菅原傳授手習鑒》第四幕之比較

前言提及日本曲學家青木正兒在《元人雜劇概說》提及：「像第三折程嬰用親生子做替身的那一場，淒惻動人，與日本《菅原傳授手習鑑》兒童私塾之場同趣。」我們就來看看這兩折的比較。這兩場戲都以被衛隊嚴密封鎖的小村莊為背景：一個是公孫杵臼隱居的太平莊，一個是源藏執教的芹生村。為了徹底斬草除根，反面人物都假借聖旨，搜查、滅絕忠臣遺子。兩齣戲都營造了緊張氛圍、千鈞一髮的場面。狡猾的屠岸賈令程嬰拷打公孫，在程嬰取棍時，又頻頻質疑：細也不成，粗也不對。對年逾七旬的老公孫來說，程嬰的拷打是對他肉體與心靈的煎熬考驗，在極度疼痛與迷亂間，他

脫口而出「俺二人商議要救這小兒曹」，本來就「唬得腿肚兒搖」的程嬰更是嚇壞了。再看《菅原傳授手習鑑》一劇，當孩子被斬，松雄即將查驗人頭時，不明真相的源藏手握劍柄，準備一旦松雄矢口否認就立刻出擊。而松雄心裡也七上八下：「盒蓋揭開後，將會是誰的頭顱？秀奇，還是自己的兒子？」無論哪種情況都是他不願見到的。另外這兩場戲都巧妙展現了角色複雜細膩的心理掙扎，刻畫出劇中人送親骨肉替死、目睹其慘遭屠戮時的極度痛苦。當程嬰的親兒被當成孤兒搜出後，兇殘的屠賊連刺三劍，將嬰兒殺死。劇作家通過公孫杵臼的眼光揭示出程嬰此時的心態：「心似熱油澆，淚珠兒不敢對人拋。」[25]松雄的妻子送兒子孝太郎來到村塾，明知是送兒赴黃泉，卻還要裝出興高彩烈的樣子。離開後卻又突然回來找扇子，其實扇子就好端端地握在自己手中。懂事的小孩怕母親難過，只是靜靜而坐，不敢用目光去看她。當孩子被帶進內室砍頭時，他平靜地接受了死亡。行刑時發出的聲響傳到屋外，松雄難以自抑地抽搐起來，緊接著又盡力控制住自己。這一切都通過肢體和行動來表現，雖然沒有隻言片語，但人物內心如刀絞般的痛楚卻昭然若揭。而且，不只是松雄夫婦將兒子小太郎作為菅秀才的替身送去砍頭，連幼小的小太郎本人在知道自己將要作為替身被砍頭時，竟然毫不畏懼，這些顯然都是日本武士道精神的體現。這兩場戲分別是兩劇的精華與亮點，也是全劇矛盾衝突發展的極致。《菅原傳授手習鑑》一劇的第四幕原本在淨琉璃劇本中並不存在，改編成歌舞伎時由竹田小出雲添加而成。這最後的增補卻成為神來之筆，不

---

[25] 以上引文均出自紀君祥《趙氏孤兒大報仇雜劇》，臧晉叔《元曲選》（第四冊），北京：中華書局，1958年，頁1488-1489。

僅歷來深受日本觀眾青睞，還被譯介到國外。[26]而《趙氏孤兒》更是早早被譯介到國外，擁有多種西方語言改編本。韓厥將軍刎頸自殺體現了悲壯感，老臣公孫撞階自盡迸發了的是慘烈感，還有浪人櫻男的剖腹自盡、孩童孝太郎的從容赴死，這是小人物為了實現忠孝大義，燃燒生命所綻放的火花，正應驗了日本俗語「花是櫻花，人是武士」。

（四）剛與柔的悲劇意識與陰陽報償

《菅原傳授手習鑒》一劇，作者力圖把情感的力量消解到冷若冰霜的程度，例如用近乎白描的手法勾畫出一幅「父驗子首級」的畫面。沒有渲染，沒有一絲波瀾，字裡行間亦感受不到一絲溫情。這種平靜滲透出的是一種浸入骨髓的冰冷，是一種欲哭無淚的悲涼，讓人覺得沉悶與壓抑。當悲情對人的衝擊力和震撼力大到空前。這種純粹徹底的悲劇精神，便滲透到整個民族的血液裡，孕育出了以武士道精神面對死亡和毀滅時的冷靜、決絕，這就是日本民族獨特的「剛」的悲劇意識。

而中國文化的核心和理想是「和」，以此為基礎形成的中國文化的氣質則為柔與韌性，[27]這在中國的悲劇中有著充分的體現。中國的悲劇重視對「悲情」、「苦境」的渲染，「草木為之含悲，

---

[26] 先是弗洛侖茲教授將它譯成法語，後來劇作家約翰・梅斯菲爾德又將它譯成英語，命名為《松樹》，於1920至1921年間在隸屬於加拿大多倫多大學的哈特劇院上演。以上資料轉引自王燕〈中日戲劇的雙璧：《趙氏孤兒》與《菅原傳授手習鑒》〉，中央戲劇學院學報《戲劇》2006年第2期，頁35-36。

[27] 張法《中國文化與悲劇意識》，北京：中國人民大學出版社，1989年，頁10。

風雲因而變色」，可謂感天動地。《趙氏孤兒》中，程嬰見自己的幼子被斬，「做驚疼科」，隨即有「呀，見孩兒臥血泊，那個哭哭號號，這個怨怨焦焦，連我也戰戰搖搖」的感歎與吶喊。這些對悲情的描寫，對苦境的營造，把悲劇推向最高潮，觀者的悲情在淚水中得到自然的釋放，悲傷的情感找到了依託與共鳴，而在這一過程中，悲劇意識自身愈漸弱化，完成了向柔性文化的轉化，這也正是中國悲劇意識的特色所在。

《趙氏孤兒》最後一折，新主明君晉悼公主持公道，屠賊被處以木驢極刑，趙家的名譽地位得到恢復，韓厥的後人獲得補償，公孫得以立碑修墓，程嬰也獲得十頃良田的犒賞。《菅原傳授手習鑒》劇終，梅夫向奄奄一息的菅原報告其妻子兒女已平安團聚。菅原死後化為鬼魂與櫻男的幽靈一道騷擾藤原時平。秀奇與姐姐在梅夫的協助下最終殺死了藤原。天皇也派人重新審理菅原的案子，昭雪他的冤屈，恢復他的清名。

四、小結

「趙氏孤兒」的故事歷經《左傳》、《史記》、《新序》、《說苑》等歷史典籍的演變和發展，至元雜劇《趙氏孤兒》才基本定型。雖然日本沒有關於「趙氏孤兒」的故事何時傳入的確切記錄，但中國的「趙氏孤兒」故事在演變的同時，也隨著這些歷史典籍一起傳入日本。早在西元5世紀，漢籍就開始傳入日本。雖然不清楚《史記》傳入日本的確切時間，但聖德太子（574-622）在604年制定的《憲法十七條》中就將《史記》列為典據之一。[28]此後，

---

[28] 岡田正之《近江奈良朝的漢文學》，日本養德社，1946年，頁26。

《史記》在日本被廣泛閱讀和引用。例如，紫式部在《源氏物語》中曾引用漢詩文152處，其中14處都是出自《史記》。[29]除《史記》之外，《左傳》、《新序》、《說苑》等包含趙氏家族事蹟的古典文籍都陸續傳入日本。成書於12世紀後半期的日本和歌故事集《唐物語》一共由27個短故事構成，其中第20個故事就以「杵臼・程嬰」命名。成書於1373年左右的日本軍紀物語《太平記》引用了諸多《史記》的內容，其中第18卷中就有關於「程嬰・杵臼」的故事。[30]自日本鐮倉時代初期開始編寫至南北朝初期完成的軍事紀實小說《曾我物語》第一卷中便詳細敘述了「杵臼・程嬰」的故事。明末清初時，中國戲曲和白話小說大量傳入日本，越來越多的日本人開始瞭解甚至研究中國戲曲，元雜劇《趙氏孤兒》也在其中。由這些依據可以推斷，1748年才演出的日本淨琉璃劇《菅原傳授手習鑒》顯然是受到了中國「趙氏孤兒」題材的影響。

除了兩種戲劇形式的截然不同之外，《菅原傳授手習鑒》和中國的《趙氏孤兒》還有很多不同之處。例如，《菅原傳授手習鑒》中描述菅原道真最後化身為雷神，完全是受到日本有關菅原道真的傳說尤其是近松左衛門所作《天神記》的影響。另外，在設定出場人物角色和人物形象及其命運等方面，竹田出雲等人在創作中都進行了大量的改編和調整，融入了大量的日本元素和著者的思想。總之，日本淨琉璃歌舞伎《菅原傳授手習鑒》在很大程度上借鑒了中國「趙氏孤兒」故事的題材，吸收了中日兩國中有關「趙氏孤兒」歷史典籍的精華，並受到日本本土文化的影響。

---

[29] 嚴紹璗《中西進日中文化交流史叢書・文學卷》，日本大修館出版社，1995年，頁207。

[30] 川瀨一馬《足利學校的研究》，日本講談社，1974年，頁32。

第七章

結語

對戲劇研究而言，圖片與影像是不可或缺的輔助，這不僅是單純做為視覺與聽覺的刺激，而是關涉到「戲劇」此一「文本」的藝術性格。蓋藝術含有多重論述或多重符號系統，這些都與文化史或藝術史有所牽連，若仔細探究此「文本中的文本」所隱含的意義，將會產生各種不同的文化詮釋。羅蘭巴特（Roland Barthes，1915~1980）曾這樣形容藝術品的特性：「一個多度空間，由各種非原創性的文字交織、撞擊、融合」，又說「文本是各種同時期與非同時期的引文、文化語言、典故、迴響的交織，是如同立體音響（stereophony）的組成」，而戲劇做為一種綜合藝術，其影像與文字所產生的「互文」（intertextuality）作用更加值得關注。

　　以「紀實與虛構：台灣傳統戲曲的小說與影像書寫」這個單元來看，《行過洛津》是寫清嘉慶年間，洛津（即鹿港）這個漢移民社會的形成及其興衰浮沉，且為作者「台灣三部曲」的第一部；《戲金戲土》則是將台灣電影發展史跳脫史料格局，以小說的方式呈現，且時間的跨度甚大，從野台戲的衰落到新浪潮電影的興起，展現了廣博的企圖心。兩書的共同特色是：作者耗費相當多的史料考證功夫，以從事戲曲工作的小人物出發，試圖用歷史小說的框架，建構台灣的庶民生活風貌；內容實多於虛，從社會底層發出聲音，向大歷史召喚。由於它們是在同一個年度及月份出版，格外引人注目。

　　《行過洛津》和《戲金戲土》兩本小說，由於有明確的時代背景，內容又都圍繞在戲曲演員及娛樂事業的經營者身上，因而成為台灣戲劇史、台灣文化史、鹿港發展史的最佳輔助資料；有趣的是，當小說大量藉助地方史料以豐富內涵或作為書寫策略時，相反的亦可成為這些地方史料活化的典範。

至於動態影像原就具有模擬現實世界的特性，人們也可以用自己對周遭環境的認知經驗加以對應，如同廖金鳳《消逝的影像——台語片的電影再現與文化認同》中所言，電影雖然藉由技巧試圖表現一個連續時空的假象，但觀眾總能將電影中零散斷裂的時空彌補整合，建構一個由因果關係串聯事件的完整故事。然而正因為如此，在灌輸「台灣傳統戲曲」的認知上，便有了許多詮釋空間；當台灣戲劇史料和動態影像發生多重向度的混合與碰撞，自然會產生互文作用，進而交織成多元的文化觀。

　　「人生如戲，戲如人生」，這句話看似簡單，揭示了人生捉摸不定、無法一眼看穿結局的戲劇性，然而過程中往往是血淚交織，甚或投注一輩子。尤其當命運又與家族戲班相聯繫，更是牽一髮而動全身。現今社會及環境中，家族戲班的存活十分艱辛，第三章提及的兩部截然不同類型的影片《龍飛鳳舞》與《盂蘭神功》，正好是「樂觀」與「憂心」兩個面向的縮影。至於「替身」這個概念，在這兩部片子中可謂發揮到了極致，借用亞陶的說法，劇場表現人生，但也因之成為真正的人生經驗。亞陶認為，劇場的經驗將使我們意識到生活的真實性，所以他將生前最重要的著作書名取為《劇場及其替身》（法文初版Le Théâtre et son Double，繁體中文版翻成《劇場及其複象》）。一個戲班演員，在戲臺上的扮演他人的時間比戲台下的時間還要來的長，這樣的生活形式，何嘗不是一種「替身人生」？無論是諧擬也好，反諷也罷，影像敘事中的戲班文化既是活生生的存在，也是血淋淋的暗示。

　　2015年5月，侯孝賢以《刺客聶隱娘》獲得68屆坎城影展最佳導演獎，唐傳奇〈聶隱娘〉便引發了大眾的關注。明清時期，戲曲常常取材自唐傳奇作品，包括愛情類的〈鶯鶯傳〉、〈李娃傳〉、

〈霍小玉傳〉；歷史類的〈長恨歌傳〉；俠義類的〈虯髯客傳〉、〈紅線傳〉、〈紅綃傳〉、〈聶隱娘〉等，其中〈聶隱娘〉曾被明人呂天成改編成《神鏡記》傳奇、被清代尤侗改編成《黑白衛》雜劇，而1925年金仲蓀亦為程硯秋良身打造了京劇《聶隱娘》。這些戲曲作品，縱然在串編手法、人物設定、身段招式等方面多有新意，但卻在劇壇曇花一現，甚或淪為案頭劇，未引起太大的注意。反而從第五章第二節「電影《刺客聶隱娘》的故事演變與生命情境」的分析中，進一步審視了聶隱娘的人格特質，對於她本身的遭遇經歷、人格發展以及被賦予刺客身分的意涵，做了更深層的論述。從唐傳奇到京劇，聶隱娘已從平面的故事中人，變成舞台上魅力無窮的女俠，隨著電影《刺客聶隱娘》的上演，可知她依舊吸引著創作者的目光，運用不同的藝術形式，詮釋得更加鮮活多姿。2016年，臺灣戲曲中心【創意競演】入選了辜公亮文教基金會製作之小劇場京劇《聶隱娘》，由朱絜儂編劇、兆欣×台北新劇團主演。[1]試著從傳奇故事凝煉出一嘯劍氣，解離生命鏈結中「殺與被殺」的主從權力。由是呈現刺客在殺人的瞬間，有多少心念纏繞；在刀光劍影中，試煉人生。最後，又該如何回首自我，面對那最難以隱忍的平靜與寂寞？該劇的創作發想，即來自電影《刺客聶隱娘》得獎之後，學習程派的兆欣，追想京劇只有在1930年代，程硯秋曾編演過，可惜不久即失傳。面對僅留的幾幀劇照中程硯秋靜謐絕冷的姿態，決定重新創作演繹。可見電影的拍攝，對戲曲重拾失

---

[1] 該劇由沈惠如任編劇顧問，導／演：兆欣。編劇：朱絜儂。演員：李兆雲、李青鋒、蔡岳勳、李侑軒（依出場序）。古琴：陳昌靖。打擊：梁瓊文。技術總監、燈光設計：黃國鋒。服裝設計：林玉媛。題字：張至廷。2017赴北京參與第四屆當代戲曲小劇場節演出。

傳舊劇，並再度編演，是有一定的刺激的。

　　透過電影，我們常看到異國文化對同一個觀念的不同詮釋角度，而戲劇作為文化交融的媒介，也正可呼應此一現象。誠如第六章中，因著日本曲學家青木正兒在《元人雜劇概說》評論《趙氏孤兒》時曾簡要提及：「像第三折程嬰用親生子做替身的那一場，淒惻動人，與日本《菅原傳授手習鑑》兒童私塾之場同趣。」以及梁啟超的《中國之武士道》（1904）與新渡戶稻造的《武士道》（1899）兩部作品中都列舉了程嬰、公孫杵臼和菅原道真的故事。於是從「武士道」電影切入，從而瞭解了青木正兒是從戲曲情節的角度，對兩者皆有類似情節做了聯想，而梁啟超與新渡戶稻造，則從武士道的精神來看待這兩個故事。武士道雖是日語詞彙，但梁啟超「以其名雅馴，且含義甚淵浩」借來闡述中國春秋戰國時期的尚武精神。以致梁啟超與新渡戶稻造兩人在探討武士道的兩部作品中都列舉了凸顯忠義思想且情節相似的「程嬰、公孫杵臼」和「菅原道真」的故事，梁啟超讚美「程嬰、杵臼之義，古今稱之」，新渡戶稻造評價菅原道真的故事說「為了忠義她們會毅然決然，毫不躊躇地捨棄她們的兒子」可見兩人看重的是這個事件中的忠義精神。透過分析比對，更加明確的看出日本淨琉璃歌舞伎《菅原傳授手習鑒》在很大程度上借鑒了中國「趙氏孤兒」故事的題材，吸收了中日兩國中有關「趙氏孤兒」歷史典籍的精華，並受到日本本土文化的影響。

　　總之，本書從戲曲與電影剪不斷的連結中抽絲剝繭，完成了文學、戲曲與電影的融涉與觀照，擴大了戲曲藝術的研究層面，也強化了電影作為文化載體的功能性。

後記

自從認定了戲曲為一生摯愛，研究、教學、創作、娛樂等都離不開她，「愛屋及烏」之餘，戲劇、電影與文學本行，均成了密不可分的生活良伴。授課、書寫以外的時間，常流連在戲院、劇場，別人的觀賞是餘興，我則是要評論、紀錄；別人以為我在享樂，其實緊接而來的評鑑意見才真是傷神，然而，當這些經驗轉化為學術能量，其間的樂趣和成果自是豐沛滿溢。

　　這本書就是如此積累而成。我喜歡觸類旁通，也喜歡跨界整合，所以一旦發現議題，就會興致勃勃沉浸於斯，然後延伸視角，關注不同領域的相關面向。一方甌氍，就像一本動態的書，也宛如一場影像實境秀，任想像馳騁遨遊，然而將這些觀覽經驗轉化為學術論文時，卻因討論跨度較大，往往需費時琢磨，於是許多篇章便在自身的檔案庫中積累沉寂。

　　或許是心境使然，也或許是即將邁入退休倒數年限，忽然有歸納研究成果的想法，起心動念之後，開啟檔案資料庫，又常常陷溺其中，幾經斟酌，終於選定了《甌氍弄影——文學、戲曲和電影的融涉與觀照》這個主題，從心愛的傳統戲曲出發，呈現部分研究心得。由於興趣廣泛，其實也已順便在思索下一部專書了，專書寫作之門既已開啟，在接下來的生涯中，應該會更加充實而忙碌。

　　成書過程中，校對與補缺是最繁瑣的工作，剛完成碩士論文口試的愛徒王彥婷，在畢業至覓職的這段休息空檔，扛起了協助我校稿及查證資料的任務，她細心、專注的個性，及對治學方法的熟稔，真是幫了我大忙，希望認真負責的她，能盡快找到適合的工作，當她主管的人，絕對是幸運的。

另外要謝謝好友台北市立大學中語系郭晉銓老師為本書書名題字，以及國光劇團劉珈后小姐提供劇照，讓本書增添許多美感。也要謝謝秀威及責任編輯人玉，以及匿名審查者。希望這本書，不僅是我個人的學術成果，也能帶給大家些許啟發。

　　　　　　　　　　　　　　　　　　　　　　沈惠如

參考文獻

傳統文獻

南朝宋‧劉敬叔《異苑》，北京：中華書局，1996年。

唐‧段安節《樂府雜錄》，上海：商務印書館，1936年。

唐‧范攄《雲溪友議》，北京：中華書局，1959年。

唐‧崔令欽《教坊記》，瀋陽：遼寧教育出版社，1988年。

宋‧王溥《唐會要》上冊，上海：上海古籍出版社，2006年。

宋‧周南《山房集》，《文淵閣四庫叢書》第1169冊，台北，台灣商務印
書館，1983年。

宋‧蘇軾撰，張志烈、馬德富等主編：《蘇軾全集》冊3，石家莊：河北
人民出版社，2010年。

元‧紀君祥《趙氏孤兒大報仇雜劇》，臧晉叔《元曲選》（第四冊），北
京：中華書局，1958年。

元‧佚名，楊家駱主編《漢鍾離度脫藍采和》，《全元雜劇三編》第五
冊，台北：世界書局，1963年。

元‧佚名撰《宦門子弟立錯身》，《古本戲曲叢刊》初集第2冊，北京，
國家圖書館出版社，1983年。

元‧睢玄明，《詠鼓》，《全元散曲》第一冊，台北：中華書局，1986年。

元‧陶宗儀撰，王雪玲點校《南村輟耕錄》，瀋陽：遼寧教育出版社，
1998年。

明‧陸容《菽園雜記》，上海：上海古籍出版社，1991年。

明‧吳承恩著，李贄評點本《西遊記》，濟南：齊魯書社，1991年。

明‧吳承恩著，李卓吾、黃周星評《西遊記》，山東文藝出版社，1996年。

明‧祁彪佳《遠山堂曲品》，《歷代詩史長編二輯》第6冊，臺北：鼎文
書局，1974年2月初版。

清‧金埴《巾箱說》，北京：中華書局，1982年。

清・黃旛綽《梨園原》（即《明心鑑》），收錄自《中國古典戲曲論著集成》第九冊，北京：中國戲劇出版社，1959年。

清・蜀西樵也《燕臺花事錄》，收錄於周駿富《清代傳記叢刊》藝林類43，台北：文明書局，1985年。

清・藝蘭生《宣南雜俎》，收錄於張次溪編《清代燕都梨園史料》第二冊，台北：台灣學生書局，1965年。

清・藝蘭生《側帽餘譚》，收錄於張次溪《清代燕都梨園史料》第二冊，台北：台灣學生書局，1965年。

清・藝蘭生《評花新譜》，收錄於周駿富《清代傳記叢刊》藝林類39，台北：文明書局，1985年。

清・屈大均《廣東新語》，北京：中華書局，1985年。

清・陳士斌、劉一明評點本《西遊記》，北京：團結出版社，1997年。

清・昭槤《嘯亭雜錄》，何英芳點校，中華書局，1980年。

清・尤侗著，楊旭輝點校《尤侗集》，上海：上海古籍出版社，2015年5月初版。

清・尤侗著，楊旭輝點校《西堂全集》，清康熙二十五年（1686）刻本，收錄於《清代詩文集彙編》第65冊，上海：上海古籍出版社，2010年12月初版。

清・黃燮清《淩波影》，《倚晴樓七種曲》，收錄於《傅惜華藏古典戲曲珍本叢刊》第93-94冊，北京：學苑出版社，2010年。

清・清詒讓撰，王文錦、陳玉霞點校《周禮正義》，北京：中華書局，2000年。

山本常朝述、田代陣基筆錄、李冬君譯《葉隱聞書》卷二〈論武士心性二〉，台北：遠流出版社，2007年。

王國維，姚淦銘、王燕編《王國維文集（第一卷）》，北京：中國文史出版社，1997年。

王夢鷗《唐人小說校釋上冊》，台北市：正中書局，1981年。

夏庭芝著，孫崇濤、徐宏圖箋注《青樓集箋注》，北京：中國戲劇出版社，1990年。

徐坤《尤侗年譜長編》，《古典文獻研究輯刊》第十七編第11冊，臺北：花木蘭文化出版社，2013年9月初版。

徐珂《清稗類抄》，台北：台灣商務印書館，1983年。

曹植《洛神賦》，收錄於南朝梁・蕭統，唐・李善注《文選》，台北：五南圖書出版公司，1991年。

陳士斌《西遊真詮》，北京：中國人民大學出版社，1992年。

新村出《廣辭苑》第五版，岩波書店，1999年版。

新渡戶稻造著，張俊彥譯《武士道》，商務印書館，1993年。

新渡戶稻造著，張俊彥譯《武士道》，台北：笛藤出版社。2008年。

楊伯峻《春秋左傳注》，北京：中華書局，1990年。

趙元度集，王季烈校刊，涵芬樓刻印《孤本元明雜劇》，北京：中國戲劇出版社，1957年。

鄭振鐸〈清代燕都梨園史料序〉，收錄於張次溪《清代燕都梨園史料》第一冊，台北：台灣學生書局，1965年。

近人論著

（一）專書

（美）C.S.霍爾、V.J.諾德貝著、馮川譯《人格心理學入門》，上海：三聯書店，1987年5月。

（美）D.L.卡莫迪著，徐均堯譯《婦女與世界宗教》，成都：四川人民出版社。1989年。

〈導演訪談〉，收錄於陳思齊與陳相因所編之《聶隱娘的前世今生——侯孝賢與他的刺客聶隱娘》第四部分附錄（台北：時報，2016），頁267。

《戲夢人生：李天祿回憶錄》，由侯孝賢策劃，李天祿口述，曾郁雯撰錄，台北：遠流出版社，1991年9月。

June Yip著，蘇培凱、王念英、馬文漪、李靜雯合譯〈一個國家的建構──台灣歷史與侯孝賢的「台灣三部曲」〉，《戲戀人生──侯孝賢電影研究》，林文淇、沈曉茵、李振亞合編，台北：麥田出版社，2005年7月，頁280。

川瀨一馬《足利學校的研究》，日本講談社，1974年。

文建會〈音樂與表演藝術產業〉，《2004年文化創意產業發展年報》，台北：經濟部文化創意產業推動小組，2004年。

王一川《語言烏托邦──20世紀西方語言論美學探究》，昆明：雲南人民出版社，1994年。

王安祈《為京劇表演體系發聲》，台北：國家出版社，2006年。

王安祈《性別、政治與京劇表演文化》，台北：國立台灣大學出版中心，2020年。

王安憶《長恨歌》，台北：麥田出版社，2005年。

王德威〈1980年代初期的台灣小說〉，《如何現代，怎樣文學》（台北：麥田出版社，1998年10月1日），頁404-415。

王德威〈一鳴不驚人：評凌煙的《失聲畫眉》〉，引自《閱讀當代小說》，台北：遠流出版社，1991年。

王文章主編《京劇大師程硯秋》，北京：文化藝術出版社，2003年。

中國古代書畫鑑定組編：《中國古代書畫圖目（19）京1-17；15-17》，北京：文物出版社，1999年。

呂訴上《台灣電影戲劇史》，台北：銀華出版社，1961年。

呂訴上《台灣電影戲劇史》，台北：銀華出版社，1991年再版。

宋國誠《後殖民論述──從法農到薩伊德》，台北：擎松出版公司，2003年11月。

李小蒸〈戲曲與電影，表現與再現——從戲曲電影面臨的困境談起〉，蒲
　　震元、杜寒風編著之《電影理論——邁向21世紀》，北京：北京廣播
　　學院出版社。2001年7月，頁149-165。

李祥林《戲曲文化中的性別研究與原型分析》，台北：國家出版社，
　　2006年。

李碧華《霸王別姬》，台北：皇冠出版社，1992年。

沈冬〈清代台灣戲曲史料發微〉，《海峽兩岸梨園戲學術研討會論文
　　集》，台北，國立中正文化中心，1998年4月，頁121-136。

沈惠如《尤侗西堂樂府研究》，臺北：東吳大學中國文學研究所碩士論
　　文，1986年，又收錄於臺北：花木蘭文化出版社《古典文獻研究輯
　　刊》第五編第23冊，2007年9月初版。

沈惠如採訪整理〈台灣歌仔戲新調創作之探討〉，《海峽兩岸歌仔戲創作
　　研討會論文集》，行政院文化建設委員會出版，1997年。

狄倫‧伊凡斯著，劉紀惠等譯《拉岡精神分析辭彙》，臺北：巨流圖書公
　　司，2009年。

亞里斯多德《詩學》，北京：商務印書館，2003年。

周貽白《中國戲劇史長編》，北京：人民文學出版社，1960年。

周慧玲《表演中國：女明星，表演文化，視覺政治，1910~1945》，台
　　北：麥田出版社，2004年。

岡田正之《近江奈良朝的漢文學》，日本養德社，1946年。

林秀玲〈斷代橫剖繁花目眩的2003年小說〉，引自《九十二年小說選》，
　　台北：九歌出版社，2004年3月。

林鶴宜《台灣戲劇史》，台北：台灣大學出版社出版中心，2015年3月。

邱坤良《日治時期台灣戲劇之研究》，台北：自立晚報社，1992年。

邱坤良《南方澳大戲院興亡史》，台北：新新聞文化出版社，1999年1月。

青木正兒著、隋樹森譯《元人雜劇概說》，北京：中國戲劇出版社，
　　1957年。

南懷瑾《禪觀正脈研究》，北京：中國世界語出版社，1996年，

施叔青《行過洛津》後記，台北：時報出版社，2003年12月，頁352。

施叔青《兩個芙烈達‧卡蘿》，台北：時報出版社，2001年7月30日。

洪凌〈蕾絲與鞭子的交歡——從當代台灣小說註釋女同性戀的慾望流動〉，引自《當代台灣情色文學論——蕾絲與鞭子的交歡》，台北：時報文化，1997年3月。

紀傑克著，蔡淑惠譯《傾斜觀看——在大眾文化中遇見拉岡》，苗栗：桂冠圖書出版，2008年。

紀蔚然《現代戲劇敘事觀：建構與解構》，臺北：遠流出版社，2006年。

胡克〈中國大陸社會觀念與電影理論發展〉，引自李天鐸編著《當代華語電影論述》，台北：時報出版社，1996年5月。

凌煙《失聲畫眉》，台北：自立報系，1990年12月。

孫養農《談余叔岩》，香港：自印本，2003重印本。

桑梓蘭〈文字與影像之間：談《刺客聶隱娘》的改編〉，收錄於陳思齊與陳相因所編之《聶隱娘的前世今生——侯孝賢與他的刺客聶隱娘》，台北：時報，2016年。

浙江省文化局、中國戲劇家協會浙江分會編，顧錫東、七齡童整理：《孫悟空三打白骨精》，東海文藝出版社，1958年。

浙江省文化局《孫悟空三打白骨精》整理小組改編，貝庚執筆：《孫悟空三打白骨精》，浙江人民出版社，1962年。

翁思再《余叔岩傳》，河北教育出版社，2002年。

馬‧布雷德伯里、詹‧麥克法蘭編，胡佳巒譯《現代主義》，上海：上海外語教育出版社，1992年6月。

馬少波等主編《中國京劇發展史》，台北：商鼎文化，1992年。

高小健《中國戲曲電影史》，文化藝術出版社，2005年。

康韻梅著〈裴鉶《傳奇》之聶隱娘「傳奇」〉，收錄於陳思齊與陳相因所編之《聶隱娘的前世今生——侯孝賢與他的刺客聶隱娘》，台北：時報，2016年。

張法《中國文化與悲劇意識》，北京：中國人民大學出版社，1989年。

梁啟超〈中國之武士道〉，《飲冰室合集》卷7，中華書局，1989年。

梅家玲編《性別論述與台灣小說》，台北：麥田出版社，2000年10月。

梅蘭芳《梅蘭芳戲劇散論》，收錄在《梅蘭芳全集》第參卷，石家莊：河北教育出版社，2001年。

許錦文《梨園冬皇孟：小冬傳》，上海人民出版社，2003年。

郭有遹《文藝創造心理學》，台南：復文興業公司，2001年2月。

郭詩詠〈心猶鏡也──《刺客聶隱娘》中的『鏡』與『心』〉，收錄於陳思齊與陳相因所編之《聶隱娘的前世今生──侯孝賢與他的刺客聶隱娘》，台北：時報，2016。

陳芳明〈情慾優伶與歷史幽靈──寫在施叔青《行過洛津》書前〉，施叔青《行過洛津》，台北：時報出版社，2003年12月。

陳雅湞編《霸王別姬──同志閱讀與跨文化對話》，嘉義：南華大學出版，2004年。

陳葆真《〈洛神賦圖〉與中國古代故事畫》，杭州：浙江大學出版社，2012年。

齊崧著《談梅蘭芳》，台北：傳記文學出版社，1988年。

陶東風《後殖民主義》，台北：揚智文化公司，2000年2月。

麥嘯霞《廣東戲劇史略》廣州：廣東省戲劇研究室，1983年。

曾永義《說戲曲》，台北：聯經出版公司，1976年。

曾永義《戲曲源流新論》，台北：立緒出版社，2000年4月。

黃仁《悲情台語片》，台北：萬象圖書出版，1994年。

黃儀冠著〈性別‧視角‧鏡像：《刺客聶隱娘》與《行雲紀》的互文參照〉，收錄於陳思齊與陳相因所編之《聶隱娘的前世今生──侯孝賢與他的刺客聶隱娘》，台北：時報，2016。

愛德華‧薩伊德（Edward W.Said）著、王志弘等譯《東方主義》，台北：立緒出版社，2003年10月二版八刷。

廖金鳳《消逝的影像──台語片的電影再現與文化認同》，台北：遠流出版社，2001年。

廖炳惠〈《霸王別姬》——戲劇與電影藝術的結合〉，引自鄭樹森編《文化批評與華語電影》，1998年4月。

廖炳惠編著《關鍵詞200》，台北：麥田出版社，2003年。

廖奔《中國戲劇圖史》，鄭州：河南教育出版社，1996年8月。

齊隆壬〈台灣電影的日本殖民記憶〉，引自李天鐸編著《當代華語電影論述》，台北，時報出版，1996年5月。

劉德潤《日本古典文學賞析》，北京：外語教學與研究出版社，2003年。

歐文‧潘諾夫斯基《圖像學：視覺藝術的意義與解釋》，台北：如果出版社，2008年。

蔡登山《梅蘭芳與孟小冬》，台北：印刻文化，2008年。

謝昕、羊列容、周啟志《中國通俗小說理論綱要》，台北：文津出版社，1992年3月。

謝海盟《行雲紀》，新北市：INK印刻文學生活雜誌，2015年。

嚴紹璗《中西進日中文化交流史叢書‧文學卷》，日本大修館出版社，1995年。

（二）學位論文

吳孟芳《台灣歌仔戲坤生文化之研究》，台北：國立台灣大學戲劇所碩士論文，2000年。

施如芳《歌仔戲電影研究》，台北：國立台北藝術大學傳統藝術研究所碩士論文，1997年。

鄧雅丹《《失聲畫眉》研究：鄉下酷兒的再現與閱讀政治》，新竹：國立清華大學碩士論文，2005年7月。

（三）期刊論文

王木祥、劉勝男〈一曲武士精神的挽歌——淺析電影文本《最後的武士》〉，《重慶三峽學院學報》第30卷，2014年第1期，頁115-117。

王立〈重讀劍仙聶隱娘——互文性、道教與通俗小說題材母題〉，引自
　　《商丘師範學院學報》第17卷3期，2001年6月，頁31-34。

王燕〈中日戲劇的雙璧：《趙氏孤兒》與《菅原傳授手習鑑》〉，中央戲
　　劇學院學報《戲劇》2006年第2期，2006年6月，頁32-39。

白惠元〈金猴奮起千鈞棒：從「力敵」到「智取」——新中國猴戲改造
　　論〉，《文藝理論與批評》，2016年第1期，2016年，頁85-94。

宋珂君〈《西遊記》白骨精考辨〉，《北京科技大學學報》（社會科學
　　版）第24卷第3期，2008年9月，頁92-94。

李仲明〈民國「猴戲」的南北流派〉，《民國春秋》，1994年01期，1994
　　年2月，頁62-63。

李析靜等〈兩版《趙氏孤兒》的觀後感〉，《中央戲劇學院學報》，2004
　　年3月，頁54-65。

李豐楙〈由常入非常：中國節日慶典中的狂文化〉，《中外文學》第22卷
　　3期，1993年，頁116-150。

李瓊、郭南南〈日本近代武士道的產生與嬗變〉，《牡丹江教育學院學
　　報》，2012年第4期，2012年7月，頁154-155。

沈惠如〈論「電影歌仔戲」在歌仔戲發展中的定位〉，《德育學報》第十
　　四期，1998年11月，頁1-13。

林文淇在〈戲、歷史、人生：《霸王別姬》與《戲夢人生》中的國族認
　　同〉，《中外文學》第二十三卷第一期，1994年6月，頁139-156。

邱貴芬〈發現台灣：建構台灣後殖民論述〉，《中外文學》第21卷第2
　　期，1992年，頁151-167。

金培懿〈黃昏、隱劍、一分——山田洋次武士三部曲中的武士道與生存美
　　學析論〉，《戲劇學刊》第十期，2009年，頁25-57。

徐蔚〈男旦藝術文化心理管窺〉，《福建師範大學學報》（哲學社會科學
　　版），2003年第6期，頁80。

高文漢〈論平安詩人菅原道真〉，《日語學習與研究》，2002年第4期，
　　2011年7月，頁61-67轉84。

婁貴書〈日本武士道世俗化的歷史考析——兼評新渡戶稻造的《武士道》之六〉，《貴州師範大學學報》，2013年第2期，2013年4月，頁74-82。

婁貴書〈日本武士道源流考述〉，《貴州大學學報》2010年第3期，2010年5月，頁72-81。

張西豔〈《趙氏孤兒》在日本的流布與演變〉，《西安文理學院學報》（社會科學版）第17卷第2期，2014年4月，頁27-30。

張起〈《趙氏孤兒》文本流傳及主題流變〉，《安陽師範學院學報》，2011年，頁53-58。

張國慶〈類型演化與非典型武士形像：山田洋次的武士三部曲〉，《人文社會科學研究》第10卷第3期，2016年9月，頁24-39。

郭麗〈透析影片《最後的武士》中體現的武士道精神〉，《安徽文學》，2010年第5期，2015年5月，頁242轉244。

陳志勇〈論宋元戲劇的腳色反串〉，《湖北大學學報》（哲學社會科學版）第32卷第3期，2005年5月，頁334-337。

陳巍〈傳統和現代的決戰——電影《最後的武士》的跨文化心理學分析〉，《名作欣賞：文學研究（下旬）》，2015年第3期，2015年1月，頁159-160。

劉佳〈《西遊記》白骨精故事的文化內涵及其意義〉，《綏化學院學報》第37卷第12期，2017年12月，頁41-44。

劉慧芬〈戲場乾坤變：談跨越性別的角色扮演〉，引自台大婦女研究室《婦研縱橫》第72期，2004年10月，頁9-15。

鄭豔玲〈精彩猴戲華美樂章——紹劇《孫悟空三打白骨精》的情節演變與形象塑造〉，《四川戲劇》，2009年第6期，頁72-74。

錢展〈淺談日本武士道的演變及其理論根源〉，《科技信息》2011年第12期，2011年4月，頁553-554。

藍凡〈氍毹影像：戲曲片論〉，《文化藝術研究》第四卷第一期，2011年1月。

藍弘岳〈近現代東亞思想史與「武士道」——傳統的發明與越境〉,《台灣社會研究季刊》第85期,2011年12月,頁51-88。

嚴曉兵〈紹劇《孫悟空三打白骨精》的歷史貢獻〉,《中國戲劇》,2012年,頁64-66。

(四) 會議論文

向陽〈書寫行為的再思考〉,出自第四屆青年文學會議「文學:科技、圖書與消費、閱讀的再思考」引言。

(五) 報章雜誌

〈形形色色「趙氏孤兒」〉,中國文化報,2010年12月21日。

佚名著〈一代京劇坤生名伶孟小冬的悲歡情緣〉,引自《伴侶》(B版)2006年第9期,2006年9月,頁30-31。

肖伊緋〈程硯秋飾演《聶隱娘》十三年〉,《北京青年報》,2015年09月09日。

康有金、徐曉〈武士道文化的反思——解讀藤澤周平《黃昏清兵衛》〉,《芒種》,2012年第2期,2012年1月,頁74-75。

張同修採訪〈施叔青——我的鄉愁,我的歌〉,《誠品好讀》第四十期,2004年1、2月合刊。

梅葆玖〈看乾旦說乾旦〉,《中國京劇》,第一期2004年。

曾秀萍〈九0年代台灣「女同志小說」書寫的顛覆性及其矛盾〉(《水筆仔》第七期,1999年4月),頁10-32。

廖炳惠〈紀實與懷舊之間〉,聯合報讀書人版,2004年2月22日。

鄭煬〈從帝國的復古到資本的復活——日本武士電影初探〉,《電影新作》,2015年第3期,2015年6月,頁10-15。

龍延〈唐劍俠傳奇的宗教文化淵源考辨〉,《文化廣角》,2004年3月,頁61-65。

韓麗珠：〈殺掉其中一個自己才可以得到自由──關於《聶隱娘》〉，
《明報》2015年8月16日，頁9。
黃柯〈論男旦〉上，《中國京劇》「京劇論壇」專欄，2004年第11期，
2004年，頁26-28。

（六）數位資料庫

《大藏經·禪密要法》CBETA漢文大藏經網站，CBETA中華電子佛典協
會，1998-2020年。
中央研究院漢籍電子文獻典瀚全文檢索系統2.0版「台灣文獻、台灣方
志」，中研院台史所史籍自動化室，2000年。

（七）影音資料

山田洋次導演，真田廣之、宮澤理惠、丹波哲郎、小林稔侍等主演：《武
士三部曲》（3DVD）The Twilight Samurai/The Hidden Blade/Love and
Honor黃昏清兵衛／隱劍鬼爪／武士的一分，得利影視股份有限公司
2007年8月。
王育麟導演，吳朋奉、張詩盈、郭春美、朱宏章等主演：《龍飛鳳舞》
DVD，蔓菲聯爾創意製作有限公司，2016年。
侯孝賢導演，張震、舒淇主演：《刺客聶隱娘》DVD，采昌國際多媒體，
2016年。
張家輝自導，張家輝、劉心悠等主演：《盂蘭神功》DVD驕陽電影、阿細
亞熱帶電影，2014年。
愛德華·茲維克導演，湯姆·克魯斯、渡邊謙等主演：《末代武士》DVD
THE LAST SAMURAI，得利影視股份有限公司2010年8月。
戴君芳導演，唐美雲歌仔戲劇團：《燕歌行》DVD，武童文化事業公司，
2012年。
吳祖光導演，梅蘭芳、姜妙香等主演：《洛神》，北京電影製片廠1956年。

吳祖光導演，梅蘭芳、姜妙香等主演：《洛神》，北京電影製片廠1956年。（全彩修復版）

熊光導演，金素琴、劉玉麟等主演：《洛神》，台灣中央製片廠1955年。

楊小仲、俞仲英導演，浙江紹劇團演出：《孫悟空三打白骨精》，上海天馬電影製片廠，1961年。

（八）網路資料

納蘭公子容若〈電影《梅蘭芳》與真實梅蘭芳的差別〉，新浪娛樂2008年12月9日，http://www.sina.com.cn。

劉紀蕙講綱〈從海德格到拉岡：話語邏輯與主體的出現〉，2009年10月8日。

李舒〈聶隱娘對決精精兒的京劇版：大戰紅線女〉，《騰訊娛樂》2015年8月24日，http://ent.qq.com/a/20150824/054034.htm。

新美學57　PG2573

新銳文創
INDEPENDENT & UNIQUE

氍毹弄影
——文學、戲曲和電影的融涉與觀照

作　　　者	沈惠如
責任編輯	孟人玉
圖文排版	蔡忠翰
封面設計	蔡瑋筠

出版策劃	新銳文創
發 行 人	宋政坤
法律顧問	毛國樑　律師
製作發行	秀威資訊科技股份有限公司
	114 台北市內湖區瑞光路76巷65號1樓
	電話：+886-2-2796-3638　傳真：+886-2-2796-1377
	服務信箱：service@showwe.com.tw
	http://www.showwe.com.tw
郵政劃撥	19563868　戶名：秀威資訊科技股份有限公司
展售門市	國家書店【松江門市】
	104 台北市中山區松江路209號1樓
	電話：+886-2-2518-0207　傳真：+886-2-2518-0778
網路訂購	秀威網路書店：http://www.bodbooks.com.tw
	國家網路書店：http://www.govbooks.com.tw

出版日期	2021年6月　BOD一版
定　　價	330元

讀者回函卡

Printed in Taiwan

國家圖書館出版品預行編目

氍毹弄影：文學、戲曲和電影的融涉與觀照/沈惠如著.
 -- 一版. -- 臺北市：新銳文創, 2021.06
  面； 公分. -- (新美學 ; 57)
BOD版
ISBN 978-986-5540-41-8(平裝)

1.文學與藝術 2.文集

810.7607   110006054